U0678192

前世

QIAN SHI

重建中文之美

百花洲 杂志社 选编

百花洲文艺出版社

BAIHUAZHOU LITERATURE AND ART PRESS

目 录

一个年代的副本

薛忆沩

1

出发去干校的那一天，父亲瞒着所有的人来幼儿园看我。我们之间隔着幼儿园大门的栏杆。我仍然记得他头上草帽的形状以及帽檐在他肩部留下的阴影。他说我们很久不能见面了，因为他要去很远的地方。他的语气触动了南方夏日的天气，正午的阳光突然显得更加晃眼。我没有问他任何问题。我没有问他"很远"有多远。

那是我对"距离"最早的记忆。那是我对"距离"最早的恐惧。

四个月之后，正在无产阶级专政下继续革命的伟大祖国迎来了"伟大的"七十年代。历史学家有理由和责任对七十年代第一篇元旦社论中的这个形容词提出质疑。他们很容易在字典里找到"还历史以本来面目"的其他选择。但是，生命只有一次，它与一个年代的相处只有一次。那是无法选择，无法替换的"一次"。

站在七十年代的入口，我只是一个将近六岁的孩子。沙漠还在延伸，黑夜还在继续，但这就是我的必经之路。我必须走进这个年代，将它当成我的水、我的空气、我的土壤和我的恩师。我所有的感官都将由它启蒙。我全部的梦想都将从它发源。在它的出口，我骨骼的发育将接近尾声，而"死亡"和"语言"这两颗种子将在我"灵魂的深处"萌动，渴望着以文学的名义在随后的年代开花结果。

2

我错过了1970年春天北京的枪声。《出身论》作者的名字以及他不可能与身体一起被消灭的思想十年之后才惊动我的听觉。这种错过是那个年代的常规，那种政治的专利，与北京和我居住的城市之间的距离没有关系。事实上，地理的距离在七十年代一开始就已经不再是信息传播的障碍。技术向大门紧闭的中国炫耀了它创造的奇迹：就在北京经典的枪声响过之后的第五十天，我像许多中国人一样从收音机里听到了天籁之音：So-So-La-Re，Do-Do-La-Re……这是七十年代最世俗的乐曲，但是这一次，它来自神秘莫测的天外，来自一颗仅重173公斤的"星星"。

那颗人造的"星星"就像在今天的卡通片里出没的宠物和怪兽，激起了孩子们无边的想象。夏天的夜晚，家长们将竹板搬到了我们那一排平房前的空地上。孩子们乘机开始了一场视力和听力的角逐。我从来没有用肉眼看见过那颗

长沙市第二十一中学七六级优秀学生干部从雷锋故乡参观回来后合影，摄于1977年3月13日，"我"站在最后一排左起第四位

"星星"，也没有直接（不经过收音机）听到过那划破夜空的乐曲。但是，有两个孩子却听到和看到了。他们在我耳边哼唱起他们直接听到的旋律，同时指着夜空说："就在那里，动的那一颗，像流星一样。"我有点自卑，也有点嫉妒。我不知道自己为什么感觉不到年纪相近的孩子不费吹灰之力就能感觉得到的奇迹。

好在很快又出现了新的奇迹。它出现在随处可见的宣传画上。它惊心动魄的形状让我着迷。这已经不是从中国的沙漠上升起的第一朵蘑菇云，但这是进入我记忆中的第一朵。它阴森森的美震撼了我幼小的心灵。母亲总是提醒我不要去碰路边的蘑菇，而我又隐隐约约听说过家族里曾经有人死于蘑菇中毒。这从飞机空投下的氢弹中生长出来的"蘑菇"是不是也会有毒？它的毒性会有多么剧烈？

像所有身心健康的男孩一样，我对武器充满了敬意。在我出生那一年，成功爆炸的原子弹和我三岁那年成功爆炸的氢弹，早已经是我和邻居的孩子们游戏时使用的常规武器。我们有许多次关于原子弹更厉害还是氢弹更厉害的争论（当然，解决那种争论的最后方式通常是原始的拳打脚踢）。为了游戏能够不断地"升级"，我们总是盼望着新的武器（准确地说，是新武器的名称）。七十年代激烈的军备竞赛丰富了我们的语言和想象。

除了第一颗人造地球卫星和新一次的核试验所带来的技术的奇迹，"远在天边"的奇迹，1970年还为我展示了人的奇迹。那个人用一个瞬间就征服了世界：他纵身一跃，创造了男子跳高的世界纪录。而且对我来说，这还是"近在眼前"的奇迹，因为那个世界纪录就诞生在我居住的城市里，它所克服的地心引力每天都在精确地作用于我自己的身体。刹那之间，"2米29"侵入了我们全部的生存空间。我们在餐桌旁谈论它，我们在厕所里谈论它。在我们拥有了卫星的生活中第一次出现了"明星"，因为一个瞬间而耀眼的明星。它对感官的冲击不亚于沙漠里升起的蘑菇云。

除了这些属于"我们"的奇迹，1970年还带来了只属于我自己的奇迹。它比那个世界纪录离我更近。它隐藏在湖南长沙第四中学（历史上著名的周南女中）校园东北角那一排平房中间九平米大的一个房间里，隐藏在房间里的那张属于校产的书桌里，隐藏在书桌左侧最下方的抽屉里。

　　周南女中为中国的妇女解放运动做出过杰出贡献。它的学生名册提供了中国现代史知识竞赛的一些标准答案（向警予、杨开慧、蔡畅、丁玲……）。在七十年代，那其中的不少名字因为各种原因失去了光彩，而且，学校的大门已经为另外那"半边天"打开，我们这些生活于校园里的孩子们不会因为它显赫的历史而自豪。我们也没有太在意它正在轰轰烈烈地经历着的现实。我们有自己的世界。它就在与我们那一排平房相连的一条绵延曲折的长廊的尽头。那是我们的"五星花园"。那里有兰花，有蝴蝶，有层出不穷的树丛。穿过长廊两侧贴满的标语口号和大字报，我们进入我们的童话世界。我们在那里游戏、吹嘘、争吵、打闹。我们在那里扔下过无数的原子弹和氢弹，但没有造成任何的伤亡。我们还在那里埋下过许多的西瓜籽，但从来没有看见过梦想的结果。

　　很多时候，去参加政治学习的母亲并不想让我们如此散漫。她将我和姐姐锁在九平米的房间里。窗外就是街道，我不仅经常能够听到百姓的摩擦，偶尔还能够听到革命的风暴。可是这些都不能激起我的兴趣。我经常会觉得百无聊赖。有一天，我觉得无聊透顶，开始翻箱倒柜。在书桌最下层的抽屉里，在一大堆文件和报纸的下面，我翻出了一本名为《革命烈士诗抄》的书。这书名中的"革命烈士"对我没有什么吸引力，因为我已经知道我们的幸福生活是"革命烈士"用鲜血换来的。但是，这是我一生中看到的第一本诗集："诗"引起了我的兴趣。我和姐姐随意地翻动着诗集。突然，我们的视线被两行诗抓住了：

在埋葬我骨骼的大地上，
将有爱情的花儿开放。

　　我至今不相信当时自己能够独立地认全诗行里的这些字，但是我永远地记住了这两行诗（以及诗人的名字）。这是一次意外的阅读，还是一次宿命的阅读？这是沙漠和黑夜中的一个瞬间。在这个电闪雷鸣的瞬间，爱情在死亡和诗歌的陪伴下进入了我的生活。这是我的第一次诗歌体验，也是我的第一次死亡体验和第一次爱情体验。

　　像马雅可夫斯基最后的爱情体验一样，这第一次漂进我生活之中的"爱情的小舟"也注定要撞上"现实的礁石"。晚餐的时候，我忍不住向母亲炫耀下午的发现，得意地朗诵出了那两行诗。我以为我的朗诵会得到母亲的赞赏。可是，我错了。母亲只是惊了一下，然后很冷静地看了我一眼。她什么话也没有说。

第二天，那本书就不见了。而且，它永远都不见了。

这是七十年代的中国为我的一生独创的奇迹。

3

我出生在4月。我用一种特殊的方式经历4月的残忍。那一年的教育革命将小学的入学时间提前到了春季。而1971年3月春季学期开始的时候，我还不够法定的入学年龄。母亲不愿意继续将我锁在家里，哪怕抽屉里已经不再隐藏着爱情的秘密。于是，我被送到了在宁乡县城教小学的小姨家去发蒙。一个刚刚习惯了没有父亲的孩子又要开始习惯没有母亲的生活。

与母亲、姐姐和两位舅舅摄于七十年代的第二个元旦

我的小姨既是我的老师又是我的家长，我的学习既是崇高的义务又是平实的家务。而且，我的新家就在教室的后面，饮食起居和遣词造句仅一墙之隔。我听话又上进，本来可以让我的小姨非常省心。但是，我还有让"生活来源于艺术"的癖好，弄巧没有成拙，却闯下大祸。有一天晚餐嚼饭时我嚼到了一颗小石头。夸张地将石头吐掉后，我模仿《红灯记》里的交通员，重复了他那一句著名的台词。我的小姨没有为我鼓掌，而是狠狠地给了我两个巴掌。是啊，那是"伟大的"七十年代，我怎么可以借用艺术的形式说："呸，呸，这是什么世道！"

语文课本前面的三课都是"万岁万万岁"，数学课本从头到尾都只有简单的算术。我的书包太轻，我有太多的业余时间，我迫切的需要是"加"负，而不是减负。好在"取之不尽的精神宝库"向所有人敞开了大门，我无数次进入，从那里取得了"毫不利己，专门利人"，"重于泰山，轻如鸿毛"，"鞠躬尽瘁，死而后已"等无价之宝。我成为了"老三篇"出色的背诵者。这种背诵巩固了母语的深层结构，完成了意识形态的原始积累。同时，它又满足了我本能的表现欲。

宁乡与红太阳升起的地方交界，却是"叛徒、内奸、工贼"的家乡。不过，我周围的人对此都讳莫如深。在比赛点数宁乡的名人时，没有任何一个孩子会愚蠢到用那块土地上出产的最有名的人物来充数。最有名的宁乡人在离七十年代还有50天的时候撒手人寰。

我没有因为"叛徒、内奸、工贼"而对宁乡另眼相看。宁乡是我母亲的家乡。这意味着我发蒙的地方与我发源的一端相重叠。而更重要的是，从我名字中穿过的河流也正好从宁乡县城经过。每次从沩水桥上走过，我都有一种天真的自豪感。我自豪自己的名字里携带着一个具体的生命。

1971年的启蒙让我第一次尝试了"移民"的滋味。"移民"的经历总是会引起"家园"观念的松动，同时让语言变成政治。夏天回到长沙的时候，我被马路的宽度和车辆的速度惊呆了。同时，我也发现母亲和姐姐就像那九平米大的房间一样陌生。而我的宁乡口音引起了周围所有人的笑声。生来第一次，"回家"让我感到羞愧和迷惘。

我已经很难回到"从前"的生活之中，哪怕口音很快被扭转了过来，哪怕陌生的感觉被不断重复的日常生活稀释。因为我已经有了一个自己的精神世界。那是一个棕色封面的笔记本，那里面存放着我感兴趣的名言和知识。像上进的美国孩子记得从华盛顿以来的美国总统一样，我记得从陈独秀以来的"党的九次路线斗争"中的反面人物。笔记本里有专门的一页按次序整齐地排列着这九次路线斗争。那一页下面的空白让我对历史充满了警觉和期待。

1971年10月底的一天，母亲去市里听中央文件的传达，而我所在的长征小学也停了课。我捧着一本连环画在周南中学门外的北正街上边走边读。那是一本我已经读过无数遍的关于英雄戴碧蓉的连环画。在北正街粮店的门口，我被班上个子最高、成绩最差的那个女同学叫住了。她指着我正翻开的那一页上的"副统帅"说："你怎么还看他呀？"她对"他"的那种不恭敬令我大吃一惊。我问她为什么不能看"他"。她没有直接回答我，而是问我母亲是不是听中央文件的传达去了。我说是的。她得意地笑了笑，指着连环画说："中央文件就是说他的。他现在是坏人了。"

我急冲冲地跑回家，极度恐惧地等我母亲回来。那是我记忆中最痛苦的一次等待。

母亲凝重的表情证实了事态的严峻。她马上带我去食堂买饭。她走得很快，我端着饭盆费劲地跟在她的身后。一路上，我问了她许多问题，她一个也没有认真回答。她好像沉浸在自己的思绪里，又好像还在听中央文件的传达。

突然发生的一切惊心动魄：好人变成坏人，天上掉到地上。而且那还不是一般的好人，更不是一般的坏人。尽管从后来的罪证材料里，我得知"好"其实是装出来的，坏人其实一开始就是坏人，在那个恐怖的中午，我还是被"好人变坏人"的辩证逻辑所震撼。极度的恐惧将我的苦思冥想延伸到深夜。我在想，如果那"三叉戟"没有掉下来，苏修很快就会知道我们全部的军事机密，包括我们所有防空洞的位置。我们怎么办？我还不停地想象身体从空中坠落特别是触地时的感觉。

那是我一生中经历的第一次"飞机失事"。它让我至今对飞行还心存余悸。

几天之后，我在笔记本里关于路线斗争的那一页加上了一行。这是非常特殊的一行，因为它记录的是我"亲身"经历的第一次（也是最后一次）"党的路线斗争"。而且在当时，这也是唯一的一次失败者身体的下落公诸于众："粉身碎骨"让我朦朦胧胧地感觉到了政治斗争的残酷。

4

在母亲的要求下，我在将近八岁的时候（1971年底）写下了我人生中的第一封信。我已经不记得信的具体内容，但是我记得它写在红色方格的稿纸上，写了整整一页。我的这第一封信只是母亲写给父亲的信的附件。寒假期间，母亲将带我们去干校探望父亲。她在信里告诉了父亲我们具体的行程。

那是我第一次乘坐火车的旅行。我们在衡山车站下车的时候，外面已经是一片漆黑。母亲带我们走进车站附近的一家旅馆。那是我第一次在一家旅馆过夜。旅馆的房间与幼儿园的房间相似，有很多的铺位，有很高的屋顶。那天晚上，房间里没有其他的住客。母亲得以在陌生的环境中对我们施行熟悉的卫生管制。在睡觉前，我们必须洗脚、洗脸、洗屁股。"个人卫生"似乎是七十年代幸存的"私人空间"。

第二天上午，我们踏着积雪去长途汽车站。路过县城最大的供销社时，母亲带我们进去。我照例直接跑到了卖图书的柜台前。我注意到了一本题为《我要读书》的连环画（根据高玉宝的著名故事改编）。我想要那本书，但是我拘谨地说："不买也没有关系。"母亲给我买了那本书。她没收过我读的书，却从来没有拒绝过我买书的要求。这次与旅行相关的购买是我的一个怪癖的源头。从此，在过过夜的每一座城市，我都会买一本书。我用书籍来标记异乡的黑暗。

我们乘坐的长途汽车在一个名为"草市"的小镇停下。父亲已经在车站等待。然后，他带我们去一家饭铺吃饭。从小镇狭窄的巷道穿过的时候，一种奇怪的景象惊动了我：小镇里几乎家家户户的堂屋里都摆放着一口甚至几口棺材。这是我第一次看见棺材，而且是木质的用来土葬的棺材，真正的棺材。我们曾经在"五星花园"里进行过关于火葬和土葬的争论。我们都知道土葬是必须革除的封建旧习，可是我们又都觉得火葬不堪忍受，争论从来就没有结果。

看到小镇的居民们若无其事地在棺材旁聊天、吃饭，我感到极度的困惑和不安。与死亡相伴的小镇生活给我这第一次长途旅行增添了意想不到的包袱。

吃过饭，我们踩着石级下到河边，然后摆渡到对岸。从那里，还要走很长的一段路才能到达干校的营地。那天的雪很厚。我们始终在雪地上走，完全看不到路。我不知道父亲用什么来辨别方向。他大部分时间都在跟母亲说话。不过，他提到了营地里那几只很聪明的狗。他说它们在等着我们。他说我们会成为它们的朋友。他说在我们离开的时候，它们会一直把我们送到河边来的。我很少接触狗，更不要说成为它们的朋友。对那几只狗的想象缩短了我和营地之间的距离。

到达营地的时候，天已经完全黑下来了。我惊奇地发现，真正在等待着我们的是人而不是狗。我们刚刚放下行李，父亲同屋的那些"难友"们就都挤到了他的床边。另外几间屋子里的"难友"们也陆陆续续过来了不少。他们好像都读过我写给父亲的信，都夸我的字写得工整，信写得通顺。接下来，他们要听我背诵"老三篇"。我坐在父亲的窄床上，一篇一篇地背。我的背诵让父亲的"难友"们惊叹不已。接下来，我开始为他们表演样板戏。我忙得满头大汗，演完了鸠山，又演王连举。在那间阴暗又拥挤的房间里荡起的那一阵阵开心的笑声令我有点忘乎所以。

二十三年后的一天，我在广州外语学院的电化教学馆里看《辛德勒的名单》。影片里奥斯维辛牢房的场景突然将我带回到了1972年2月的那个夜晚。我突然又看到了围坐在我跟前的那些"干校"学员。他们开心的笑声改变了我的身份。我知道，在那个特殊的夜晚，我是他们所有人的孩子，或者说，他们所有人都是我的父亲。

我的父亲们用最隆重的方式款待我们。他们为我们端上来了三大碗糯米饭。这是节日的待遇。更特别的是，每一碗糯米饭的上面还加放了一大勺凝固的猪油。这是贵宾的待遇。但是，我咽不下如此油腻的食物。从那一大勺凝固的猪油，我的胃口辨认出了我自己过着的正常生活与我父亲们的非常生活之间的差别。在七十年代，除了著名的三大差别之外，还存在着这"正常"与"非常"的第四大差别。

那几只很可爱的狗为我学生时代（也是我的七十年代）的第一个寒假增添

了不少的乐趣。长得像狮子的那只狗就叫"狮子"，而另外一只狗的名字却不知道为什么叫"上尉"，它们是我最好的朋友。它们小便时的姿势让我好奇，它们争抢食物时的神态让我开心，它们被关在门外时的沮丧让我同情。当然，最难忘的是我们的分离。果然像父亲说过的那样，在"狮子"和"上尉"的带领下，营地里所有的狗都来为我们送行。它们忽前忽后，边跑边玩，看上去像是一个快活的集体。但是在接近河道的地方，这个集体突然解散了：那些孤独的个体开始寻找各自的位置。"狮子"就在路边停下来，"上尉"和另外两只狗跑到了附近的一座小山堆上，而另外一只狗干脆慢吞吞地往回走。它们都拒绝将我们送到渡口。但是，我知道，它们都在用嗅觉陪伴着我们的小船摆渡、靠岸，陪伴我们登上石级，直到我们消失在与空棺材相伴的小镇生活的嘈杂声中。

1972年是"发现"的年份。我们发现了遥远的过去：在母亲订阅的《人民日报》上我第一次看见了恐龙的化石。而就在我们城市东郊的马王堆，一座西汉的墓穴被打开了。从里面不仅出土了大量的竹简，还出土了一具皮肤仍有弹性的女尸。这"土葬"的奇迹在孩子们中间激起了又一轮关于"土葬"和"火葬"的争论。更神奇的是，我们不仅有时间上的发现，还有地理上的发现。我们发现了遥远的"新大陆"：《英雄儿女》和《打击侵略者》还在一遍一遍地陶冶我们的情操、愉悦我们的感官，突然，尼克松来了，他站到了我们的迎客松的前面。

"新闻简报"里触目惊心的画面丝毫没有削弱语言的地位。一年一度的元旦社论和层出不穷的最高指示仍然是我最重要的精神粮食。当时，长沙有一个以"宣传"而著名的"傻子"，他能够在任何重要文章见报后几天将它背诵出来。然后，他举着一块写着文章标题的木牌，站在马路边或者登上公共汽车，大声朗诵。像那个"傻子"一样，我也能够背诵许多的元旦社论。社论的标题，比如《团结起来，争取更大的胜利》，后来变成了我的许多文章的结尾。重温这熟悉的题目，那"更大"的激情让我觉得昨天的革命就好像是今天的奥运。

伟大领袖"立竿见影"的语言对孩子们语言的习得有难以估量的影响。它来自最高处，却深入到了最底层。在我们的游戏中，性情温良的孩子强调"要文斗不要武斗"，脾气暴躁的孩子则首先使用原子弹和氢弹，"炮打司令部"或者"横扫一切牛鬼蛇神"。当然，"革命无罪，造反有理"是大家的共识，而"下定决心，不怕牺牲"是所有人下不了决心时的强心针。如果对游戏完全失去了兴趣，那就让我们"别了，司徒雷登！"所有的孩子都能够在游戏中灵活地使用同样锐利的思想武器，以子之矛攻子之盾。

5

母亲于1972年10月被调往一所位于郊区的中学。那是我记忆中的第一次搬家。母亲的朋友们送给她的离别纪念是一个16开大小的相框，相框里的湘绣作品再现列宁阅读时的姿势和神情。很多年之后，我才知道母亲的调动其实与教育战线的"派系"斗争有关，是"正确处理人民内部矛盾"的一种结果。

与在宁乡的启蒙学期类似，我的同学又都变成了郊区菜农的孩子，我的周围又绵延着大片大片的菜地。我居住的校园与我就读的小学仅一墙之隔，翻墙是上学或者从学校回家的捷径。但是，离住处最近的商店和电影院在两公里以外，要步行二十五分钟才能买到食盐和看到样板戏。

1973年的新潮被称为"回潮"。新学期开学的时候，中学教材的样子全变了。报到的那几天，母亲学校的气氛显得特别热闹。学校堆放教材的地方已经不够了，有许多的教材需要堆放在老师的家里。码放在我们屋中间的物理和化学教材的厚度让我有点吃惊。而一个刚刚领到了教材的学生对另一个学生说："学好数理化，走遍天下都不怕。"这种语言与我的听觉习惯相冲突，让我觉得有点滑稽，有点庸俗。

父亲也回来了。他在城里的一座老式建筑里有了一间与许多人共用的办公室。他们在那里负责为从干校回来的人安排工作。父亲好像对生活充满了向往：他用在干校学到的泥瓦匠手艺在家门口打造了一个有多种功能的土灶；他买了一辆飞鸽牌的自行车，不仅让家里有了一件贵重物品，而且还缩短我与样板戏之间的距离；他休息的时候与母亲的同事们一起打篮球、下象棋、玩扑克；他与附近的一些菜农交上了朋友。这突然出现的生机让我感到一阵罕见的和谐。

但是，建立在"回归"基础上的和谐很快被新的冲突打破。教育的"回潮"遇到了两个风格不同的对手：一个不立文字，以白卷向它挑战；另一个连篇累牍，以日记对它反击。相比之下，我对那个比我高两级的北京小学生的印象比较深。我在文章中肯定写过像她那样的"反潮流小英雄"学习和要与她"做同一条战壕里的战友"一类的话。但总的说来，这两位"英雄"没有激起我严肃的敬意。

父亲的"回来"引发了我们之间的第一场严重冲突。那是一个悠闲的晚上，我父亲在与他的一位朋友下棋，而我在一边观战。突然，我以为看到了一步好棋，伸出小手去为父亲支招。父亲粗暴地将我的手推开，让我走开，不要干扰他下棋。我觉得受了很大的委屈，走开的时候骂了他一句，骂他做"右派"。父亲只是一个微乎其微的"当权派"，不是"右派"，但是他却被这顶从来没有戴过的帽子激怒了。我完全没有准备他会有那样激烈的反应。他冲过来，一把抓住我的胳膊，用拳头照着我的头部痛打起来。

这场冲突从语言（一个名词）开始，以暴力结束。一个九岁的孩子会给自己的父亲扣上"右派"的帽子，而一个四十一岁的父亲会被这顶莫须有的帽子激怒，用自己在劳动中锻炼出来的拳头照着自己儿子的头部，将他痛打一顿。这是七十年代的奇观，这是七十年代的中国的奇观。

那一年，死亡第一次与我擦肩而过。7月中的一天，父亲带我和姐姐以及姐姐的一个朋友去校园后面的水塘里游泳。结束的时候，父亲先上岸，去不远处的一户菜农家换衣服。他交代我们也赶快上岸。我那时候还几乎不会游泳，但是我想在最后的时刻有所表现。我推开救生圈，准备划近靠岸边站着的姐姐和她的朋友。但是，我的身体不往前走，而是往下沉。我很快就呛了几口水。我惊叫起来。姐姐和她的朋友也开始大声呼救。一个正在水塘边菜地里浇肥的菜农跳进水塘，游到我的跟前，将我拽到岸边，抱上岸。这个干瘦的菜农表情严肃，褪尽颜色的衣服上散发出很重的汗臭。他抱起我的时候骂了我一句（骂我做"化生子"），而我条件反射，用同样的词语回敬了自己的救命恩人。

我的第二次生命就从那至今仍然令我内疚的骂声中开始。

6

如果夭折于1973年7月，我就连"孔老二"都没有听说过了。

和许多同龄的孩子一样，我仅仅在伟大领袖的一首《水调歌头》里与孔子有过一面之交。"子在川上曰：逝者如斯夫！"这是中性的孔子，与反动的"奴隶制"没有瓜葛。"儒法斗争"一声炮响，给我们送来了孔孟之道。随着"批林批孔"运动的全面展开，我们对"孔丘"甚至"孔老二"有了深刻的认识。这是1974年的奇迹。这奇迹为"生在新社会，长在红旗下"的两代人补上了一堂中国文化课。这曲线的补课让我们的听觉有机会接触到母语中腐朽的词语，比如"仁义礼智"，比如"克己复礼"。这些词语与"深挖洞，广积粮"以及"天要下雨，娘要嫁人"等最高指示在同一个时代交响，对听觉是一种难得的磨练。

这一年，父亲重新上岗，成为一家生产拖拉机配件的中型国营工厂的党委副书记兼革命委员会副主任。他骑着他的飞鸽自行车带我一起去工厂报到。这是我一生中第一次走进工厂的大门。巨大的厂房、奇特的机床、厚重的油污、震耳的噪音以及上下班壮观的人流令我兴奋不已。将近十年宁静的校园生活和田园生活结束了。借用当时两部电影的名字，我进入了"火红的年代"和"沸腾的生活"。此后的六年，我将接受工人阶级的再教育。

父亲是一个实干家，他一年中在车间劳动的时间超过在办公室开会的时间。因为工厂的休息日与社会"星期天"错开，在我的逆反期到来之前的那三年里，我的大部分星期天也都是随父亲在工厂的加工车间里度过的。我穿着工作服，带着袖套，将轴承从一个地方搬到另一个地方。我喜欢这样的休息日。我喜欢车间里的一切：噪音、油污以及工人之间那些妙趣横生的调侃，我甚至喜欢车间厕所的结构和气味。

父亲还是一个热心人。他的热心让不少人受惠，让许多人感动。工厂里有一位没有人理睬的老工人，家境赤贫，绰号"傻子"。他找到了我父亲，求他帮忙解决家属的城市户口。这是当时的天方夜谭，但是父亲却不遗余力，竟将它变成了在工厂广为流传的佳话。那个老工人对我们一家都充满了感激。每次见到我，他都会停下来，用纯朴的语言歌功颂德。最让我难受的是他对我的称呼。我只有十岁，而他年长我四十岁，但是他叫我"叔叔"。他一遍遍地叫，叫得那样真心、那样满足。我很难受。我知道，除了语言之外，任何其他形式的感激都已经被父亲谢绝。我也知道，我无法剥夺一位老工人使用语言的权力。但是我很难受。他纯朴的语言和衷心的感激对我造成了终生的伤害。

就在那一年，我第一次发现了特权。从锅炉房到医务所、从传达室到行政科，所有的人都对我非常客气。父亲说这是因为我很有礼貌、很守规矩、很爱劳动，大家都很喜欢我。我没有怀疑过周围的人对我的好感，但是我突然开始遭受负疚感的折磨：一种对所有人的负疚。我不知道这是先天的心理障碍还是长期在灵魂深处"斗私批修"的结果。当我坐在工厂的北京吉普上从上下班的人流中穿过时，那曾经让我兴奋不已的壮观景象会让我负疚地低下头来。

事实上，物质上的优越并不十分明显。我们的住房与普通工人家庭一样。我们与四户人家一起共用楼道里的厕所，与同性别的所有人一起共用公共澡堂。真正的优越来自另外的地方，来自语言和信息。有一天，父亲带着我一起去看望他任市委副书记的朋友。他的朋友谈起了与我们用鲜血连在一起的邻邦的元首，说他已经开始带着年轻的儿子出席政治局的会议。那个社会主义国家的世袭在七十年代已经成为定局。还有一天，在父亲不知从哪里弄到的一本《大参考》上，我读到安东尼奥尼的劣迹。又过了不久，我第一次见到了索尔仁尼琴的名字。他是苏修的敌人，而苏修又是我们的敌人。与"凡是敌人反对的"著名逻辑相反，我们对他好像并不"拥护"。毫无疑问，我比那些生活在普通工人家的孩子更容易看清阶级斗争的新动向。

信息的不对称并没有妨碍我与同龄孩子们的交往。本能的萌动决定了这种交往的方向。在学校里，那些"坏"同学不仅吹嘘曾经爬到树上偷看过女澡堂，还将他们提心吊胆窥探到的秘密再现在课本上。下课的时候，他们还引诱男同学掏出自己的家伙来比大小，并且竟违背常理（像那个时代的大多数价值判断一样），以小为美。那位力挫群雄的同学得到了一个露骨的绰号，从此抬不起头来。他们还讲述警察怎样"当场"抓获男女流氓的故事。他们关于女流氓的描述让我听得脸红心跳。而到处张贴着的市革命委员会的公审布告里，反革命的数量在逐渐减少，流氓的数量在急剧增加。现在想来，那也许是一种七十年代中期"社会转型"的标记。一些稀奇古怪的流氓罪名经常让我浮想联翩。

这一年，死亡以一种独特的方式惊扰我。它是一只受伤的鸟。我在放学回家的路上注意到它。它趴在马路下面的那一大片菜地旁。我的脚步声惊动了它。它吃力地飞起来，但是很快又停下来。我一直将它追赶到菜地尽头的一个死角。它终于飞不动了。我将它抱起来，它的翅膀绝望地扑打了两下，就彻底放弃了。我抚摸着它，刚想跟它讲话，一只手搭到了我的肩上。我回过头去，看到了三个高年级的学生。他们问我抓到了什么。我告诉他们是一只受伤的鸟。他们让我将它交给他们。我不同意。他们中间的一个抱住了我，另外两个将那只受伤的鸟从我的手里抢走。

这段经历后来变成了我的处女作的素材。站在潮湿的黄昏看着那三个孩子走远，我觉得极度的孤独。像许多受伤的孩子一样，在那一个时刻，我开始幻想一种世俗的权力：以暴制暴的权力。

托尼·莫里森狂放的诺贝尔演讲好像是从我这段经历的结尾处开始的。几个年轻人想羞辱那位无所不知、名闻遐迩的老妇人。他们从她生理的弱点下手，要她回答，他们手里的鸟是死的还是活的。双目失明的老妇人拒绝回答。因为她知道那只鸟的生死完全控制在她的挑战者的手里。在托尼·莫里森的话语里，那只鸟是语言的象征，它正在遭受政治、商业、技术等等的压力，已经奄奄一息。我想告诉那位虚构的老妇人：那只鸟本来是可以活下来的，如果它在七十年代碰巧被一个热爱文字的小男孩带回家去……

7

我幻想的权力是"我有一个哥哥"（我用它做我的处女作的题目）。这种幻想在1975年将我带进了一个年轻人的圈子。这些年轻人在一起玩乐器、洗照片、唱歌、读书和谈恋爱。我很快挤进了他们阅读的接力赛，将自己接近他们的不良动机忘得干干净净。我开始阅读那些繁体竖排右起的"黄色小说"：《约翰·克利斯朵夫》《静静的顿河》《茶花女》和《牛虻》。

这一年，母亲将我带进了她所在的中学（也是我后来的母校）的图书室。这也许是她与资产阶级争夺青少年的一次努力吧。在那里，我可以借到正式出版的书籍。在一篇谈论成长的短文中，我这样写道："他很小就迷恋上了阅读……他经常去帮图书室整理报纸，换取一次多借三本书的优待。他读《巴黎公社史》，他读《摘译》，他读《哥达纲领批判》，他读《论陶里亚蒂同志与我们的分歧》。他不懂装懂。他从许多狭隘的窗口里展望世界。他的思想游行到了很远的地方。"这如饥似渴的"他"就是1975年的我。

我在1975年完成了与书籍不可分离的婚配。这是由上帝包办的婚配。同样在这一年，我的生活中还发生了一件重要的事情：有一天，一位我不认识的老师走进我们的教室，他环视了一圈后，对我们的班主任老师指了指我和另外一个同学。于是，我成了学校文艺宣传队的队员。我们的宣传队在长沙市享有盛名，经常要到工厂、部队和剧院去演出。我始终只是宣传队里的次要演员。在大合唱时，我站在最后一排的最右边；在歌颂民族大团结的歌舞里，我有90秒钟的双人舞，但是我的舞伴不是那些骄傲的女队员中的一位，而是一个像我一样干瘦的男孩子。而且我们跳的是蒙古舞，而不是更重要的藏族或者维吾尔族舞。

宣传队的生活不仅将我从那些"坏"同学的包围中解救出来，而且还培养了我铁的生活纪律。在那一年多的时间里，我每天都要5点钟起床，摸黑步行二十分钟，赶到学校去练功。下午下课之后还经常要留在学校排练，到天黑才能够回家。遇上演出的日子，回家的时间就会更晚。七十年代的家长不会到学校门口接送他们已经十岁的孩子。这种起早贪黑的生活完全要靠自理。

表演引起了我对音乐的注意，也强化了我对语言的迷恋。如果没有在舞台上高声表白和放声歌唱的经历，我也许还是能够理解"马尾巴的功能"的幽默和用意，却难以品味"历史的火车头"和"盛大的节日"等等导师级隐喻的魅力。"革命是无产阶级的盛大的节日"，这血腥的隐喻是我最早痴迷的"狂欢节"理论。革命是一部虚构的作品，它的万能的叙述者唯一不能决定的是它的结局。

舞台上的表演只是部分地满足了我的表现欲。我的语言积累已经达到了一定的程度，它渴望着其他的表现形式。从这一年开始，日记开始成为我私下的表演。不过，最初的表演过于简单：它基本的风格是"自我批评"，它重复的独白是"豪言壮语"。与日记这种挑战时间的激情相应，我还有了挑战距离的冲动。我寄出了第一封不是在母亲的要求下写成的信。收信人是远在哈尔滨的一个与我年龄相当的亲戚。三个星期后的一天上午，我的班主任老师将回信交到我的手上。她用异样的目光看着我，她说她从来没有收到过给她学生的信。

那也是我一生中收到的第一封信。那种挑战距离的快感将成为我永远的奢侈。同样在1975年，通过日记和书信，我向"写作"许下了终身。

　　这一年，死亡将一个河南农民带离（或者说带进）了我的生活。这个农民在十八岁那年生下了第一个儿子。这个儿子在十七岁那年随解放大军南下，离他而去。又十五年之后，这个农民听说自己的第一个孙子在湖南出生……这繁衍的链条在十一年后的一个下毛毛雨的日子里炸裂：父亲那天告诉我"爷爷死了"。他带我一起去离工厂大门不远的小邮局，往老家汇去了自己一个月的工资。我还能清楚地记得父亲趴在柜台上填写汇款单的样子。那是一个七十年代的儿子为父亲送终的姿势。

　　我与爷爷的生命有十年的重叠，但是我们从来没有见过面。我们家里没有一张他的照片，没有一个他写的字，没有"任何"他的痕迹。对我来说，他并不存在，或者说，只有死亡才会让他存在。是什么造成了这亲情的"缺席"，革命？叛逆或者距离？问题很可能出在他的"成分"上：他不是"地主"，但也不是"贫下中农"。他处在灰色的地带。这种灰色的处境在七十年代肯定是仕途上的障碍。

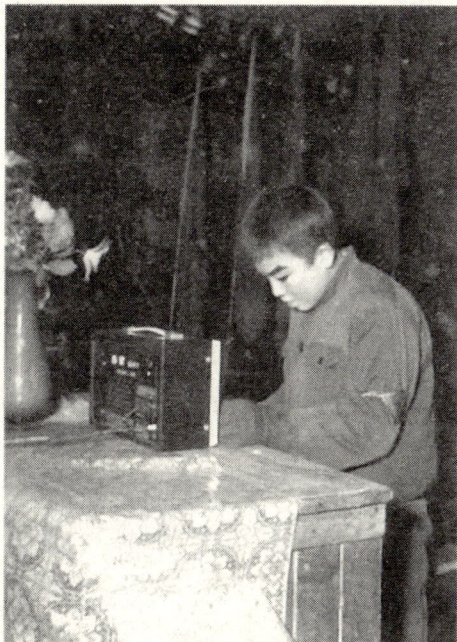

臂章是那个年代"红卫兵"的身份标志。已经化了妆的薛副团长在演出之前还要作"政治报告"。他在随后的节目中扮演一位坚持原则的工人师傅

8

母亲长期订阅《人民日报》和《红旗》杂志。我很小就学会了在语言的暴力中寻找语言的魅力。但是，1975年底的一天，母亲突然决定终止与这两份报刊的关系。她告诉我，我可以订阅自己的杂志了。就这样，即将复刊的《人民文学》和《诗刊》进入了我的生活。这是我个人的"语言转向"。文学成为了我对1976年的期盼。

我盼来了终生难忘的诗歌。其中生机勃勃的《鸟儿问答》让我提早许多年感受到了"魔幻现实主义"的魔力："试看天翻地覆"是毋庸置疑的魔幻；"土豆烧熟了，再加牛肉"是明摆着的现实。事实上，《鸟儿问答》创作于1965年，与《百年孤独》的创作几乎同时。在世纪末用另一种语言细读那部小说时，我曾经魔幻地相信在七十年代去世的伟大领袖就是小说孤独的主人公的原型。在小说中，主人公带领一大群人经过长途跋涉在一个被沼泽包围的角落建立了一座孤立的村庄。他有无穷无尽的奇想。他有没完没了的冲动。

与诗歌一起到来的还有一颗开花的铁树。它在天心阁（长沙最古老的建筑）上的一间展厅里展出。我不记得是谁告诉我那个消息以及我为什么会有兴趣。那座古老的建筑离涌冒"长沙水"的著名井口不远，离我住的南郊却有相当的距离。但是，我在一天下午站到了那千古奇观的跟前。我身边那些表情严肃的参观者议论纷纷。他们都说"铁树开花"是将要出大事的征象。

几天之后，广播里果然传来了哀乐。我也许还沉浸在"弹指一挥间"的洒脱和"不须放屁"的义愤之中，当天早上并没有特别的悲哀和冲动。震撼来自一个月之后那部诗一样的纪录片以及三个月之后被诗歌凝固为历史的清明节。"灵车队，万众心相随"，这是我从来没有目睹过的场面。"将骨灰撒在祖国的江河大地上"，这是我从来没有听说过的创意。尽管仍然伴随着一模一样的哀乐和大同小异的悼词，死亡却因为这场面和创意获得了伦理和诗意。这伦理和诗意将在随后那个传统节日演变为七十年代最动人的抗议。就像在五年前那个深秋的中午一样，在1976年清明节的夜晚，我又一次感觉到了惊心动魄的历史。这就是铁树开花兆示的大事吗？

七月底从收音机里听到的消息也并没有让我特别震惊。但是几天之后，父亲的一位同事从北京出差回来。他带来了在那里的亲身经历。他谈到地震前的症候，谈到地震后的恐慌。他绘声绘色的叙述让我战栗。除了那些千篇一律的"忆苦思甜"报告之外，这是我一生中完整地听到的第一段"口述历史"。它让我同时迷上了"叙述"和"历史"。让我战栗的不是死亡的人数（那人数是七十年代的秘密），而是死亡的速度。我恐惧毫无准备的死亡，瞬间的死亡。"他们很多人都光着身子，"父亲的那位同事说，"因为北方人睡觉时喜欢光着身子。"他叙述中的这一特写让我觉得既生动又恐怖。这就是铁树开花兆示的大事吗？

　　我当时很想知道那横扫一切的天灾会不会危及伟大领袖的生命。这是名副其实的"杞人忧天"。但是在那个时候，社会上只存在关于他的身体状况的猜测，却没有任何关于他的身体状况的消息。9月9日那天下午，父亲如约带我去工厂家属区对面的那家地质职工医院看病。在诊室里，他与医生谈起了马上就要收听的重要广播。他们都说不知道它的内容，但是他们的表情都显得凝重。后来在医院的门口与父亲分手时，我问他重要广播会不会是关于伟大领袖的消息。他提醒我赶快回家，不要乱猜。回到家里刚在书桌前坐下，家属区的高音喇叭里就传出了七十年代最沉重的哀乐。我激动地站起来，面对着窗外的那一片住宅楼的建筑工地。眼泪很快打湿了我的衬衣。与从前不同，这一次，我不是觉得历史又走到了一个新的生死关头，而是觉得历史已经走到了它的尽头。这就是铁树开花兆示的大事吗？

　　历史的脚步并没有停止。在接下来的日子里，停止的只是"一切娱乐活动"。在庄严肃穆了两天之后，我在第三天的上午一度失控，情不自禁地唱起了"我爱五指山"。但是我马上就意识到了禁令的存在，没有接着唱下去，没有再去"爱万泉河"。第二天中午，因为一件小事与姐姐发生争执，她向母亲报告我"昨天"曾经在禁区犯规。我母亲没有给我承认或者抵赖的时间，责令我立即在伟大领袖的画像前跪下。我在坚硬的水泥地上跪了将近两个小时。这两个小时是"七十年代"博物馆的理想藏品，又是我个人思想解放的导火线。

　　与那些重于泰山的死亡相比，这一年的一次轻如鸿毛的死亡在我的文学中留下了最早的痕迹。我的短篇小说《游泳》以"四个少年爬上了围墙"开始，在结尾的地方，却用"三个少年爬上了围墙"来呼应。语法上刻意的平衡突出了语义上的倾斜。那个没有在小学毕业典礼上出现的少年是我最好的朋友（他也是我们工厂的家属）。他不肯与我们一起偷偷到水库去游泳，因为他父亲在同个时间会带他去湘江里游泳。湘江是伟大领袖"风华正茂"时"中流击水"的地方，与水库相比，就像是"鲲鹏"与"蓬间雀"的区别。我们对他的羡慕难以形容。

他父亲带他去了，但是没有带他回来。那天晚餐时，我母亲问我下午到哪里去了。我对她撒了谎，没有提去水库游泳的事。而我母亲却没有对我撒谎，她告诉我，我最好的朋友已经离开了人世。

历史的脚步并没有停止。但是，生活却一度中断。我们这些等待进入中学的孩子们入学的时间一拖再拖，一直等到北京的第一轮政治斗争偃旗息鼓，到十月底，我们才得以在中学正式报到注册。新学期一开始并没有什么新意。它的主要任务还是"深入揭批"，还是"口诛笔伐"。我继续使用小学时已经熟练掌握的语言，铿锵有力的语言。不同的是，语言所憎恨的对象变了，从"走资派"变成了"四人帮"。

这生活的中断好像是为了一个瞬间所设。那是我一生中最重要的瞬间。它与语言有关，也与死亡有关。在9月底的一天下午，我随意地从母亲的书柜里取出那本《唯物主义和经验批判主义》。我跪到水泥地上（伟大领袖画让我习惯了这种姿势），将书在跟前摊开。我一页页地翻动着枯黄的书页。突然，一个引号中的句子出现在我的眼前。我被一道闪电击中，感到了一阵前所未有的畅快和疼痛。我干瘦的身体冒着汗，我被"不能"征服，被"河流"征服，被"人"的无能征服。那是我的"顿悟"，一生只有一次的"顿悟"。

很多年后，我在一篇文章中写道："我的生活就是十二岁时那一次意外的阅读留下的伤痕。"这不是"忆苦"，这是"思甜"。这无法愈合的伤痕是"精神家园"的象征。

通过列宁而进入古希腊，就像通过伟大领袖而走近春秋战国一样：七十年代的中国为知识的考古设定了史无前例的路径。我后来经常看见那个热爱文字的十二岁的小男孩：他跪在坚硬的水泥地上，重读了一遍引号中的文字："人不能两次进入同一条河流。"在那一瞬间，他觉得自己完全懂得了那个句子，他以为自己已经懂得了所有的一切。

9

从1977年开始，一种更为神圣的激情开始与日记和书信一起分割我对语言的迷恋。文学和发表的激情留下的最早的痕迹是那些歌功颂德或者义愤填膺的诗句。我将自己的作品寄给《人民文学》的"编辑叔叔"，通常还会附上一段简短的"导读"。一个多月之后，我会收到一封铅印的退稿信。它让我倍受鼓舞。这是一种良好的心理状态。要知道，我从《人民文学》收到的第一封退稿信与第一封约稿信之间相隔了二十年的时间，这是仅次于无期徒刑的判决。没有宿命的耐心，没有支撑这耐心的宿命的激情，没有人能够等到"质变"的那一天。

但是在1977年，文学还只是我的"隐私"。我的公共生活仍然由"超我"主宰。我是"又红又专"的表率，对自己必须"高标准、严要求"。除了完成自己的学习任务以外，我担任班长和年级的红卫兵连副连长，社会活动频繁。我要出黑板报，要发展新同学"入兵"，要在全校深入揭批"四人帮"的大会上发言。我的语言里仍然阴魂不散：在发言的中部，通常会强调"前途是光明的，道路是曲折的"，而到了发言的最后必然要肯定"我们的目的要达到，我们的目的一定能够到达"，或者更加国际化一点，坚信"英特耐雄纳尔就一定要实现"。

在这一年5月7日的日记里，我这样写道：

> 我们一定要让革命的思想占上风。我们年幼，世界观并没有定型。注意！必须抓住这一段时间来培养自己的革命思想。要用红笔来填写自己的成长过程。也就是说，在自己的历史上，不要出现污点，要保持鲜红鲜红的颜色。

这是七十年代所有的初中生都可能写出的日记。它与"日子"和"记忆"没有任何联系。那时候的日记除了"自我批评"就是"自我鞭策"。它使用的语言已经与我的阅历不匹配，与我的感受相抵触。

5月26日的日记是一个难得的例外，它记录的是实实在在地发生在"今天"的事情：

今天，在班主任的主持下召开了一个民主生活会。在这个会上，同学们给我提了很多意见。归纳一下大概有以下这几条：1.用大帽子压人；2.上课讲小话；3.打击女干部；4.不起带头作用；5.上甲课做乙事；6.自由散漫；7.不虚心接受意见。

我认为同学们给我来提意见是对我的一种关心。尽管这些意见并不完全对，但是，"有则改之，无则加勉"。为了自己更好地成长，我一定要虚心接受这些意见。

我完全不记得这次"生活会"了。但是，从意见的数量可以想见当年"基层"的民主气氛还是相当的浓厚。这些意见大都是七十年代全中国通用的"鉴定语言"，只是第三条颇具特色。按照我当时的生理状况，这一条应该改为"包庇女干部"才比较合理。我究竟是怎样打击的？究竟打击了谁？

群众的意见并没有危及我的政治生命。1977年底，也就是初中二年级的第一个学期，我被提升为学校红卫兵团的副团长（团长职位空缺），成为全校性的政治明星。事实上，这意味着我成为了全校"担子"最重的义工：我有出不完的黑板报、做不完的大扫除、掏不完的阴沟、表不完的决心……与我现在寂寞的生活相比，七十年代明星的日子宛如人间的天堂。

但是，我不再有"前途是光明的"自信，因为死亡照常光临，它带着崭新的面具，三次敲响了那"人间天堂"的大门。

第一次，死亡是一个孩子。这个孩子与他的爷爷奶奶生活在一起（他的父母在外地工作）。他的爷爷是我父亲的朋友，我们经常去他们家做客。这个与我同龄的孩子性情孤僻，很少与我讲话。有一天，两位老人到我们家来找他们的孙子：他已经两天没有回家了。一个星期后的一个晚上，父亲带我再去他们家慰问时，两位老人已经非常平静。他们抱怨当时很受欢迎的一部影片里的上吊场面。他们责备他们的孙子不应该太在乎一次小小的考试。他们还说他们对不起自己的儿子。我们离开的时候，两位老人指给我们看他们的孙子上吊的地点：他们住的那一层楼走廊尽头用来装杂物的房间。从那一天开始，我的记忆中出现了"自杀"的人。

第二次，死亡是一个隐喻。它通过我身体中第一个器官的衰退来炫耀自己的分量。1977年底，我眼前事物的边界渐渐变得模糊了。班主任老师不断将我的座位往前调。最后，坐在第二排，我也看不清黑板上的字了。我不得不去医院做检查。一个阳光明媚的下午，父亲带我去湖南医学院第二附属医院。在检查快结束的时候，那个口音很重的医生问了我怕不怕光。我不是太明白他说的"怕"是什么意思。有时候我会觉得阳光非常刺眼，比如父亲出发去干校的那一天。但是通常我对光线并没有什么恐惧。不过，我却点了点头。这好像正好是医生期待的结果。医生告诉父亲，我应该尽快去配一副眼镜。

几天之后的一个傍晚，母亲带我去长沙市中心黄兴路上的一家眼镜店，为我配人生中的第一副眼镜。当验光师让我戴着他为我选定的镜片去看看街景的时候，我发现世界又变得像从前那样清晰了。但是，我心灵的窗户已经不再是原装的，我和世界的关系已经发生了不可逆转的变化。这是一种永远的"丢失"。在那一刹那，我突然感到一种强烈的内疚，对我母亲、我自己以及对整个的世界。我悄悄地发誓，发誓要用一番伟大的成就来弥补这永远的"丢失"。

第三次，死亡是一个句子。其实，它是前一次的一个插曲。只是为了叙述的清晰，我才将它独立出来放在最后。那天在附二医院走廊的长椅上候诊的时候，父亲突然漫不经心地对我说："你会短命的。"他接着说这是一个会看相的工人告诉他的。我不知道父亲为什么要如此随意地将如此的"天机"泄露给自己年仅十三岁、心理又异常敏感的儿子。我跪在长椅上，面对着明媚的天空，对接下来的视力检查充满了恐惧，对未来的一切充满了恐惧。父亲1977年漫不经心地说出来的这句话是他一辈子说过的唯一一句能够打动我的话。这句话在我的生命中留下的伤口要用三十年的时间才能愈合。三十年后的一天，我突然意识到自己已经活过了卡夫卡的年纪。对于一个以文学为天命的人，那个年纪应该是一个心理的分水岭。越过了那个年纪，战栗在灵魂深处的就应该只是对自己过去的羞愧，而不再是对自己未来的恐惧。

10

我的政治生命于1978年2月17日结束，比"红卫兵"组织"历史使命的完成"提早了半年。政治生命的结束是继器官的衰退被确诊之后我所经历的第一次死亡。那是猝然的死亡。那一天离我14岁的生日还差五十天。那一天，母亲从办公室带回来的一张《人民日报》上刊登了一篇很长的报告文学。那篇题目费解的报告文学将一个费解的数学题目带进了中国人的日常生活。在经历了无数政治的奇迹之后，中国的孤独第一次被一个纯科学的奇迹驱散。"赛先生"的幽灵又开始得以在中国的大地上徘徊。七十年代在即将结束的时候迎来了自己的第一个"春天"：科学的春天。

我急不可耐地去寻找《文汇报》，因为我听说那里刊登了那篇报告文学的足本。足本的开头既是对我的诱惑又是对我的羞辱，就像所有不可企及的美的事物。它是一组数学公式，那个奇迹的核心部分。我被这神奇的开头迷住了。原来数学也是一种语言，原来文学可以从数学开始。那篇报告文学成了我见到的第一部后现代的作品。

政治生命的死亡没有引发我丝毫的悲痛。因此，我不可能像那些千篇一律的悼词最后号召的那样"化悲痛为力量"。我也没有必要那样做，因为新的时代带来了新的语言和新的隐喻。它强调"知识就是力量"或者"科学技术是生产力"。这种新的语言直到八十年代还是政治试卷中"试用马克思辩证唯物主义哲学分析"的对象，直到它最后被"时间就是金钱"或者"效率就是生命"进一步升级。"金钱"和"生命"的隐喻将语言带到了七十年代的对立面。七十年代是"粪土当年万户侯"和"为有牺牲多壮志"的年代。

1978年5月6日的一篇日记显示了一个初中二年级学生对"力量"的向往。在回顾了一段时间来自学的进度之后，我这样写道：

> 我的理想是当一名科学家。有很多更具体的想法也不时地在我的心中出现。《哥德巴赫猜想》一文中提到的那"一步之遥"给我无穷的鼓励。而且我非常想在不久之后就走上通往北京的道路。
>
> 在把数学提到中学优秀的水平之后，我打算从物理、化学、外语这些学科突破。
>
> 母亲不赞成我今年考大学，那么我必须做好明年考的准备。

数学用许多轶事点缀我的1978年。其中，那一年的全市统考最为精彩。考试的最后阶段，全年级的老师都围到了我的身旁。因为试卷中最后有一道30分的大题（一道将对数与一元二次方程的极值结合在一起的题目），它的难度令所有的数学老师惊慌失措。他们在等待我的灵机。他们寄希望于我能够为学校争得荣誉。我的每一步推导都引起老师们的骚动。当我的卷面上出现了解题的关键步骤时，老师们发出了恍然大悟的惊叹。那一次我的得分将近满分，与第二名的分数相差32分。

数学教给我节制和逻辑，我相信这是文学的根基。写作是对语言的苛求，进而也就是对写作者自己的苛求。我曾经在一篇文章中说"我的一生将是这苛求的祭品"。这是七十年代对我的宣判，是无法推翻的宣判；数学还告诉我"捷径"的奥秘。在一道数学难题的所有解法中，一定存在一种最好的解法：它最简洁、最漂亮、最令人意想不到。科学的目的就是寻找问题和解决之间的这种捷径。同样，在文字的组合中，也一定存在着对生活最准确的捕捉和对语言最到位的操纵。这文学里的"捷径"是上帝的作品。不过，写作者可以而且应该怀着对语言的无限热爱和敬畏去努力接近这部作品。

为了备战"明年的"高考，我需要自由和基地。工厂里的一位技术员将暂时空置的住处借给了我。每天晚餐之后，我就钻进"属于自己的房间"。我在那里苦思冥想，勤奋演算，刻苦"攻关"。但是，一个意外的发现改变了我的道路。一天晚上，我在房主的一摞旧书里发现了一本爱因斯坦的《狭义与广义相对论浅说》。它与我好高骛远的天性一拍即合。我贪婪地攻读起来，对作业本上"和差化积"与"积化和差"的练习失去了兴趣。很快，我也对在十五岁进入大学（甚至对上大学本身）等世俗的目标失去了兴趣。

但是，爱因斯坦带来的不仅有相对论，还有他对艺术的热爱、对哲学（尤其是康德哲学）的崇敬、对和平的憧憬以及对压抑个性的教育的讨伐，还有他学生时代的"成绩平平"。在七十年代的最后一段时间里，我从爱因斯坦的物理转向了他的传奇和思想。我开始迷恋"理想实验"以及不容易转化为"生产力"的纯粹的知识。我开始热爱艺术、崇敬哲学、憧憬和平、讨伐教育并且准备变得"成绩平平"。爱因斯坦在七十年代的出现为我在八十年代的"反潮流"和弃理从文埋下了伏笔。

这一年，自杀又一次惊动了我。死者是父亲的同事（厂部的一个科长）。

他就住在我们隔壁的门栋，是我几乎每天都能看见并且很礼貌地打招呼的"叔叔"。有一天，父亲谈起那位"叔叔"因为在"反击右倾翻案风"中的积极表现正在接受隔离审查。几天之后，父亲又带回了那位"叔叔"最后的消息：他从招待所三层被隔离的房间跳了下去。父亲还提到了他溅散的脑浆，等等。那天中午，我悄悄跑到招待所的后面。那是我非常熟悉的地方，因为我们在工厂的第一年就被安排住在那里。我在那里找了几圈，根本没有找到脑浆的痕迹。我有点失望。我目测了一下三层到地面的距离，那显然不应该是生与死之间的距离。换任何一个其他的部位触地，那位几天前还对我点头微笑的"叔叔"都不可能用那样暴力的方式变成我的记忆。

站在没有死亡痕迹的自杀现场，我不知道死者最后一眼看到的是什么。我看到的是斜坡下面那一口被工厂的油污覆盖住的水塘。附近的农民每年都将水塘里半死的鱼打捞出来在路边出卖。因为价钱便宜，鱼每次都是一抢而光。当然，我还看到了几步远处的那棵半死的矮树。那上面曾经有一个很大的马蜂窝。所有人都说马蜂窝捅不得。我早就听腻了捅马蜂窝的后果。但是，在1974年暑假里的一天中午，我还是用好不容易找到的一根长树枝，用力朝那个马蜂窝捅去。惊飞的马蜂中的一只闪电似的朝我飞来。众所周知的后果立刻凸显在我的额头上，吓得我拔腿就往设在招待所一层的工厂医务所跑去。我比《光明日报》的"特约评论员"提早四年认识到了"实践是检验真理的唯一标准"（5月里发表的那篇"特约评论员"文章是1978年最有特色的理论动态）。

1978年底，中国正开始朝世纪末的"四个现代化"跑去。可是，从北京出差回来的人却带来了《第五个现代化》的消息。我认识的一个年轻人激情地将文章油印出来（我一度是他油印的帮手），四处散发。与大摇大摆的"赛先生"不同，"德先生"走的是地下通道。但是，这丝毫也没有降低它的身份。我们一见如故。它与我的荷尔蒙联手，诱发我的叛逆。我开始与生物上的父亲冲突，我准备与精神上的父亲决裂。对七十年代的许多少年来说，这两个过程相辅相成。我与父亲的冲突都是由大是大非的问题引起：他主张姓"社"，我主张姓"资"；他要"基本原则"，我要"绝对自由"。有好几次，我们的冲突几乎以武斗的形式结束。其中一次，我举起了一只茶杯，险些朝"社会主义"砸过去。

　　在这"你死我活"的关头，父亲被调往离长沙八十公里远的益阳地区，主管当地的经济工作。他的离开为我青春期的自由发展扫除了障碍，又在我生命的旅途上标出了一个新的车站。但是，我们的家庭又一次被拆散了。与生命一样，"家庭"也是七十年代廉价的牺牲品。

11

　　与科学的"春天"相比，1979年北京的"春天"显得非常短暂。二月中旬，战争爆发了。它转移了所有人对位于西单的那一堵矮墙的注意。与我们在儿童时代参与的战争不同，这是七十年代唯一的一次实战。我兴奋异常，密切注视着前线的动向。我盼望着"我军"尽快攻入凉山，同时也有点犹豫不决，不知道在那之后是不是应该继续南下，拿下河内。我已经不再是那个滥用核武器的孩子，我已经被爱因斯坦为原子弹爆炸留下的眼泪深深地感染。胜利已经难以冲昏我的头脑。对伤亡的敏感正在悄悄改变我对战争的看法。这种敏感最

1978年底，中国正开始朝世纪末的"四个现代化"跑去。七十年代在即将结束的时候迎来了自己的第一个『春天』：科学的春天

后将演变成对一切战争的厌倦和反感。

1979年忙于为活人摘帽，为死人追悼，是活人和死人都很受重视的年份。但同时，它却通过战争炮制了更多的死人。这是历史中常见的荒谬。那些死去的生命当时与人民币的比价让"人民"和"人命"都蒙受羞辱。而后来随着边境贸易的活跃，那种死亡变得比鸿毛更轻。1979年的战争引起了我对战争的思考。这些思考为我后来的"战争小说"奠定了基调。

同样，1979年在忙于摘帽的同时，又给更多的人戴上了那顶传统的帽子。这也是历史中常见的荒谬。政治生命的结束并没有降低我对政治的激情。3月底的拘捕和十月底的审判使我对权力失去了敬意。"反革命"、"右派"和"野猫"在幼儿时代是母亲用来恐吓我的"三剑客"，据说只要提及其中的一位，我的哭声就会戛然而止。1979年，野猫已经叼不走我，而绝大多数的"右派"又都摘了帽，只剩下"反革命"还能够惊动我的神经。但是，这一次，我不是因为恐惧而受惊，是因为怀疑。"反革命"作为一种1979年的罪过诱发了我对"革命"的怀疑。这是我自己的思想解放。这怀疑将在未来开花，最后结成一系列文学的果实。

1979年用喧嚣和骚动构筑了我意识形态的分水岭。七十年代很快就要结束了。那个想让自己的历史保持"鲜红鲜红的颜色"的少年经历了一场语言的血崩。他在表格里不得不填写的"坚决拥护"已经词不达意。他的"自我"已经开始膨胀，而他的"超我"被比"基本原则"更基本的人性的原则取代。语言本身的造血功能让我的语言顺利地完成了最关键的新陈代谢。来自过去的语言终于向过去告别。

发生在1979年的两次搬家使这一年的告别变得更加具象。在秋天里，我们搬离了与那么多集体和个人的记忆纠绕在一起的工厂家属区的房间，搬到了位于工厂对面的母亲工作的学校（也是我自己的母校）。"沸腾的生活"从此淡出我的生活。

二十六年后，我带着十五岁的儿子，"不远万里"，从地球的另一侧回到长沙，去寻找那七十年代的"故地"。我们在生产区的见闻完全是另外的版本：没有声音、没有人影、没有任何的生机。我所有的记忆和叙述都变成了谎言。工厂已经停产好几年了，大部分土地和机床都已经出卖。在变得十分狭窄的家属区的入口，我终于看见几个正在阴影中乘凉的老人。这很像是马可·波罗在《看不见的城市》的第二座"记忆之城"里目睹的场面。我一眼就认出了他们，那些"欲望已经变成了记忆"的老人。我记得他们二十六年前的样子以及他们生活中的一些故事。同样我想，他们可能还记得当年总是穿着工作服在车间劳动的那个瘦弱又懂事的孩子，那个"党委副书记"的儿子。但是我肯定，他们没有认出我，或者通过我身边的少年认出我。

而夏天的搬家终止了我与农村的对话，它对我生活的影响也许更为复杂。

七十年代几乎所有的寒暑假，我都会去宁乡县历经铺人民公社立新大队第四生产队看望外公外婆。外公曾经是沈阳一家大型国营工厂里的会计。"四清"之后携全家回到宁乡老家务农。他不可能预计到"浩劫"的到来，也不会想到他个人的成分有机会由"职员"升格（或者降格）为"地主"，令"人民内部矛盾"转化为"敌我矛盾"。就像我从来没有看见过的爷爷一样，在1979年夏天的那个中午之前，我经常见到的外公也并没有作为一个外公而"存在"。在我的眼中，他只是一个"日出而作，日落而息"的农民。而且，我像其他孩子们一样，对他十分惧怕：原因之一是我知道他的"地主"身份；原因之二是他很少说话，从没有笑脸。他总是微微驼着背，独自坐在一个角落里，抽着他的"喇叭筒"（自制的卷烟）。他与我外婆的包办婚姻符合辩证法的著名规律，是名副其实的"对立统一"。我外婆幽默、"阳光"、有取之不尽的故事。她已经95岁了，仍然能够一字不漏地背诵《长恨歌》和《琵琶行》等古典诗文以及《鸟儿问答》等现代诗篇。她在七十年代的日常生活中经常用伟大领袖的伟大诗篇对我进行生动的义务教育。

我保留着外公于1969年写的一份交代材料，他在那里面交代了自己的"历史"问题。像七十年代的许多年轻人怀着"崇高的理想"加入共产党一样，他在国难当头的1939年集体加入过当时正在领导抗战的执政党；像现在的许多年轻人向往稳定体面的工作一样，他在风雨飘摇的"行政院"做过一段时间（不到两年）的公务员。背着如此沉重的历史包袱，他的七十年代与我的七十年代当然会截然不同。我不知道当他经过整天的批斗和整夜的逼供之后回到自己的茅草屋里，除了沉默之外，是否还想到过其他的出路。

可是，1979年夏天的那一天中午，外公突然变成了另外一个人。那一天，我跟着一辆大卡车去乡下给他搬家。他那样的兴奋，忙进忙出，忙上忙下。他满脸的笑容，他讲了那么多的话。那一天是他翻身做主的日子。他不再是"地主"了。因此，他也没有必要再当农民了。母亲要将他接到城里去。他将永远离开那曾经属于他的父亲而他自己又在上面辛勤耕作过的土地。

我坐在卡车的驾驶室里，突然有点怀念那位"不存在的"外公，不仅因为他为我提供了一个度假的场所，还因为他向我展示过一个另外的语言世界。那是1974年春节中的一天，我无意中打开外公桌子的抽屉，在一些乱七八糟的东西中间，我竟看到了一本书。那本很旧很小的书的封面上只有两行我认识的字。一行是"李耳王"；另一行是"莎士比亚"。我不知道这两行字是什么意思，彼此又有什么联系。我大概能猜到第一行是一个人名，这个人的耳朵应该很大，等等。八年以后，在装外公遗物的小木箱里，我又见到了那本书。那是我一生中见过的第一本英文书。在现实中，它的出现是七十年代的一个意外，而在我的想象中，它的出现是生命的必然。

1982年寒假过后，刚刚告别外公回到北京，我就接到他因脑溢血突然去世的消息。这轻如鸿毛的死亡在我已经有点存在主义意味的日记里留下了沉重的痕迹。这离我最近的死亡将七十年代的阴影更深地带进了一个新的年代。

12

对我来说，七十年代是"死亡的年代"。一生中只会遭遇一次的神死了。那些可爱和可恨的半神，以及先可爱后可恨（或者先可恨后可爱）的半神也陆陆续续死了。不少熟悉的凡人也以不同的方式死去。而一位可能已经不在人世的工人甚至对我的寿命也作出了悲观的估计。死亡是我的恩师：它向我指明了生命的极限，它解除了我关于生命的疑惑，它教育我卑微地活着。

生活是不断的告别。然而，我不可能向用死亡教育我和用语言哺育我的七十年代告别。那个年代为将要用语言回报语言的生命编制了详尽的基因图谱：痛苦、躁动、虚荣、恐惧、羞辱、满足、谬误、隐秘……一个年代的副本其实就是一个生命，或者一个生命的标本。

井冈山往事

江 子

火

1

播火者欧阳洛首先是一名年轻的农民，他从小生长在江西永新的一个叫田南阳家村的只有三十多户人家的小村庄里。他家有七亩薄田，好歹也算是有田产的家庭，可是他家人口众多，共有九人，七亩薄田自然就不是大产。穷困理所当然地成了他们一家的命运。

青年农民欧阳洛出生于1900年。他在乡村度过了二十多年的时光。像所有的农民那样，他遵守古老的日出而作日落而息的生活习惯，熟悉田地里的一切活计，也与无数大到牛羊小到昆虫之类的生灵保持天然友好的亲属关系。像所有农民那样，他对乡村谈不上热爱也说不上憎恨。他完全可以像所有农民那样活着，娶亲生子，没日没夜地劳作一生，老了找村庄后面山上的一抔黄土埋掉拉倒。没有人说这样的生活有什么不对。

然而欧阳洛同时也是一个读书人。他的父亲是一名教经馆的秀才，欧阳洛10岁开始跟随父亲读书写字。相比村里同龄的人，欧阳洛自然有了一个不同的文字世界。他除了是农民的后代，还是孔子的门生。文字有了让他对外面的世界张望的勇气和能力。他渴望求索，渴望用自己的学识换得比农民更好一些的生活，渴望走出大山的围困，跟着水流去寻找人生新的可能。读过书的欧阳洛经常在农事间隙发呆。在田野中，山麓下，溪水旁，他孤单的样子让人不解。他在想些什么呢？

1922年，22岁的欧阳洛上路了。那是8月，天气酷热。走出家门的欧阳洛应该带着一个书箱，里面有他的换洗衣服和一些类似于《稀世贤文》《论语》之类的书籍。那是他的父亲的经馆教材，理所当然地成为了他考学的工具。也许还会有一些在路上应急的干粮，这里按下不赘。8月的欧阳洛应该穿着短衫。像那时候每一个出门远行的乡村人那样，他的手上也许绑着一条毛巾。太阳暴烈，他不停地用毛巾擦汗。可是汗水不停地爆出来，他的毛巾早已经彻底湿了。他的身体似乎要浸在汗里。他的汗衫已经散发出一股难闻的汗馊味，可他毫不以为意。梦想中的前程在鼓舞着他，他已经走得很累了，依然不肯停下来歇息。这个懵懂无知的乡村青年，对自己的未来心怀期待，

经过数日的行走，他来到了江西省会南昌。凭着他父亲教给的文化基础，欧阳洛考入了省立第一师范学校，成了省城名副其实的一名学子

对即将抵达的城市多少显得好奇而惶恐。他的将来，是要做一名传道授业的教书先生，还是到衙门里当一名公差？

经过数日的行走，他来到了江西省会南昌。凭着他父亲教给的文化基础，欧阳洛考入了省立第一师范学校，成了省城名副其实的一名学子。

2

然而，上世纪20年代初的中国，已经放不下一张平静的书桌了。

川、滇、黔军阀战争爆发。直皖军阀大战爆发。今天穿黄色军装的军爷占领了城池，明天穿灰色服装的兵哥扬言要血债血还。北洋军阀吴佩孚扬言要武力统一中国——类似的杀气腾腾的声音在中国此起彼伏。整个中国军阀混战，硝烟四起，百姓流离失所。内战不已，列强趁火打劫。日本就山东问题向中国发出通牒。英美等势力国家在中国天津、上海等地盘踞。人祸不已，天灾也来助兴。宁夏海源地区发生8.5级大地震，数十万人成为死难者。水漫浙江，数万人无家可归……

混乱不堪、积贫积弱的中国需要拯救，不断告急的国势呼唤挽狂澜于即倒的英雄。几年前的五四运动余温依在，反帝反封建的声音已经深入民心。中国共产党刚刚成立，即把反帝反封建作为本党纲领，其结果是迅速得到全中国知识青年的热烈响应。马克思主义像个幽灵，开始徘徊在中国大小城市的街头，《向导》《新青年》《中国青年》《红灯》这些新思想的杂志在各校园之间秘密流传。城市的偏僻角落或郊区地带，大学的隐秘据点，带有明显政治意图的集会在激烈进行。争论从来没有休止，因为很多理论需要厘清，很多事件的真相没有头绪。而门外的路灯下有人形迹可疑，那如果不是闻风而动的特务，就是集会安排的假装若无其事的放哨的人……

满口永新方言、就读于南昌省立第一师范的欧阳洛在课堂上显得魂不守舍。讲台上穿长衫的老师满口之乎者也，而讲台下的欧阳洛以课本为掩护在读着刚刚出版的《新青年》。而他的行李箱里从家里带来的《论语》还在，那其实是以《论语》封面作掩护的《共产主义宣言》译本。他开始热衷于参加各种秘密的集会，在会上开始小心地发表自己的见解，虽然他的永新方言听起来有些口齿不清。他参加了中国社会主义青年团，聆听有着"江西三杰"之称的江西青年领袖方志敏、赵醒侬、袁玉冰的演讲，用学校的作业本记下他们演讲的精彩部分。他们与他同龄，其中弋阳人方志敏与他同年，都出生于1900年，南丰人赵醒侬要大一岁，李大钊的北大弟子袁玉冰最长，生于1899年，却是兴国人氏，与他同是相距不到百里的邻居。他是不是借助与袁玉冰的近乡之谊与这些青年精英接近？方志敏、赵醒侬出版的《青年声》周报，欧阳洛是不是协助刻写过钢板？他们领导的反对江西军阀的斗争中，欧阳洛是不是在白天的街头游行的人群中高呼过口号，在半夜的路口偷偷张贴过标语？

　　欧阳洛像被一束奇异的光给攫住了灵魂。他经常感觉到自己全身像炭火一样烫。早年在田间地头的思考似乎都有了答案，他的视野再不是如在故乡永新被群山围困，而是无比坦荡，一望无际。他预感到一个大的时代正在到来，而他必须参与其中，成为推波助澜的一员。1924年，他加入了中国共产党，在精神上找到了自己的父亲。南昌两年的学习时光，他并没有长高，似乎更瘦了些，但他的精神海拔，已经到了一个全新的高度。两年前显得村相的平头，现在换成了中分式，那似乎是上世纪20年代时髦的发式，隐藏着典型的革命者的决绝信号。两年的师范学习，这个永新山旮旯里走出来的农民的儿子，已经蜕变成了做梦都喊着救国的愤青，出没于南昌街头的革命派，共产主义的狂热信徒，完全成了一名新人了。

　　1925年6月，欧阳洛走在回乡的路上。名义上他是毕业返乡的省立第一师范学生，事实上他是一名接受了秘密使命的中共党员。他依然带着当年的行李箱，只是里面早期的《稀世贤文》《论语》早已不知去向，取而代之的是大量的《新青年》《红灯周刊》《中国青年》杂志。6月的天气已经很热，欧阳洛全身都浸在了汗水里。而他脸上已经不再像两年前初去南昌那样显得惶恐窘迫，而是无比的成熟、刚毅和自信。他知道，一个崭新的时代正在到来。

3

　　欧阳洛先来到吉安，潜入省立第七师范学校。他用同样的师范生的身份取得信任。他用乡音打开缺口，他用行李箱里的红色杂志招募战士。有永新籍学生王怀、刘真、刘作述等十余人在他的引导下成为了他的盟友，加入了中国共产党，从此他们拥有了同一个精神父亲。几个月后，他率领着他的红色团队回到了永新，开始把故乡当做播种他的精神火焰的第一块试验田。

欧阳洛率领的师范生团队回来干的工作是办学——这当然是他们的本业。只不过他们把整个永新当做了一间教室，而他们的学生是目不识丁的农民或者县城的平民。他们给农民学生安排的初级课程是识字扫盲，可他们的教学目标是在永新这座农民夜校里让他们成为照亮黑暗的灯盏。整个教学过程循序渐进：他们给农民讲许多他们从来没听过的道理，比如农民贫穷的真正原因，以及他们获救的可能。他们讲阶级，讲平等，讲现实的中国和可能的中国。欧阳洛说，要在黑夜里努力发现光。欧阳洛说，要用火焰唤醒火焰，灯盏点燃灯盏。经欧阳洛介绍，贺子珍、贺怡、贺敏学、贺灿珠、张荣锦等青年农民成为永新境内的第一批党员——那是永新这所夜校最优秀的学员。

然后整个永新南区北乡共有五百名农民学员领到了一张别致的毕业证书——他们都加入了中国共产党。在黑夜的永新，光明在传递，火焰在悄然潜行……必须让灯盏们有一个家，火焰们有一个故乡，欧阳洛牵头成立了永新县第一个党组织——中共永新支部，后来又扩大为中共永新临时县委。他理所当然地成为了灯火故乡的掌灯人，成为党组织的支部书记、县委书记。

在欧阳洛的引导下，共青团、总工会、农民协会、学生联合会、妇女会、商民协会等"学生会组织"相继成立。农民夜校的课程由易到难，由低级到高级，他们在全县开展禁烟运动，取缔赌博，禁止虐待童养媳，实行放脚，率领永

他脸上已经不再像两年前初去南昌那样显得惶恐窘迫，而是无比的成熟、刚毅和自信

新的民众迎接北伐军的到来，接受革命的洗礼。有一堂课是革命的必修课，他们把讲台设在广场，有近万名农民成为了这堂课的受众，而五花大绑的大土豪曾辉光成为了这堂课的教具。杀戮，现场讲授红色暴力美学，是这堂课的本质，也是永新这座农民夜校整个教学过程的高潮部分。课程的主讲欧阳洛在台上历数曾辉光的种种罪状，以此引导受压迫的人们公开向所谓的上层组织宣战。曾辉光被处决，整个永新为之战栗，现场振臂高呼的声音经久不息，敌人的血变成了埋在永新土地上的火种，从此，永新现代史上，底层民众开始了向所谓的上层贵族以牙还牙、以血还血的抗争。

从1926年6月到1927年6月，仅仅一年时间，永新县党的组织建立并不断壮大，民运工作如狂飙突进，原本俯首帖耳的认命的百姓现在敢于爬上地主的门墙，田地里劳作的衣衫褴褛的农民赶回大会上高呼口号……

欧阳洛这个农民的儿子，熟悉农民的一切秉性。这个在南昌有着浓郁永新口音的青年男子，此刻如鱼得水地回到了他母语的怀抱。在永新乡村的田间地头，他接过满手泥土的农民递过来的旱烟，随即与农民拉开了家常，或者在农民家油腻的餐桌上，将主人热情斟满的一碗浑黄老酒一饮而尽。在农民中间他

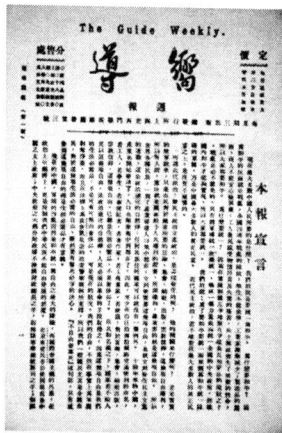

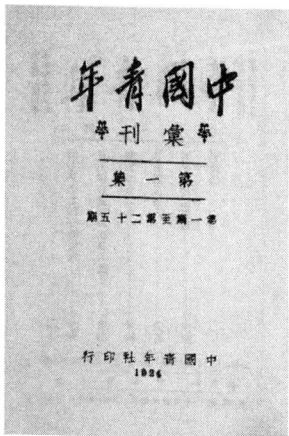

《向导》《新青年》《中国青年》《红灯》这些新思想的杂志在各校园之间秘密流传

有很好的口碑，说他是毫无架子态度和蔼的一个人，虽然他已经穿上了先生才穿的长衫，可这一点也不会妨碍他与农民的交往。而在永新有钱人的眼里，这个看起来文质彬彬的人，成了索命无常和恶魔的化身。几乎所有作恶多端的地主夜晚说起他来都咬牙切齿。几乎所有为富不仁的人都想除之而后快。

湘赣边界特委、红四军军委和永新县委联席会议会址

　　我相信欧阳洛有良好的演讲才能。这个省立第一师范学校的毕业生，有相当好的职业素养，会把各种场合（会场、田间地头）都当做他的讲台。他的演讲深入浅出热情洋溢激情澎湃，可以让人瞬间茅塞顿开无所畏惧。我相信欧阳洛有独特的人格魅力和领袖风范，可以让人毫不迟疑地把自己交给他成为他的随从。从白天到黑夜，从一个会场到另一个会场，日出东方，星垂四野，欧阳洛和战友们走在故乡的大地上。他所经过的地方，几乎所有的庄稼都想跟着他揭竿而起，所有的鸡鸣犬吠都仿佛是会场上的口号声……

4

　　1927年6月的一天，永新县土豪劣绅和国民党右派分子纠集土匪武装偷袭永新县城，对欧阳洛所领导的红色风暴进行报复。贺敏学等80余人被抓，正在教堂开会的欧阳洛在下水道躲了几天之后成功逃脱。

　　离开家乡后的欧阳洛奉命赶到南昌参加了八一起义。他在他所熟悉的南昌街头穿梭往来，参加各种战斗打响前的秘密集会，把写着秘密指令的信函送到所属的地址。他见识了周恩来、朱德、陈毅、贺龙、叶挺等叱咤风云的英雄的风采，与战友们一起做着战斗前的各种准备。他戴上了区别于对手的红领巾，奔走在各个阵地之间，子弹扑扑地打在他背后的墙上他充耳不闻。听着午夜密集的枪声，他感到无比的快意，似乎是，他等待这一声枪响已经太久太久了。

整个中国，等待这一声枪响已经太久太久了。

八一起义最终宣告失利。欧阳洛奉命前往九江，然后转道上海。那是又一个8月，又一个炎热的夏天。为什么他的每一次远行都在炎热的夏天？这里面隐藏着怎样的命运密码？阳光毒辣，汗水又一次浸透了欧阳洛的衣衫。徒步奔袭的欧阳洛已经疲惫不堪了。他衣衫褴褛，两手空空。他身无分文，饥饿难耐。他胡须拉碴，蓬头垢面。他的身体无力仿佛是辛亥革命前软弱无能的清政府，他的脚步跟跄仿佛混乱无序的军阀。而他的一颗心依然是红的，年轻的，仿佛是成立不久的中国共产党。一颗红心，这已经是他唯一的财产和唯一的信念了。

前路漫漫。那条似乎永无终止的路，此刻成了捆绑欧阳洛的绳索，欧阳洛似乎成了在押的犯人。他沿路乞讨，长江的水已经差不多成了他唯一的养料。在路上，他的血管里充满了长江的回声。当他来到上海，他已经很久很久没有进食了。他的身体更瘦了，似乎只剩下一个影子。他晕倒在黄浦江畔。所幸天无绝人之路，有人认出了他来。他获救了。

就是这样的瘦骨嶙峋的家伙，依然迸发出惊人的能量。在上海，他先后担任沪东区委书记、沪西区委书记。为了重新恢复"四一二"事变后日渐消沉的党的组织，他脱下长衫换成了工人特用的短衫，以一名工人的身份打入英国人开办的怡和纱厂粗纱车间，在工人聚集的地方，开始了工人运动的策划和发动。纱厂的车间写着"严禁烟火"的字样，可欧阳洛偏要在这防火的地方播下火种。他不断寻找工厂管理上的漏洞，然后企图打开更大的缺口。他不断拆除工厂虚拟的院墙，把各个工厂连接成一个整体。一次次罢工组织了起来，一个个党的组织像损坏了的机器一样得到修复，在上海的各个工厂阴影重重的地方，到处有欧阳洛点燃的火焰的魅影。上海，这座到处充斥着洋买办、国民党党棍、青帮流氓、冒险家的十里洋场，因为欧阳洛们的辛勤开垦，同时成为中国共产党的秘密摇篮。

1929年10月，欧阳洛又被派到湖北，先后担任了中共湖北省委常委、宣传部长省委书记。在他主持湖北工作期间，武汉纺织工人罢工。铁路、面粉、石膏、被服、码头、煤业、水电、米业、杂货、人力车等各业工人纷纷罢工。沉寂数年的武汉工人运动走向复兴。

从1925年至1929年，短短四年多的时间，一个永新乡间曾经的粗通文墨的农民，南昌省立第一师范的学生，已经成长为一名党的高级领导干部，一名习惯在刀尖上跳舞的卓越舞者。他历经艰险却无所畏惧，他隐匿在人群之中不动声色。他说起话来轻声细语，他在纱厂的账房里抄写账目一丝不苟。他的外表像极了一名普通工人，或者是落魄的读书人。可是熟悉他的人都知道，他有狗一样灵敏的嗅觉，虎豹一样勇猛的胆魄和领袖才有的精神感召力。这个几年前的南昌城里土里土气的乡下男人，至今已成为了一个善于发起乡村农民运动、城市工人运动的双料政治明星，一个让国民党中央也为之战栗的红色巨人。

5

1930年3月，湖北的国民党获得了一个重要情报：武昌洪山有一个中共的高级会议正在召开。当局出动了大批军队和警察，包围了会场。他们如愿以偿地逮捕了一批嫌疑犯。其中有一名年轻男子，他身体消瘦，其貌不扬，外表像极了一名乡村私塾先生，审讯时，他说自己名叫苏得三，来自江西，刚刚来到湖北，正想着在武昌码头或工厂找一碗饭吃。他说自己虽然瘦削，可是有一把力气，肩挑手提肯定不逊于他人；也粗通文墨，可以干干算账抄写的工作。他说：长官，远在江西的一家老小还指望我赚钱回家买米买粮呢。我稀里糊涂地来到这里，压根就不是你们说的什么共产党，你们行行好放我出去吧……

然而有人指认出了他。两个叛徒在法庭上当场指认他就是共产党的湖北省委书记欧阳洛。他的苏得三的名字只是他使用的一个小小的化装术。这样的伎俩他使用过多次：在上海的纱厂，他叫毛春芳，完全是一个出身低贱的工人的名字；在刚刚到达湖北的时候，他被称为孟之富，那更像是一名小商贩才拥有的名号了。他通过改名来隐藏自己。每一次他都如愿以偿，可是这一次，他失算了。

这一天早晚会来。从参加革命的那一刻起，欧阳洛就做好了死的准备。在军阀混战、帝国主义横行的时候，中国的前途，是需要他这样的年轻人以生命来铺路的，他早就把自己的生命典当给了国家。因此，当他被捕，他的心情是平静的。作为一名共产党的封疆大吏，他太忙，要组织各种会议，起草各种文件，安排各种活动，甚至事无巨细都要过问，很多天来他都没有睡上一个好觉，现在，他可以好好睡上一觉了。

他望着窗外。小小的窗子铁条森然，可这一点也不妨碍他张望外面的世界。他似乎看到了故乡永新。他早就通过各种渠道知道，有一个叫毛泽东的与他同样师范毕业但年长他七岁的中年男子，率领秋收起义部队去了他曾经战斗过的土地上，开始了农村包围城市为目标的工农武装割据。经他介绍入党的许多共产党员成为毛泽东的得力干将，王怀、刘真、刘作述、贺敏学等这些永新早期的共产党员，成为毛泽东倚

中共湖北省委员会在1930年4月15日发出《湖北省委通告——追悼毛春芳邓松亭史汉斌何长清四同志》。毛春芳是欧阳洛的化名。这份《通告》于1930年5月7日，在中共中央委员会机关报《红旗》上刊载

重的永新县党组织的领导核心。曾经的永新县妇女部部长贺子珍已经成为了毛泽东的夫人兼秘书。在他播下火种、上演过红色暴力美学的故乡，有近万名永新弟子跟着毛泽东从井冈山革命根据地出发去了中央苏区，他领导的乡村革命，已经融入整个中国革命的滚滚洪流中。他的功勋，已经化作中国共产党人的丰厚遗产。他曾经走出的路，正被更多的人踏着前行。他曾经振臂高呼的口号声，依然在永新的土地上回荡不已。想到此，他不由得笑了。就连沉重冰冷的镣铐，也不是那么不能忍受了。因为他知道，一个崭新的时代已经到来。

　　同月的一天，他与他的几个同志一起被押解到武昌阅马场。他环视刑场四周看到看客如麻，他顿时找到了在故乡的广场讲演的感觉。这个曾经的师范毕业生，最喜欢把任何场景当做自己的课堂，虽然他知道，这一次是他最后的课堂，最后的讲台。他张开了嘴，然后他听到自己的声音，如此洪亮，声势夺人。讲到激动处，他高举起被镣铐锁住的双手，做出了一个无所畏惧的英雄式的经典手势。有历史资料记载他英雄的瞬间："临刑时他昂起头，高呼口号，其势雄久；后随三人唱国际歌和之，悲壮激烈，视死如归。"

　　刑场，从来就是二十世纪初期中国共产党人最为生动的舞台，如周文雍和陈铁军，在刑场上举行婚礼。他们态度从容，昂首挺胸，高唱《国际歌》。在广州红花岗刑场上，陈铁军向周围的群众宣布："我们要举行婚礼了，让反动派的枪声来作为结婚的礼炮吧！"一对革命情侣，慷慨就义，浪漫如此，悲壮如此，无与伦比。瞿秋白就义前，一路手持香烟，顾盼自如，缓缓而行，沿途用俄语唱《国际歌》。到达刑场后，瞿盘膝坐在草坪上，对刽子手微笑点头说"此地甚好！"饮弹洒血，从容就义，那是怎样非凡的气度。……

6

　　从欧阳洛牺牲至今，八十多年过去了。

　　八十多年的时光里，发生了太多的事情。抗日战争，解放战争，中华人民共和国成立，抗美援朝，两弹一星，以及后来的改革开放，都是国家历史上的巨大事件，值得整个民族永久记忆。

　　八十多年的时光里，值得讴歌和记载的人物也太多太多。重大战役中指挥若定的将帅，和平时期类似铁人的英模、建设者……叫做历史的笔记本，都快挤不下了。在众多的英雄人物中，欧阳洛不过是一个小小的符号，一个轮廓不清的人物。

　　我不知道他的脾气、爱好，他是否爱吃辣，说话的声音是尖细还是低沉。我不知道他爱读什么书，工作之余是否会约上同事打两把牌钓半天鱼，有没有喝上两杯的习惯。他是否和他的战友一起憧憬过革命胜利后的生活？他是否有几分幽默？我承认除了一段似是而非的史料我对欧阳洛一无所知，我以上的许多书写其实有虚构的成分。

　　我希望我笔下的人物能尽量丰满，我所追求的史实能完全准确，为此我曾去过许多博物馆和纪念馆查找关于欧阳洛的资料。我以为博物馆纪念馆之类的场所是欧阳洛这种人最好的去处。我去了井冈山革命博物馆，可惜在整

中共湘赣省委旧址

个展馆里，我没有找到哪怕关于欧阳洛的一个字，虽然他是井冈山革命根据地的中心区域永新掀起红色风暴的第一人。在史学上界定的从1927年10月毛泽东上井冈山开始，到1930年2月7日在渼陂召开的"二七"会议结束这一段历史里，欧阳洛并不在场，严谨的、惜墨如金的井冈山革命博物馆，自然没有记载他的必要。

我去了他的故乡永新的将军馆，也很遗憾找不到他的事迹，虽然将军馆里陈列的大多数人，都是在他的引导下走上了革命道路。将军馆是以展示军功卓著的英雄和建国后的知名地方领导人为主的展馆，欧阳洛没有战功，又英年早逝，他肯定也不能容身于此。

我只在吉安和永新县一些类似于野史、没有经过权威审核、用于教育读物的简陋书刊里看到欧阳洛的生平简介。这些书刊里的欧阳洛的事迹破绽百出，一些事件的时间地点屡屡出错，需要做大量的考证工作才能加以甄别。

我在网上百度搜索"欧阳洛"。结果有无数个欧阳洛显露了出来。有的是小说里的人物，有的被人称为神医，有的是女性，还有一位是一名博文完全信马由缰无聊之极的博主。我要找的欧阳洛，隐匿其中，真假难辨。有一张照片说是他的，穿白色长衫，中分发式，脸瘦削，笑容可掬，像极了一名好脾气的私塾先生。除此以外，我在这张黑白的照片上找不到任何其他的信息。他的照片已经模糊，而且还将继续模糊下去。

这不禁让我有时怀疑：真的存在过一个叫欧阳洛的革命者么？我所描述的，是不是仅仅是一个精神的幻象，一个旧时代的影子，一团很多年前奔跑的火焰？

火焰最终会变成灰烬。

奔跑最终会消失在道路的尽头。

然而我之所以写下这样一个人物，是因为我依然渴望在无数史料中或者民间的口碑中与欧阳洛们的相遇。我相信受命游牧在历史各个隘口的他们，是有信仰并愿意为之而死的人，是有大关怀的人，是无比幸福的人。而至今，要找一个有信仰的人，已经是非常不容易了。

囚

1

　　这个世界是个牢笼，一个黑乎乎的牢笼。一年到头累死累活的穷人成了牢笼里的无辜受苦人，优哉游哉锦衣玉食的人却成了监外看守，把持牢笼里被羁押者命运的判官。这是江西莲花县升坊乡浯塘村土郎中的儿子、粗通文墨的年轻人刘仁堪对世道自以为是的判断。

　　刘仁堪不是现在才持这种看法，早在少年时他就自认看破了这个世道。那一年他那做穷医生的父亲去世，作为儿子，他想给父亲打一副薄皮的棺材让死者入土为安。可是他发现，他的家早已空徒四壁。他的动辄以不为良相便为良医为念的父亲，手把病脉心系苍生，为穷人看病不仅不收穷人的诊费，还总要搭上若干草药钱。久而久之，家就被他悬壶济世的父亲败了。刘仁堪没法，只好向他的本家堂兄弟、富家公子刘启沛开口借谷两担，指望换钱买棺葬父。他想，刘启沛不仅是他的本家兄弟，还是他的私塾同学，如此铁一般的关系，怎会见死不救？可让他想不到的是，刘启沛没借给他。你拿什么还我？刘启沛说。刘启沛一脸不屑，好像他不是他的本家兄弟，而是一个端着碗乞讨的乞丐。你拿什么还我？刘仁堪如遭棒喝，霎时间呆若木鸡。他感到一无所有的自己与万贯家财的刘启沛之间虽然血缘相同却形同陌路，虽只相隔几步，可中间有一条无形的鸿沟，让他们有了千里万里之远。

　　刘仁堪最后费尽周折找来钱买了棺材把父亲埋了。很多天来，那具已经入土的薄皮棺材老在他的眼前晃动，甚至在他的梦里飞奔。有一天夜里他竟然梦见那具薄皮的棺材自行竖立了起来，成了一间黑暗的牢笼。他担心父亲因此摔倒赶紧跑去搀扶，可他发现那立在牢笼里牙关咬紧的尸体，不是他死去的父亲，而是他自己。你拿什么还我？刘启沛的狞笑声在梦里回荡不已。刘仁堪醒来，顿时惊出了一身冷汗。

　　刘仁堪知道了，薄皮的棺材，黑暗的牢笼，正是富人把持的莲花的象征。不仅他的父亲，和他自己，全莲花的穷人，何尝不是，这牢笼的囚徒。

　　刘仁堪决定离开莲花，去外地谋生。他还是个少年。他想去看看外面的世界。他想找到这个世界上属于他的立锥之地。

刘仁堪跟着家乡出门的队伍来到了离家不远的大城市长沙，在湘江码头上做苦工，搞搬运，做了上世纪二十年代中期的一名农民工。刘仁堪体质单薄。他还没怎么长出力气，经常是从码头上搬一袋米担一担谷都踉踉跄跄。他想靠苦力让自己时来运转几乎是个虚妄的幻想。可是就算力气大又怎样呢？莲花到长沙做担箩搬运的许多人，不乏力大如牛者，可他们的生活，照样穷困潦倒朝不保夕。在长沙，他看到穷人照样一年辛苦看不见天，富人肩不挑手不提却吃香喝辣掌控四方。从此刘仁堪知道了，不仅仅莲花是个牢笼，整个中国，都是个牢笼。

穷人真是没有活路了。刘仁堪想。

上世纪二十年代的长沙工农运动此起彼伏。搬举着货物摇摇晃晃的刘仁堪看到市面上不是今天这个厂的工人罢工吵着要资本家增加工资，就是明天那个厂的工人闹着要实行八小时工作制，再不就是学生一群一群走向街头手举标语彩旗高呼救国。刘仁堪感到，世道怕要变了。他再也按捺不住了。

这世道是个牢笼。醒来的囚徒刘仁堪想试试自己能不能将这个牢笼捅一个窟窿。

1926年，已经是中国共产党党员身份的刘仁堪回到了莲花。这个长沙搬运工摇身一变成了私塾先生，成了子继父业的乡村郎中。他装模作样地坐馆授徒，却热衷于与乡下孩子的家长们交谈，讲一些乡下人半懂不懂的"帝王将相宁有种乎"的道理，其中夹带着无产者、革命、罢工、救国、民生之类的新词，而不仅仅是四书五经，忠孝节义。他走村穿巷行医看病，悬腕把脉的动作酷似他的父亲，也像他的父亲一样不收诊费对穷人宛如亲人，可他的药方不仅仅是菊花党参杜仲甘草当归，还有斗争、打倒之类的让老实巴交的农民们感到新鲜的药名。他不仅把他们的手脉，还试图把住他们的命脉。每个做郎中的都知道，医生只能治病不能治命。可这个同时做过搬运工的土郎中刘仁堪不仅要治穷人的病，还要治愈穷人几乎百治不愈的命。经过几年的搬运历练，相比几年前的瘦弱单薄，这个业已成人的汉子已经有了一把子力气。他当然想试试，自己能否搬动命运，让穷人断了病根。

莲花的农民开始有了主心骨。他们对刘仁堪刮目相看。他们感到刘仁堪已经不仅仅是过去他们眼中的医生的儿子，一个略懂得用中草药治疗肚痛腹泻感冒发烧的土郎中，一个嘴里只知道念子曰诗云的私塾先生，他还是一个有来头的人，一个似乎带着某种神秘使命的人，一个值得信赖的人。他的言谈举止已经有了远不同于乡下人的架势。这个曾经挑担谷子都会摇摇晃晃的让乡亲们揶揄的人，现在变得沉着，老练，干脆利落，完全是一副干大事的派头。夜里有光，是夜的不幸，却是盼黎明者的灯塔，刘仁堪的周围，渐渐有了许多精神的随从，和他一样指望解开自己身上看不见的绳索，砸碎关押自己命运的牢笼的苦命人。

2

刘仁堪从长沙回到莲花的时候正是春天。位于赣西的莲花四面群山围困，春风不畅，桃李无香，春天似乎比其他一些地方要晚。刘仁堪要策划一声霹雳，滚动在莲花的上空，碾过所有人的心灵。刘仁堪要让来自自己胸腔的一声呐喊化为惊蛰，唤起更多在破棉败絮的被子下沉睡的心。

他想以表演文明戏的方式唤醒民众。他开始组织自己的信众编写戏文。词是新填的词，名为《寄生虫》《横无理》，曲是老曲，民间流行的莲花落。词里的内容，无疑是宣传人人平等，曲里拐弯地表达"帝王将相宁有种乎"的意思，攻击不劳而获蛮横无理的富人。在戏文里，他把他的本家堂兄，那个见死不救的富家公子，已经是他的老家浯塘一带恶名昭著的大豪绅刘启沛，当做了攻击的靶子，众矢之的可笑小丑。他还像模像样地拼凑了与戏中角色相符的服装，给几个相好安排

与他同行的，还有同时被捕的、莲花有名的女革命家颜清珍

了角色，找到戏台进行了彩排。为吸引观众观看，还到处贴了广告，发布了新闻。那一段时间的刘仁堪，其架势俨然是一名戏班子的老板，一个随时准备带着戏班跑江湖的角色。

《寄生虫》《横无理》如期演出了。因为戏文里说的都是老百姓关心的事，影射的也是老百姓平日里敢怒而不敢言的人，说出的也都是老百姓心里的话，参加演出的也都是老百姓熟悉的人，演出赢得了前所未有的轰动。人们纷纷从十里八乡涌来，为的是观看他们嬉笑怒骂的表演。看过的老百姓奔走相告，刘仁堪他们的戏台前，人山人海，都是粗布短袄破衣烂衫的穷人兄弟。

刘启沛得知了消息。在他的地盘上竟然有编排他、影射他和丑化他的事情发生，他当然坐不住了。可是一切不过是戏，他几乎抓不到刘仁堪的任何把柄。刘启沛以为，只要把刘仁堪戏台前的人拉拢来，让他的演出无人观看，那他的戏就等于白搭。刘启沛花了大价钱找来邻居湖南的戏班子，就在刘仁堪演出的不远处搭起了台，演出的都是《四郎探母》《九连坏》《赵氏孤儿》这类的传统曲目。来自湖南的专业戏班子唱得好，可结果是，刘仁堪的戏台前的人越来越多，他花重金请来的戏班子的演出无人观看。人们纷纷在茶前饭后瓜田李下街前巷尾讨论刘仁堪的戏，而对他请来的戏班子的演出不置一词。莲花浯塘一带的土财主刘启沛知道了，当年在他眼中乞丐一般的刘仁堪已经成了不可小觑的对手。手无寸铁的穷鬼们要蠢蠢欲动了。他不由得感到一阵阵不安。

我疑心刘仁堪是一个有着相当幽默感的人。他懂得编排对手却让对手抓不到把柄。他在台上扮演角色惟妙惟肖让万人空巷。他举止夸张行动滑稽逗得泥腿子的观众欢天喜地。他聪明过人将想表达的道理融在戏中深入浅出。他通过一次文明戏的演出向对手发出了第一次挑战，类似于向他心中的囚笼进行了一次俯冲彩排。得胜的他会天真地以为，那囚笼并不是想象中的那么牢不可破。也许更多的人加一把力，就可以将它击倒。

3

莲花的工农运动蓬勃兴起。一个个农会纷纷建立。那些平常趾高气扬作恶多端的地主老财瞳孔里疑虑重重。这一切都让刘仁堪兴奋不已。

他感到那旧世界的牢笼已经发生了摇晃。那黑屋子里已经通过裂缝漏进了光斑。虽然铁条依然森然，可是无辜被关押的人已经懂得低头查看自己身上的伤口，和抬头啜饮外面漏进的阳光。设置这牢笼的，必遭报应，握住那牢笼墙上铁条的，必将把牢笼推倒。

作为牢笼里的一名无辜被关押的人，他想做越狱的暴徒。

作为牢笼里的无数无辜被关押的人的头领，他愿意做劫狱的勇士。

把这牢笼砸碎，让所有人平等地沐浴在阳光之下，当然是他最终的理想。

而要砸碎这世界，只有一样武器，那就是：革命。

1927年春，莲花上空电闪雷鸣，天地彻底苏醒。莲花全县各区乡均成立了农民协会，会员达三万余人。刘仁堪调任莲花县清乡委员会负责人，领导农会清算地主老财经管的祠会庙宇公产。庙宇公产，是莲花县这座牢笼一根最为坚固的柱子。在一场名叫清算祠会庙宇公产的运动里，刘仁堪成了当仁不让的主角。他高举着革命的令旗，率领着一支粗布烂衫的队伍，在地处偏僻的莲花这座戏台上，向戴着瓜皮帽穿着长衫的土豪们发动了进攻。那是冲击牢笼的正式演出，那被地主老财掌管的祠会庙宇，何尝不是一座座小小的牢笼。在那里，地主老财们从来都自我充当审判者的角色，他们要穷人们承认都是前辈子犯了法这辈子命里穷下辈子可能要坐穿牢底的罪人。刘仁堪要揭露这一谎言。刘仁堪要夺回那些被地主老财们劫持了的公产，那可都是穷人们的血汗。

可掌握了财富的人不可能拱手相让梦里都愿搂着的钱粮。革命从来就不是戏台上的演出。1927年4月12日，蒋介石在上海发动政变，大肆捕杀共产党人和革命群众。5月21日，许克祥在长沙发动马日事变，白色恐怖遍及城乡。以李成荫为代表的莲花反动势力从外地组织"难民团"窜回莲花县城，疯狂镇压那些企图劫狱的人们。杀人无数。烧屋无数。穷人头目刘仁堪的家被多次查抄，他的妻子，被逼无奈服毒自尽，那毒药的气味熏天，让她翻天覆地地呕吐不已，才侥幸捡了一条命。

离开县城被迫迁往上西山区的刘仁堪忧心忡忡。他看到群山围困若千斤重，他就像是一个被关押的囚犯。他看到每一棵树，都像是一道道命运的鞭影，都是无形的妄图要他就范的荆条。他曾经是莲花黑夜中的灯塔，可现在，他的光晕黯淡，既照不见革命的前程，也刺不破四面围困的黑。那捣毁牢笼的缺口在哪里？勇士们的血在哪里？

然而他看到黑暗中有了新的火光。他看到有一支队伍，正从萍乡方向逶迤而来。他看到那支队伍衣衫褴褛可杀气尚在。他看到这支队伍的目光犹疑步伐却铿锵有力。他听到这支队伍枪托有节奏的撞击声盖过了伤兵的呻吟声。他们是湘赣边界秋收起义受挫后一路退却寻找落脚点同时也是探索中国革命新路的革命队伍，是茫茫黑夜中游弋的火焰摇曳的光芒。他们来到莲花，一举攻下了莲花县城，打开了关押革命者的牢笼，逮捕了刘仁堪的死敌大土豪刘启沛等不良富人，向着井冈山大步流星地奔去。

刘仁堪跟上了这支队伍。这名乡村私塾先生现在要拜师学艺。革命是一门学问很深的科学，刘仁堪必须谋求深造，重新对风险进行合理估算，对规律进行学理探寻，对如何更好地唤醒民众创建武装进行技术考量。这名野心勃勃的乡村郎中想掌握更多的药方，来治疗被暴政损害的身体和心灵。这名前长沙码头搬运工要想搬动莲花这座牢笼，必须向来自长沙的这支队伍学习搬运。在这支训练有素的队伍里，刘仁堪的脚步开始还有些慌乱，慢慢地他就与整支队伍保持了一致。夜色渐浓，刘仁堪融入了队伍之中。前面，是一片茫茫的夜色，和暂时与莲花县的山同样阴影重重的井冈山。

这一去，就是数月的时间。

4

1928年春，刘仁堪回到了又落入国民党势力统治的莲花。他热切地召唤他教过的孩子的家长，他看过病的病人，以及与他一起去长沙码头搬运的工人，还有他们的子嗣，亲友，共谋举义的大计。他穿梭在莲花的乡村，与志同道合者一起，商讨着劫下莲花这座牢笼的种种可能。他组织依然破衣烂衫的兄弟们，依照枪杆子里出政权的真理，成立自己的武装——赤色队，虽然他们手上的梭镖、铳、马刀远远多于枪支（有的甚至扛着锄头，看起来不像是随时准备打仗，而是要沿着山路去锄一亩深山里的地）。他有板有眼地发展党组织，召集新加入的党员宣誓，虽然他们举起拳头面对的，是在红布上用木炭或毛笔蘸墨画得很不标准的镰刀锤头图案。工作之余，他会说上一两句笑话，讲上一个富有地方特色的似是而非的荤故事，偶尔露出他的幽默天才，用以调节会场上的沉闷和紧张，可大多数时候，他是严肃的，他的目光，也有了过去没有的坚定不移。他日夜奔走，及时躲闪国民党的搜捕，或者带着自己的队伍伏击来犯的敌人，捣毁国民党地方政权。他就像一只发光的萤火虫，在黑暗的莲花，牢笼的夜晚，靠自己的锐意飞行，指望凿出一条光的隧道，给牢狱中的人送去光明。人们发现，几个月不见，这个业已33岁的老男人，已经完全变了一副模样。他的步伐变得铿锵有力，仿佛是踩着了号令，让人想起几个月前经过这里的工农革命军的架势。他学会了演讲。在莲花县工农兵政府成立大会上，当选为县苏维埃政府主席的刘仁堪发表了动人的演说：同志们，以前我们贫苦工农没有吃，没有穿，受压迫，受剥削……今天我们成立了工农兵政府，打土豪，分田地……以后还要搞社会主义……人们发现，身材矮小的刘仁堪，演讲的动作神态，已经完全迥异于两年前在戏台上让人啼笑皆非的扮相，而是像极了几个月前那个走在队伍前面叫做毛润之的人——人们怀疑那来源于刘仁堪向毛润之先生的着意模仿。他后来还接替了他的战友朱亦岳当上了中共莲花县委书记，成为莲花县的农运大王，手握红色政权大印的赤色首领，井冈山革命根据地的一方诸侯。他经常冒着危险往来于莲花和井冈山之间，参加各种重要会议，领取湘赣边界特委的重要指示。此时的刘仁堪，已经成了一名坚定的革命者。他一次次地动摇了莲花国民党的统治，那无形的牢笼，眼看着随时都会瓦解，成为豆腐渣工程了。霞光满天的时候，刘仁堪看到，那铁桶一般围绕莲花的群山，竟完全没有过去的牢笼感受，而是红旗插满的如画江山了。

1928年8月，边界形势突然恶化，莲花县城及集镇被国民党势力所占。紧接着，湘鄂赣三省国民党军队"会剿"井冈山，包括莲花在内的湘赣边界到处都是穿国民党军服的人，到处都是杀戮，枪炮声。浓烟滚滚，关山阻隔，毛泽东率红军主力离开了井冈山向赣南、闽西进发，井冈山区面临着十分严峻的考验，各种武装斗争被迫转入地下，那过去高举的梭镖现在躲进了高粱地里，越来越多的枪支埋伏在了山沟。非常时候，革命需要隐姓埋名，需要羚羊挂角，了无踪迹。这时候的刘仁堪更加忙碌，他既要阻止革命的火焰将息，又要小心策划斗争的科学性可能性。莲花仿佛已经成了一件破烂不堪的衣衫，刘仁堪到处奔走，今天出现在这个乡的一盏煤油灯下面，明天出现在那个村边上貌似无人居住的房子的阁楼里。他就像一根针，要把因白色恐怖漏洞百出的革命缝合到完整妥帖的程度。这是一项无比危险的工作，因为他奔走的路线往往要穿过国民党地方势力控制的地区。革命正是低潮的时候，叛徒和告密者无所不在。要让自己免于伤害，需要敏锐的嗅觉、灵巧的身体和适当的运气，刘仁堪身材不高，宜于躲藏，做过挑夫体质尚好，无序的饱一顿饿一顿的生活尚能忍耐，长期的训练使他能从经过的风中闻出异样的气息并迅速做出判断，常常因此化险为夷。可是并不是每一次的运气都那么好。1929年5月的一天，他被捕了。

5

那一天刘仁堪正和莲花县妇女部长颜清珍在一个很偏僻的村子里检查工作，刘仁堪突然有了某种难以名状的异样感觉。有一股神秘的力量正在鬼鬼祟祟地向他靠近。他立即知道了自己处于极度危险之中，果断地做出撤退的决定。

刘仁堪和颜清珍跑出了村。刘仁堪知道，只要自己再跑上一段，他们就可以脱险。只要上了山，追捕的人就会失去线索迷失方向。可这时候发生了一点意外，颜清珍在奔跑的过程中崴了脚。她跑不动了。刘仁堪本可以自己一个人跑出去，可

刘仁堪被别人常常念起，更大的原因是因为他那句蘸着自己的血写下的那句著名的政治遗言：革命成功万岁

作为一个县委书记，关怀属下是他的责任。他是个男人，照顾女士也是理所当然。这意外减缓了他们逃亡的速度，他们被捕了。

刘仁堪终于见到了他率领穷人誓死要打倒掀翻的牢笼的模样。那是一间黑漆漆的小小的房子，比他父亲去世时他东拼西凑买回来的薄皮棺材大不了多少，但是要比那薄皮的棺材坚固厚实得多。他在黑暗中摸索，用手指抠着牢笼的墙体，他甚至尝试着用拳头砸墙，可是他得不到这牢笼哪怕一丝的回应。他听到的只是自己身上金属镣铐在地上拖曳和碰撞的声音。他还听到铁门开合的声音，那是表情模糊的看守每天送饭和前来提审发出的声音。

他一再地遭到提审。开始是国民党莲花县长——一个叫邹兆衡的人的劝降。邹兆衡亲自跑到牢笼，笑容可掬地、假惺惺地为他松绑，说话的语气仿佛是他的同僚。他提出要和他合作，条件无非是封官许愿宝马轻裘。受到他的拒绝后他遭受到了非常严酷的刑罚。他看到审讯室到处是带血的绳索、皮鞭、竹杠……火焰熊熊的火炉，非常像他在乡村经常看到的铁匠铺的摆设，可插在炉火中的铁铲，却是要饮血食肉的刑具。这些刑具无一例外地全部施在了刘仁堪的身上——在审讯室里，他接受了踩杠子，坐老虎凳，灌辣椒水，竹签刺指甲，烧红的铁铲烙胸口等考验。他的对手想看看他到底是什么做成的。可是，他们没有得到他们想要的东西。

刘仁堪被重新带回牢笼里。他一身血污，全身疼痛，喉咙里因为灌辣椒水像着了火。可奇怪的是，他的内心安静得很。他一点也不悲伤。他想起多年前的那个梦，那个棺材耸立变成牢笼关押着自己的梦。他一辈子都在跟这个梦对抗，可是，梦还是化成了现实，命运真是一个捉弄人的东西，他最终还是成了真正的牢笼的囚徒。

然而他是一个带着使命的人。他待在这牢笼里，不过是代替了穷人们来接受这命运的拷问。他以为那黑黑的牢笼，不过是这个世界的隐喻。好吧，就让我把这牢底坐穿，以后的穷人，就不要再在这牢笼里了。他这么想着，觉得全身就不是那么难受了。

他重新摸了摸这牢笼的墙体。太坚固了，手是无法撬开它的。最好的毁掉它的工具是炸弹。已经觉醒的民众，即将成为摧毁这座牢笼的炸弹。那就让我做这炸弹的引线——那熊熊燃烧的火炉里拿出的铁铲烙在他的胸前，正是引线被点燃的仪式。那皮肤烧焦的滋滋滋的声音，正是引线点燃后游走的声响。他浑身血污的样子，正是引线被点燃后的颜色。

他似乎听到了那爆炸的声响，看到那铁箍一般的牢笼成为齑粉的瞬间。

6

刘仁堪五花大绑，被穿着黑衣的警察推搡着往前走。与他同行的，还有同时被捕的莲花有名的女革命家颜清珍。沿途的人们看到，刘仁堪像一个血人，可脸上的表情镇定自若，两只眼睛里的光灿如星斗，反衬得两旁的警察委琐迷茫。他一路喊着口号，正像后来的电影里的英雄模样。受苦的人们百感交集，跟着他。他们不仅仅是刑场的看客，还是他的随众，是接受莲花最有名的郎中刘仁堪治疗的病人，接受乡村教师刘仁堪最后一课的学生。

刘仁堪穿过街市，穿过他以县苏维埃政府主席的身份演讲的地方。他不知道人们是否还记得他当年给他们的讲授，他有让他们复习功课的意思。或者说，对同一种病，他已经开了药方，可是要服用多次才有疗效。在路上，他又开始了演讲。演讲的内容，依然是革命，团结，胜利之内的话语，可是现在，他已不可能再是过去的长篇大论式的演讲，而是提纲挈领，圈出要点。人们看到，即使受了重刑，这个五花大绑的囚犯，眉宇间没有一点阴气，倒是充满了郎中对病人或者是教师对学生的殷切和热情。

可是他的对手并不想就这么放过他。在刑场，他们向他大泼污水。他们说，眼前的这两个人，不仅是人人希望诛之后快的"共匪"，还是不知廉耻的流氓。警察抓到他们的时候，这两个所谓的共党分子，都赤身裸体，一个在用舌头亲另一个的奶子——真是不堪入目，完全忘了礼义廉耻，让正经人士所不齿！大家看好了，那些天天闹红的共党都是些什么货色！为教化民众，捍卫风化，今天就要给他们点颜色看看！

——他们顺势割去了颜清珍的乳房，同时割去了刘仁堪的舌头。

刘仁堪站在一张桌子上——那是他们拿他示众、方便让更多人看见的站台。血从刘仁堪的嘴里流了下来，止不住。他们真是一箭双雕：既按他们的说辞惩罚了他，又同时剥夺了他说话、辩解以及讲演的权利。

刘仁堪看着这天，这地。五月的莲花阳光无比灿烂，但在他的眼里，依然是黑暗，黑暗。这世界依然是个牢笼，就在刚才，他还以囚犯的身份遭受了割舌的酷刑。他看着眼前的民众，有的敢怒不敢言，有的战战兢兢，有的饱含盲目的同情，有的完全是看客瞧热闹的表情。而他们引颈企立的样子，多像受缚的囚徒！绑在刘仁堪身上的绳索同时绑在了他们身上。绳索无所不在。羁押无所不在。这真是无可奈何的事情！

必须再一次唤醒他们沉睡的心。必须让他们从绳索中挣脱出来。必须告诉他们，要砸碎了这牢笼。刘仁堪想像过去那样喊出声，可他发现他的嘴里含混不清。血不断地流淌出来。这个早期的搬运工人，现在已经搬动不了自己的舌头了。

他看到了自己的血，不断流淌的血。那是他的意志，激情和信仰。那是他的身体里突围的一支红色的队伍。他要借助这支队伍，组织最后的冲锋。那也是最浓酽的墨汁，他想试试，能不能写出最有力量的檄文。

他沉吟了一会儿，用脚趾蘸着自己的血，在桌子上写下了六个字：革命成功万岁。

7

多少年过去了。当年的勇士们，都成了纪念馆里的英灵。他们大多面容模糊，除了名字不同，几乎都千篇一律，缺乏能让人说道的脾性、气息。刘仁堪被别人常常念起，更大的原因是因为他那句蘸着自己的血写下的著名的政治遗言：

革命成功万岁。

我曾经怀疑这个故事的真实性。我以为一个受刑将死之人在受羁押的情况下以血为墨写下慷慨激昂的标语超乎常理。我疑心那是后来的地方党史工作者的杜撰，是他们出于对当地烈士的敬仰和本土红色文化的狂热人为拔高烈士的精神海拔，却使得他们笔下的人物接近于伪。据我对许多革命历史故事来龙去脉的了解，我发现许多人都这么干。为证明这一事件的真实性，我专程采访了莲花当地的许多人。而我所采访的人都对此事言之凿凿，说他们的祖辈，就有许多正是当年那个刑场的见证人。

我相信了当地人的说法。我转而去揣度刘仁堪临刑前蘸血写下慷慨标语的心境。一个将死之人,他在被迫失去言说能力的情况下写下的,肯定是他认为极端重要的话。革命成功万岁,肯定就蕴藏了他的许多精神密码。他首先用这六个字洗净了那些逮捕他的人泼在他身上的脏水,同时以死的代价给所有在场的人留下了一份遗嘱,一份献给未来的祝愿。革命成功万岁,也同时是他的心志,他面对要处死他的人的不屈和反抗:如果人间是座牢笼,那革命无疑就是劫狱、越狱和解放牢笼的唯一手段,别无他想。

　　——我以为刘仁堪在刑场上的一张桌子上用脚趾头蘸血写下的这六个字不会很大,太长太粗的笔画更耗时耗力,也必被羁押他的人所不能容忍,而且即使做过私塾先生的刘仁堪字写得再好,因为是用脚趾头所写肯定显得歪歪扭扭,但是一点都不妨碍这几个字的声名远播。肯定是离桌子很近的人发现了他写下的这句话,然后整个莲花一传十十传百,最终成为历史的重要部件,成为我们每个人耳边不绝的回声。

跋　涉

关圣力

　　我喜欢黑夜的寂静，因为在静悄悄的黑夜里，珍藏着人间的真实，也珍藏着我的初恋。虽然我的这次初恋，短暂得像一颗流星，只在广袤而又漆黑一团的夜空中燃烧了一瞬，可她还是深深地留在我的心里。因为从那以后，我便告别了学生时代，带着我生命中的这一点点温馨，走上了漫长而又坎坷的生命之路。那个时候，我刚刚16岁，还不懂得什么是爱情，也感觉不到来自异性的吸引和关爱。只是在一种狂热盲从的状态里，迷失于旋涡之中。

　　1968年的冬天，是一个寒冷的季节，数百万陷入盲从和疯狂的中学生，似乎完成了他们的历史使命，被号召离开学校，离开父母，离开家庭，离开城市，到遥远的边疆和农村，去接受农民的再教育。我的哥哥和姐姐便是在这一场从城市到农村的大迁徙中离开了北京，分别去了山西和陕西。而我，也正面临着和他们相同的命运。因为，我是68届初中毕业生，是被称为"老三届"中最小的那一届学生。其时，我的一些同学在强劲的思想宣传攻势下，已经压抑不住自己躁动的心，早早就踏上了远去的列车。

　　还没走的学生，譬如我们，也是整日神情恍惚，像个被人抛弃的孩子，在生活中找不到自己的方位了。在那个时候，走与不走，绝对不是自己能够决定的事情。知识青年到农村去接受农民的再教育，对于那个时代的学生来说，只是早晚的事。再说，那时谁家要是有个适龄的中学生，而又没有积极地响应号召，那么动员去农村的锣鼓，就会不分白天黑夜地在谁家门口敲破了天。学校里专管动员学生"上山下乡"的人们刚走，街道上的老年妇女也会"东施效颦"地动员这家的孩子，赶紧离开北京。去哪里插队，这些老女人连地名都说不清楚。他们除了念当年流行的那几段语录，嘴里就没完没了地叨唠："赶紧走吧！赶紧走吧！" 年轻幼稚的孩子们，怎么能够抵御得住煽动和诱惑呢？就是在这样的背景下，我的女同学蓝淑芬，向我提出了一同去新疆生产建设兵团的建议。

当时知识青年上山下乡的情况，形式上严肃得像是军队征兵，出身不好的所谓"黑五类"子女，不能去东北和新疆等地处边疆的生产建设兵团，只能到山西、陕西、云南等贫困地区插队。为了营造出门远行彼此照应的形式，很多男女同学搭伴而行，梦想着自己的青春浪漫。这么做，既有双方父母为儿女们远走他乡，给自己心里找到一点安慰，也免去了儿女们在遥远而又陌生的异地，被人欺负的担忧。当然，也是埋藏在中学生内心里对生命前程的憧憬。远离城市到农村去的做法，使早恋像地火一样在青春的沼泽中悄悄蔓延，也使远赴异地的中学生有了一点点兴奋和安慰的理由。那个时候整个社会表面上都严肃得像个教堂，可男女情爱仍然像扑不灭的火焰，一遇风吹草动便熊熊燃烧起来。学"毛选"不是还要老两口一起学吗？那个简单的歌舞表演，曾经风靡全国各地。那一男一女两个演员的年龄和表演技巧，在全国各地虽小有不同，却全都十分活跃。他们在万众瞩目之下，在明亮的舞台灯光照射下，每人手捧一本当时流行的"小红书"，嘴里唱着：老头子！哎——。老婆子！哎——。咱们两人学"毛选"，咱们两人学呀——学"毛选"。他们面对面地舞动四肢，互相围绕着对方抖动前胸和腰胯，扭摆肩膀，向对方

1971年秋天，我在北京门头沟山区一个叫清水洞的地方修路，期间回城里休息时拍的唯一一张照片（那时是两个星期回北京休息一天，即所谓的休大礼拜）

挤眉弄眼。每当这个节目演出到这里的时候，台下看节目的观众，会爆发出暴风雨般的鼓掌声和会意的笑声。这个节目在当时是非常受欢迎的，几乎妇孺皆知，家喻户晓。所以，中学生们，凡是男女结伴而行的，心里全都藏着欣喜，并溢于言表。可这部分人毕竟是少数，大多数同学都是单身独往或成帮成派地奔赴同一地点。因而，还没决定去插队的人，便生出了许多美妙又合理的思想，并积极地准备付诸实施。蓝淑芬也许就是基于这样的想法，才约我同行。她这么做，本来应该是青年男女之间的一次激情试探，可由于我愚蠢的推拒，使我和蓝淑芬之间，没能进行更深一层的了解，所以，直到今天，我也不知道她为什么选择了我。

或许这根本就算不上是什么恋情，因为我和蓝淑芬的接触，仅仅是青年男女在表层意识上对对方的试探。可我仍然把蓝淑芬看作是我初恋的女人。因为，是她亲手打开了我人性的心灵之门，使我从此走上了迷茫却又充满诱惑的人生之路。

那天，我们送到陕西插队的同学离京。在北京火车站的站台上，在群情鼎沸的氛围里，蓝淑芬悄悄地塞给我一张小纸条，说想和我单独聊聊天。我被她的举动弄得又惊奇又糊涂，但在返回学校的路上，我还是偷偷告诉她，"晚八点，我在学校门前等你。"蓝淑芬用笑眯眯的眼神答应了我。

那时，我们俩属于不同的派别，在运动中，常常为彼此不同的观点辩论，争吵得脸红脖子粗，似有不共戴天的仇恨。蓝淑芬约我会有什么事呢？我猜不到是为什么。

那天晚上很冷。昏黄的街灯，在西北风强劲的抽打下颤抖着，光秃秃的树枝，赤裸裸的电线，也在它的掠劫下，发出无可奈何的呻吟。我到学校门口时，蓝淑芬已经在等我了。

在那个非常非常寒冷的冬夜，我们两人悄悄溜进一间教室，那间教室里没有一点光亮，只有月亮把自己灰白色的笑脸，妩媚软弱无力地贴在窗玻璃上。黑暗中我们挨得很近很近，两个身体之间几乎没有缝隙。我简直不相信我们的大胆，又感谢黑暗的宽宏大量，只有黑暗的环境里，才能使我们变得真实，彼此之间没有了隔阂，没有了男女之间的陌生感觉。我看不到蓝淑芬的表情，只觉得她轻轻地贴靠在我的胸前。那是我出生以来第一次接触同龄女性的身体，虽然隔着厚厚的冬衣，虽然我们彼此之间没有语言和情感的交流，只是任时间在沉默中悄悄走过，可我还是感到自己的心脏，一反常态地跳动。

蓝淑芬是我们班里最漂亮的女同学，还是班里的班委。她体态苗条，能歌善舞，在我们全体男同学眼里，蓝淑芬就像是个高傲的公主，可望而不可即。那时侯，顽皮得近乎野蛮的我，怎能妄想和她有这样的接触，发生如此亲密的关系呢。再加上她大胆的做法，使我尴尬得不知所措，平时的活跃和贫嘴都消失得无影无踪。

那个冬天的夜晚，黑极了，也静极了，仿佛听得见地球嘶啦嘶啦地向前转动的声音。由于"文化大革命"时期，社会的无序躁动，教室的窗玻璃全被中学生自己打碎了。上课用的桌椅散乱地堆在教室的一端。天花板上的灯管，也无一幸免，只剩下几根电线，可怜地垂吊在天花板上。寒冷的夜风，从教室窗户的破洞处，肆无忌惮地扑进教室，不怀好意地把我和蓝淑芬两个围在中间，不断地把它冰凉的爪子，嬉皮笑脸地伸进我们俩的衣服里面，亵摸我们的身体。教室里冷极了。

"我冷。"

不知沉默了多长时间，我听到了蓝淑芬轻轻地说，她的声音很轻很轻，像是在自言自语。我低下头看着她，不知道怎样应付这种局面。"我冷。"她又一次说。

说实话，当时十六岁的我，真的不懂爱情，真的不知道怎样讨女生喜欢。可蓝淑芬说她冷，我这个正在成长的男子汉，面对第一次约我的姑娘，又不能无动于衷。尴尬焦急中，我用手去解自己的棉衣纽扣，想脱下棉衣给她披上，借以显示自己的男子汉风度。可这时，蓝淑芬看着我说："你别脱衣服，让我把手放到你的衣服里暖一暖就成。"说着话，蓝淑芬已经把手伸到我的棉衣里面，用手轻轻抓住我的绒线衣。

如此，我和蓝淑芬两人之间，似乎已经没有什么隔阂了。男女之间那个不可逾越的鸿沟，竟在一个小小的提议和一个小小的动作之中消失了。由此看来，男女之间的接触，两个人之中，只要有一个勇敢者，并果断地把自己心灵暴露给对方，那么，一切人为设置的障碍，一切社会禁欲的企图，都将变得苍白无力，都将像挡车的螳螂一样，被人们追求美好生活的无形的力量，碾得粉碎。在黑暗的教室中，我和蓝淑芬挨得更近了。她头发飘散出的香味，随着寒冷的清新空气，固执地往我的鼻孔里钻。在那淡淡的香味中，我第一次感受到女人的身上有着魔鬼般的力量。那是我有生以来，第一次离一个同龄的女性身体这样近。虽然这个女性的身体，对于我来说，是那样的陌生，可此时此刻，这个陌生的身体，给予我的却是无穷无尽的鼓舞，正在带我走进青春期的躁动之中。在蓝淑芬头发飘出的香味里，我真真正正地感受着自己灵魂的迷醉，感受着自己肉体和心灵的燃烧。我的男性之魂魄，就是这样被她悄悄地激活了。

但是，蓝淑芬并没有给我更多的时间，让我去悄悄地感受这来自女性的温馨，而是不失时机地和我摊牌了。她用手揪着我的绒线衣，并使劲晃动着我的身体问："别人都走了，你有什么打算？"

"我们这些学生，把社会搞乱了，国家不会让我们留在城里，早晚都得把我们赶到农村去。说是'广阔天地，大有作为'，其实，我们要是真的到了那里，除了和农民一样地去种地，就什么也干不成了。"

说完这话，我就有些后悔了。因为在当时的环境里，没有谁敢对陌生的人说出这样的话来。假如对方去告密，那么，你就将面临灭顶之灾，而且有可能把你整个家族都牵扯进去。我惊诧于自己的大胆，更弄不明白，为什么在这么短的时间里，我就迷失在女性那神奇的神秘力量中，把一直是"反对派"的蓝淑芬，看成了知心朋友。但话既然已经说出来了，就再也没有收回的可能。好在蓝淑芬对我说过的话，并没有什么特殊的反应。于是，我就若无其事地问蓝淑芬："你呢？你有什么打算？"

在这同时，我大着胆子，把手伸进自己的衣服里面，试探性地去握蓝淑芬的手。虽然是在黑暗中，我还是觉得自己的脸，因害羞而烧得热极了，觉得自己的所作所为，是那样的卑鄙和龌龊。可是，我成功了。蓝淑芬没有反抗挣脱，在我抓她手的一瞬间，她的手一动不动，任我把她的小手攥握在手里。

于是，沉默就随着我的这个动作，又一次骤然降临在我和蓝淑芬之间。漆黑的黑暗里，似乎有一种神奇的力量，把我们的身体，笼罩在一片迷蒙的恐怖中。这力量来自我的体内，也来自蓝淑芬的体内，像是电闪雷鸣在暗夜里激烈地碰撞，狂躁地喧嚣，轻而易举地征服了我们年轻的心。然而，这力量在经过了短暂的能量释放后，最终变得温存而又固执，并紧紧地相互缠绕在一起。在这如冬夜一样漫长的沉默瞬间，我感觉到，蓝淑芬的小手很凉，细软，光滑。在我强力的紧握中，蓝淑芬的小手在微微颤动，像是在表达一种激情的震颤，一种激情的诱惑，仿佛在悄悄述说着她心灵中的渴望。于是，我被这种无声地诱惑鼓舞着，更加用力地攥紧蓝淑芬的小手。握的时间长了，她的手在我的手中渐渐变得温暖起来。而且，蓝淑芬那手的微微颤动，也不知不觉地消失了。

"你看过《军队的女儿》吗？"不知过去了多长时间，蓝淑芬终于打破了我们之间的沉默。

"这本书，我早就看过。"我也从自己最初的尴尬里挣扎出来，变得从容了许多。"它是写一位将军的女儿，在新疆生产建设兵团的生活经历。是一本非常好看的书。"

"我想去新疆生产建设兵团，想和你一起去。你能答应我吗？"

听着蓝淑芬的话，我的心，突然变得沉甸甸的，一点都感觉不到心灵碰撞的激情了。我仿佛觉得，那是一种能够超越一切恐怖的世俗力量，毫不留情地把我抛向了一片死海之中。我知道蓝淑芬说的"一起去"的含义，可我从来没想过这个问题，并非是我不喜欢她，也并非是我的心麻木了。而是多少年封建的封闭式教育，使我的心理成熟程度，还停留在童年时期。虽然在日常的学习生活中，我们彼此也喜欢接触，但我知道，那绝不是爱的萌芽。

对蓝淑芬提出来的问题，我不知道怎样回答。那时我假如答应了蓝淑芬，真的和她一起去了新疆生产建设兵团，也许我们就会结成夫妻，相依相守地生活在一起，不会有后来的劳燕分飞了。我的心里，也就不会有这个至今都解不开的谜了。

我们重新陷入到沉默之中。

教室里非常安静，除了黏稠的黑暗，连空气仿佛都凝固了。我听得见蓝淑芬的呼吸声，也似乎听见了时间在滴滴答答地向前走。黑夜中，我和她就那么手握着手，相对而立。身体僵直了，也没有语言，更没有有意识的其他动作，就连我们两个人的生命，都像是在一瞬间消失了。我和蓝淑芬像是法兰西大艺术家罗丹的一组石雕，只是静静地和黑夜融合在一起。

时间在悄无声息中慢慢走过，蓝淑芬可能再也耐不住这样的寂寞，轻轻地对我诉说了她是怎样下了这个决心的，还兴奋地设想了我们到新疆生产建设兵团后的生活。她嘴里呼出的气息带着香香的甜味，轻轻地扑在我的脸上，痒痒地钻进了我的心里。此情此景中，我的灵魂又一次被女性温情的海洋淹没了。有一阵儿，我都觉得我和蓝淑芬两人，已经手拉着手，在金光闪闪的大漠上奔跑，在无边无际的葡萄园中劳作穿行，在漫天弥漫的黄色沙尘暴中挣扎了。我们两人像沙棘像红柳像胡杨，把我们青春的生命，扎根在金子般的塔克拉玛干大沙漠之中。心灵的憧憬，社会的现实，还有来自蓝淑芬的相约，险些使我像千千万万的同学们一样踏上万里征途，去追寻那个看不见摸不着的理想之光。

可是，当我年轻的心，在蓝淑芬描述的幻景中沉醉时，我世俗的良心却在慢慢地复苏。

不知道为什么，蓝淑芬的温情，柔顺，她那欲伴我而行的决心，突然使我想起了母亲送哥哥和姐姐去插队时那肝肠欲碎的情景。

在我的哥哥和姐姐，背起铺盖行李，走出家门的时候，我看到，我的母亲和我的哥哥、姐姐一样地泪流满面；在锣鼓喧天人声鼎沸的北京火车站，我的母亲和我的哥哥、姐姐的脸上都一样地压抑着各自悲切的心情，强作笑颜，眼泪也都一样地往心里流。

那种生离死别的场面，使我感觉到，这种离别的痛苦，对于儿女们来说只是一次，可对母亲来说却是一次又一次。离别，离别，母亲的心是在怎样的压力下挣扎啊。中国自古就说：儿行千里母担忧。那么，被迫远走他乡的儿女们，好像是无情的魔鬼，每时每刻都将任意撕扯母亲慈爱的心。

这不能不使我想到，自己在评剧团工作的父亲，被发送到"五七干校"改造，哥哥和姐姐也早已随着"上山下乡"的高潮，去了农村。一家人似乎是在一瞬间变得四分五裂，天各一方了。我要是再去了新疆，母亲的心还不被撕成了碎片吗？

面对我自己的现实情况，我当时的想法就是先等一等，非等动员的家伙们逼上家门，不到万不得已的时候，我坚决不去插队。哪怕是让自己母亲的心暂时歇息一下也好啊。

在沉默了不知多长时间后，我终于在静悄悄谜一样的黑夜里，委婉地拒绝了第一个准备走进我生活的女人。

蓝淑芬听到了我委婉的推拒，像是听到了关于世界末日的宣言，姑娘那年轻的心，遭受到了前所未有的打击。美好的理想，青春的浪漫，在我冷漠无情的保守意识面前碰壁了。蓝淑芬的心碎了。她抽泣了，靠在我怀里的身体微微抖动，伸进我衣服里面的小手，先是紧紧地抓住我的绒线衣，然后慢慢地松开了。

我感觉到了蓝淑芬的失望，我知道自己伤了她的心。我想为她擦一擦眼泪，可是生活随意，甚至邋遢的我，没有手绢，我只好用手轻轻地去为蓝淑芬擦眼泪。黑暗中我感觉得到，蓝淑芬泪流满面了。

当时的我又一次变得不知所措起来，只任蓝淑芬靠在我的怀里，只任她一个人无声地流泪。渐渐地她止住了抽泣，在黑暗中慢慢抬起头，睁着充满泪水的大眼睛，像静悄悄的黑夜一样看着我。然后她用力抽出仍然被我攥着

1968年，班里有两位同学参军了，他们离开学校前，我们的合影（后排右二是作者）

的手，又慢慢抬起来搂住了我的脖子，把自己湿湿的脸贴在了我这个无情无义的人的脸上。许久许久，蓝淑芬像是在自言自语，又像是在问我，"这是真的吗？真的吗？！"而我却沉默着，仅仅是固执地沉默着。

猛地，蓝淑芬转身跑走，弃我一个人于黑暗寒冷的教室中。

麻木了的我，愣愣地呆在黑暗里，听着蓝淑芬远去的脚步声，感受着她留在我脸上，带着她体香和温热的泪水渐渐变凉。当我似乎在这种对女性温情的追忆中清醒过来时，便急切地追出校门。

可是，世界上已经没有了她的身影，她已经消失在无边无沿的黑夜之中。

寒冷的狂风，像千千万万条皮鞭，被造物主这个恶魔挥舞着，狠狠地抽打我的身体。昏黄的街灯也像无数个喝醉了酒的鬼怪，睁着浑浊的眼睛，摇摇晃晃地嘲笑我。我向着黑夜中蓝淑芬跑去的方向，大声呼喊她的名字。可是回应我的，却只有狂风那笑鬼般的啸叫。

像失去了整个世界的我，踩着夜的黑色，穿过残酷无情的寒冷，孤独地走回家中。那一晚，我彻夜未眠。

我知道我伤了蓝淑芬的心，可也许正是由于我无奈的推拒，才有幸使我们两个人，避免了一次远离故土的磨难。同时，也使我们两个人的心永远地分开了。虽然我们仍然生活在同一个城市里，但因了我的无情，也只落得咫尺天涯无缘相见。社会环境逼迫着我，亲手埋葬了我自己的初恋。

不知道生活中这样的事情多不多，反正我在16岁的时候就体验了，与心爱的女人擦肩而过的悲哀。虽然那个时候我不懂得爱情，不懂得珍惜来自女性的情感，可当我对女性的爱恋之情在心里生成的时候，当我一次次回想这一情景的时候，我的心就如锥刺般地疼痛。

就在那个美好而又痛苦的夜过去没有多久，国家对学生的分配政策突然改变了。我们这些赖着不肯上山下乡的中学生，竟然被幸运地留在城里分配工作了。当时，这幸运仅仅属于我们这一届学生，因为1969年毕业的中学生仍然被动员去东北和内蒙生产建设兵团。现在想来，我的留城，不仅仅是命运的青睐，简直就是个奇迹。

　　我是在留城的喜悦和失恋的迷茫中走上工作岗位的。可是我并没有高兴多久，就发现我们的命运和那些远去他乡的同学们相比，也仅仅是五十步和一百步之分。我们近百名男女同学，被集体分配到北京市第一市政工程公司。老师在念分配名单时，没有说明"市政公司"是干什么的。几天后，来接我们的市政公司的干部，一个胖胖的满脸笑容的中年男人，站在操场高高的领操台上，慷慨激昂地对我们发表了欢迎演说。以修路架桥为主的道路施工队，起了一个"市政公司"的好名字，被那个人描述得天堂一般的充满了诱惑。

　　听了他的讲话，我们所有的同学都兴奋了，无一不为自己的好运而欣喜若狂。然而，当我们被捷克进口的，非常漂亮的，墨绿色大轿车运到目的地的时候，面对一排排歪七扭八的破泥草棚的时候，我们火热的心犹如烧红的铁条，被猛地杵进了硫酸水里。

　　生活就这样开始了。

　　我和我的同学们，在一夜之间，突然变成了市政工人。我们脱下学生装，穿上了肥肥大大的蓝卡叽布工作服，拿起了铁锹和大镐，成为一名真正的筑路人。所谓市政公司的工人们，他们中的绝大部分来自农村。我们还貌似初中毕业生，可他们不仅仅没有文化，有的人连自己的名字都写不好。在他们身上，虽然充满了力量和热情，但缺少的是文化和理智。我们的加入，使这支被称为"市政公司"的筑路人的队伍，更像一群乌合之众。市政工人们既欢迎我们的到来，又把我们这些学生当成改造对象。在每天的政治学习会上，我们这些必须接受教育的新工人和下放干部，要轮流着念文件、著作或者报纸，要负责将其中一些主义、思想等较深奥的东西，用非常浅显的白话解释给"工人阶级"听。工人们则在听完之后，做总结性发言，然后就批评教育我们和下放干部们的小资产阶级或资产阶级的坏思想，并十分认真地指出谁谁谁在干活时偷懒，谁谁谁去厕所的时间长了。还要一本正经地指出，这都是不好好学习毛泽东思想、不好好学习马列主义、不好好改造世界观的原因，是不忠诚的表现。虽然他们说得驴唇不对马嘴，可没有一个人敢说个不字。

　　其实，实际情况并不像他们说的那样，我们和下放干部们谁也不敢少干活，因为在工作中，总有无数双眼睛在盯着我们。因为我们被认为是思想最容易出问题的人，是应该接受劳动改造的人。所以，我们在工作中，都特别地卖力气。无论是打炮眼，刨冻土，搅拌水泥，炒沥青，铺路面，还是登高搭架子，爬到数十米高的桥梁上作业，凡是累的，危险的，肮脏的工作，几乎全部要由我们来操作。连和我们一起成为"市政工人"的女同学们，也以其瘦小的身躯，承担起壮工的超重体力劳动。譬如搬运水泥，当时的水泥袋子，用牛皮纸包装得几乎没有棱角，让你无从下手，可是我们要搬起它，装车卸车或者拆包。一袋重50公斤的水泥对于我们男人来说，已经是勉强为之，那些身单力薄的女孩子怎么能够吃得消？而且一干就是8个小时，可她们也仍然要努力去干，还要装成十分积极地抢着干。改造思想么。再说，那会儿社会上还在不断地号召她们成为"铁姑娘"。你看吧，到了晚上收工的时候，这些姑娘一个个灰头灰脸，头发上也沾满了灰尘。特别是摊铺沥青路面的时候，她们得和我们一样地包装起来，是包装而不是化妆。我们抹在脸上的膏体，是一种白色的化学制剂药膏，因为，温度高达几百度的沥青，每时每刻都散发着带毒气体，为了保护自己，我们非得将自己包得严严实实。那样子就像一群面目狰狞的小鬼儿，可不把自己抹得面目全非，就有中毒的危险。

就这样，我们每天都玩命地干活，一天下来经常是精疲力尽。可在开会学习的时候还是要被批评，被教育，被鼓励，让我们在第二天的工作中更加努力。那个时候，年仅16岁的我们，干起活儿来根本就不知道偷懒，而且相互之间谁也不服谁。你若是能一次搬运一袋水泥，我肯定要逞能一次搬两袋水泥。用18磅的大锤破冻土，我们一轮就是几十下，甚至上百下，谁也不甘落后。可所谓的老工人们呢？虽然他们和我们干的是一样的活儿，但他们可以在工作中不时地直起身，巡视一下四周干活的我们。他们还可以堂而皇之地掏出装烟叶的小铁盒，用一张小纸条漫不经心地卷啊卷啊（这时候还要不断地偷觑四周正在干活的我们），卷成一支粗粗的"大炮"，然后再慢慢地吞云吐雾。在他们看来，不抽烟停下手中的工作叫偷懒，而利用工作时间抽烟则是天经地义的。对于这样的"偷懒方式"，一些比较憨厚的老工人，也曾私下里向我们传授了这样一条经验："人老了奸，马老了滑，兔子老了鹰难拿。"还说：你们要把这句话琢磨透了，在每天干活时不动声色地运用到实际之中，大家就都一样了。可我们这些青年工人却很难做到，因为我们之中几乎没有人抽烟。所以，这种方法仅仅属于他们这些老工人的特权。

我发现了这个奥秘，我对一个比我大几岁的，从建工学院分配来的中专生说了，还建议他不要抽烟卷儿了，改成抽烟叶。还说，你要是改成抽烟叶，我也可以学着卷它两"炮"，像那些老工人似的，乘机歇会儿。因为他的身体不太好，瘦弱得像个女人，连说话都细声细气的。修马路这样的重体力工作对于他来说，确实是难以承受的。私下里他也经常发牢骚，常常对我说："修马路这种活儿，根本就不是人干的。将来一定得想办法离开这个鬼单位。"所以我把他当成了知心朋友。

可我万万也没有想到，他是个阴损卑鄙的小人，他出卖了我。从那儿以后，他受到了领导们的特殊关照，被树为标兵。而且他从重体力劳动的班组里，被调走去管理收发建筑材料。在那个疯狂而又颠倒黑白的年代里，他的无耻之心得到了不应该得到的回报。而我却从那个时候开始被打入另册，受到的不公正待遇和无情的排挤简直无法言说。

被那个家伙出卖后，我就从一个青年工人，变成了一个帮教对象，隔三差五地被帮助教育。在一次"斗私批修"的会上，市政工人们抽着烟，一本正经地把我围在中间。他们对我大发雷霆，群起而攻之。说我小资产阶级思想十分严重，恶毒诬蔑伟大的工人阶级，是"可忍，孰不可忍"的。面对他们咄咄逼人的围攻，我既不承认，也不抵赖。因为我知道，这样的时候，我说什么话，作出什么样的辩解，都无法撇清他们强加于我的莫须有的罪名。可是，我的一言不发，更加重了我的罪孽。他们认为，我不开口说话，就是拒不承认错误，对抗工人阶级的帮助教育。所以，他们决定第二天停工半天，专门开我的批斗会。我被他们挤上了绝路。于是我开始憎恨那个告密的家伙，我决定要在批斗我之前，给他点颜色看看。我虽然比那个家伙小几岁，可我长得膀大腰圆，身体强健，还练过摔跤，打他一顿绝对绰绰有余，我要让他知道做个告密者是要付出代价的。

第二天的中午，我早早就跑到食堂提前吃了饭，然后又买了六两刚出锅的打卤面条，蹲在门边等着那个家伙。我的一个同学怕我吃亏，也在不远处等着。那个家伙终于得意洋洋地哼着《拿起笔做刀枪》的造反歌来吃饭了。

走过门边的时候，他看到我蹲在那里，却装作没有看见我，继续摇头晃脑地往前走。等他走到我面前时，我猛地站起来，挡在了他的去路。他可能认为有人给他撑腰，所以他对我表示了绝对的藐视。当时，他乜斜着眼睛看我，那眼神里根本就没把我当人，好像他在看一只动物，或者一根木头。突然，我把手中端着的面条，狠狠地扣在他的头上。那面条烫得他号叫起来。跟着，他便不顾一切地扑上来，用手中高举的铁饭盆向我的头上砸下来。我没有给他机会，只是灵巧地向旁边闪身伸腿，并在他的身体倾斜后，狠狠地在他的后背上拍了一掌。他像条死狗似的趴在地上，满脸满嘴都是泥土，头上还沾着面条。我冲上去，又狠狠地踢了他几脚。看着他的狼狈样儿，我得意极了，冷笑着转身离开了食堂，去等待下午对我的批判。

那是一次真正的批斗会，工人们一个个手捧"小红书"正襟危坐。两个身强力壮的工人站在我的两边，用粗壮的胳臂把我的胳膊扭向后面，并使劲往下按我的头，使我的上半身弯下去，屁股高高地撅起来。会场上的人们兴奋着，吵嚷着，咒骂着，还大声地呼喊革命口号。这一切，仅仅因为我说了句要学那些老工人卷烟卷儿，好乘机歇会儿。但仅仅是这样一句简单的话，就使他们把我当成了反革命一样地仇恨着。从那次批判会开始，我几乎所有的政治权利都被剥夺了，我成了一名未曾经过审判的被劳动改造的人。当时我年仅17岁。

从那个时候开始，我就陷入到无限的孤独之中。从那个时候我就后悔了，后悔我没有伴随那个喜欢我的姑娘，一同去新疆生产建设兵团，一同去那广袤的大漠之中，去感受我们青春的浪漫，去寻找我们生命中的乐趣。虽然那里也会有孤独，可那是来自自然的孤独，在那样的孤独之中，会有暴风，会有干渴，会有饥饿，也会有死亡的胁迫。在那样的孤独之中，我的生命将会得到千百倍的锤炼。战胜孤独与来自自然的威胁，我的生命将会变得更加强健。我相信，在我充满活力的生命历程之中，沙漠也将变成金色的大海。在那金色的大海之中，我会满怀信心地扬起生命的白帆，和我心爱的姑娘一起，在孤独、饥饿、沙尘暴还有死亡的威胁之中漂泊，用我们的青春，我们的生命，去建设祖国，去铸造我们生活的绿洲。

可是没有了，没有了！在我的社会生活刚刚开始的时候，一切的希望之路，都变成了坎坷和泥泞，一切的理想之门，都被关闭了。我像一叶被狂风掼入大海的小木舟，不得不在汪洋之中沉沦，我不得不承受人群之中的孤独。

我读书，我拼命地读书。可是我的书读得越多，我就越感到孤独。

那是一种近似于烈火燃烧般的寒冷，那是一种人声鼎沸般的死寂。

我的生命在这样的生存环境中无所适从，然而，即使在这样的环境中，我也试图走进我自己的生命！因为我坚信：快乐只是点缀生活的散碎诗篇，只有痛苦才能把生命磨砺成永恒的经典！

当我写到这里的时候，我的耳畔，仍然轰响着当年市政工人批判我时，那些慷慨激昂，却又前言不搭后语的发言。当时那个告密的家伙非常得意，添枝加叶地揭发了我是怎样"侮辱"工人阶级的，并一本正经地按照当时的惯例，对我的行为无限上纲。同情我的下放干部和同学，也都不得不违心地发言批判了我。在那次批判会达到高潮的时候，一个正在积极要求进步的班长刘××，带着深厚的无产阶级感情，尖声厉语地命令我抬起头来。我抬起头，翻着眼皮毫无表情地看了看他，又充满了自信地把我的头高高地仰了起来。当我魁伟的身躯伸展开来，站成一个顶天立地的人的时候，当我低头看他时，觉得他像一只玩偶般的渺小。这么想的时候，我的嘴角露出一点笑纹，可这下却招恼了他。他像一只疯狗似的咆哮起来，抡着他那本该是劳动的手，狠狠地抽了我两个嘴巴，并郑重宣布："他妈的，革命的工人阶级批判你，你还敢笑？从今以后全班工人阶级，将正式对你实行劳动监督。"宣布完他还带领全班工人高呼口号，我知道，此时此刻他把自己丑陋肮脏的身躯，站到了我年轻的肩膀上。

17岁的我被他打得嘴角流血，眼冒金花。可是我不敢还手，也不敢问问他凭什么打人。那个刘姓班长的野蛮和狂妄，在我年轻的生命中，留下了刻骨铭心的记忆。

这个时候是1969年的初春。当时，我们曾经最友好的国家，我们的老大哥——苏维埃社会主义联盟（前苏联），一举出兵，入侵我国东北的珍宝岛。战争的导火索，在世界上两个最大的社会主义国家之间点燃了。曾经产生"列宁主义"的社会主义苏联，终于露出了他们的野蛮兽性的侵略本性，如此看来，他们要把人类带向共产主义，要给人民民主、自由和幸福的说法完全是个谎言，难道战争带给中国人民的不是灾难吗。他们的侵略行径，与当时的八国联军践踏北京，有什么区别呢？即使是在第二次世界大战中，与中国共为同盟国的苏联，在打败了德意日等法西斯侵略者后，仍然霸道地提出了占有使用我们的旅顺、大连等港口的霸道要求。所以，不管他们披上怎样的外衣，也正像林则徐在19世纪说过的那样，"终中国之患乃俄罗斯也"。在国际形势日趋紧张的局面下，中国人民虽然空前的团结，可是因为搞"文化大革命"，因为搞武斗打派仗，我们的经济实力到处都显得捉襟见肘，许多工矿企业几近瘫痪。于是我们要全民皆兵了，也不得不全民皆兵了。这一次，我们要和我们的老大哥，社会主义苏联兵戎相见，分个上下高低。

说心里话，当时我非常愿意去打仗，哪怕就是死在保卫祖国，抗击苏联入侵者的战场上，我也不愿意再忍受这种人群中的孤独，不愿意再和这些只有肉体，没有思想，没有灵魂的人们为伍。可是，几乎所有青年工人，都可以加入的"基干民兵"队伍，唯独拒我于千里之外。他们认为，我是一个思想极其落后的人，没有资格拿起那支可以射杀入侵者的钢枪。恐怕没有一个真正的中华民族的子孙，愿意侵略者在我们的国土上横行霸道吧。可是他们却把我心中燃烧着的，对侵略者的仇恨之火熄灭了。

变成了"基干民兵"的青年工人们，也就是我的那些同学们，暂时离开了工地，去接受军事训练，随时准备开赴战场，去抗击苏联入侵者。单单剩下我和另一个学生（此人后来成为新华社记者），每天扛着铁锹和大铁锤或者拉着小推车，在市政工人的监督中劳作。

我不明白，我们也是中华民族的一员，我们也是血气方刚的青年，我们也有保卫祖国的神圣责任。是谁蛮横地剥夺了我们的权利？是谁在用软刀子，悄悄地拉割中华民族的躯体？凭什么不准我们爱我们的祖国？

这些疑问，从那时候起就深深地搅扰着我的思维。更多的以工作为名的报复每时每刻地摊派到我的头上，几乎所有的最脏最费劲最危险的工作，都有我的份儿。我就是在这样的环境中，工作了长达十年的时间。这十年时间，像一把锋利的刻刀，毫不留情地在我的生命上，划上了一道又一道的深深的痕迹。

记得是在北京门头沟的大山里，我们施工队为一个新建的军火工厂修路、架桥。门头沟虽紧邻北京市区，但那里的崇山峻岭，是燕山与太行山余脉汇接处。涌流不息的永定河水，日夜在她的怀抱里流淌，润绿了这里的每一道山梁，到处能看到许多叫不上名的小花，到处弥漫着荆条丛和野草散发的青涩气息。连绵不绝的大山，俨然一道天设的绿色屏障，拥抱着北京城，为她遮风挡沙。得天独厚的自然条件，不很发达的交通，使这里具有了特殊的军事意义。

一个夏天的上午，我们正在工地上干活，施工队王队长来了。他让我和李洋赶快回去拿钢叉，再到食堂把午饭买好带上。王队长让我们去卸火车，说这是一个重要的政治任务，直接关系到军火工厂施工的进度，让我们俩必须在8小时之内，把火车里的石砟卸完。队长给我们交代任务的时候，表情十分严肃，神色却很诡秘，还有几分得意，我们却没看出什么，更不知道我们将面临怎样的困难局面。

那天，气温高达三十七八度。我和李洋立刻赶回驻地，到工具库换了钢叉，又去食堂买了早餐剩下的窝头，用空酒瓶装了点水。我们便扛着钢叉，忍受着难耐的暑热，离开施工队驻地，说说笑笑地赶到了5公里外空旷的铁道旁。一节满载石砟的火车车箱，静悄悄地停放在那里。整个货场都被火辣辣的阳光笼罩着，火车皮四周静静的，没有一个人，也没有一点阴凉的地方。

我们不敢耽搁时间，甩掉了厚厚的工作服，只穿着裤衩和背心，爬上了那节货车车箱。那是一节载货30吨的车皮，里面装满了铺路基用的石砟。我要说，没有经历过这种生活的人，没有看到我们两个劳作场面的人，永远也无法体味到当时我们所经历的，那种残酷的工作过程。

当时，那节魔鬼一样的火车皮，暗含着讥讽人类蠢笨的得意心理，任劳任怨地承受着30吨的重压，阴损而又蛮横地静卧在被太阳烘烤着的大地上，时刻准备着给我们两人以惨无人道的折磨。

当我们穿着裤衩、背心，戴着破草帽，有说有笑地爬上这节装满石砟的车皮，把它踩在脚下时，当把我们手中的钢叉，凶狠地挑向它的血肉之躯时，我们才明白，在这个庞然大物面前，我们两个人，像跳梁小丑一样，显得那么渺小，是多么的软弱和无力。这个时候，整个宇宙都变得悄无声息，大地上的一切都仿佛凝固了，只有火辣辣的太阳，不失时机地，恶毒地，炙烤着我们。

干活。干活！

我们两人紧张地干活！钢叉和石砟猛烈地碰撞着，发出"嚓、嚓、嚓、嚓"的声响。钢叉和石砟磨擦出的火花，接二连三地在我们的脚下迸溅耀亮。酷热的天气里，紧张地劳作，使我们两人汗如雨下。破背心很快就湿透了，草帽也被汗水洇湿了一圈黑黑的汗污。裤裆里男人那个玩意，也被汗水侵润着，黏乎疲软得毫无生气。

天地间像个大蒸笼，闷湿黏稠的热气，无休无止地蒸烤着我们。空旷的大地上，太阳的光芒，像遍布尖刺的天网一般，覆盖了所有的裸露物，我们无处躲，更无处藏。停不下来的劳作中，汗出干了，带来的水也早已喝没了。我们的嗓子，似乎在燥热中干裂开来，嘴里黏黏乎乎地像嚼着鲜血，干粮干得根本无法下咽。可是我们仍然得不停地干活，因为那节车皮只能在这里停留8个小时。我们两个必须在这8小时之内，把30吨的石砟全部卸下来。想想吧，那是七棱八角的石砟，如果是沙子，我们两个也许会轻松许多。

开始干活时，我和李洋还有说有笑地自嘲，渐渐地我们就变成了两个哑口无言的机器人，只剩下简单的机械动作。寂寞、枯燥和劳累，让我们时不时发出一声声粗话，以给自己年轻的肉体，带来一点点野性的鼓舞。也只有这：我佘！我佘……简单而又粗野的话语，才能使我们生命中那有限的力量，不断地尽情地发挥出来！这是工作么？不，这不是工作，而是我们男人生命的一种宏伟，是灵魂和肉体与造物主的搏斗。假如哲学可以解释"人"的生命是什么，人，为什么活着，那么，劳动就是摧残肉体，创造或磨灭精神和灵魂的最好手段。也只有生命的思索，才会产生哲学。

在我们的肉体被痛苦折磨着的时候，当我们的生命在痛苦中战栗着的时候，当我们在这样的劳作中，感觉已经筋疲力尽，肉体似乎就要坍塌散架的时候，我感觉，我的心灵，我的心灵却正在向地狱中升腾！

四周没有一点动静，宇宙间没有一丝风。不远处的灌木、草丛一动不动地呆立在山坡上，似乎已经没有了绿色生命的灵性。把大山划开一道裂缝的永定河，也只无力地缓慢地向前流淌。宇宙间的一切一切存在物，都像凝固了似的。永远静卧在大地上那两条伸向远方的铁轨，在阳光的照射下闪烁着耀眼的亮光。万籁俱寂，只有我们年轻的身体，伴随着劳作不停地起伏，机械似的在宇宙间跃动；只有我们发出的喘息声，钢叉与石砟碰撞出的声响，给这死一样的世界带来了一点点活力。

火车箱里的石砟，被我们彻底堆积到铁轨两侧的时候，我们两人已经被累得精疲力尽，身体也变得像软塌塌的皮囊。这个时候已近黄昏，青翠的大山终于隔断了火辣辣的阳光，凉爽的晚风在山间追逐笑闹，轻轻拂过我们汗痕斑驳的身体，抚摸慰藉我们两人疲惫的心灵。此时此刻，那感觉真的像母爱一样温馨啊。

当我们光着脊背，扛着钢叉，沿着山间公路，踩着被太阳晒得发烫的大地往回走时，无论是谁看到我们两个人的狼狈样，也不会相信，那两个破草帽下扣着的是两颗高尚的心灵！

我们拖着疲惫的身体回到驻地的时候，等待我们的仅仅是每人三个又干又硬的窝头和一碗剩菜汤。1969年的时候，社会对粮食实行控制定量供给，我们修路的壮工，每个人每月是40斤配额。一顿中饭或晚饭六两，三个窝头，吃不饱肚子，也绝不能再多。每天的吃食饭量自己安排，一天吃多了，到月底就要勒紧裤带。

要好的哥们儿都去军训了，工队里只剩下几名女工和我们两个人，掺杂在老工人之中。没有人答理我和李洋，几乎所有的人，都认为我们是落后分子。

甩掉破草帽，我和李洋只穿着小裤衩，光着脊背蹲在破旧的工棚前，吃着冷窝头。他说："儓，凉的。"我也说："儓，干得咽不下去。"于是，我们面面相觑，无言而笑。虽然我们受到了不公正的待遇，心里也充满了委屈，而且没有地方诉说。可是我们没有眼泪，就是有，也不能流出来。在我们年轻的心里，珍藏着对生活的渴望；在我们的生命中，蕴涵着创造一切的宏伟力量。这在当时，是绝对没有人相信的，施工队的领导和工人们，都认准了我们是社会的渣滓！而我们也并不想按照他们的规矩，修改自己的良心，去迎合他们的愚昧。

悄悄发着牢骚，我在无意间一抬头，看到了女宿舍的窗玻璃后有一双眼睛，那双眼睛直直地看着我们两个人。我知道那是她。她和我来自同一所学校，虽然年龄比我稍稍大一点，但我们同是68届毕业生。不知道从什么时候开始的，更不知道是因为什么，她悄悄地给予了我特别的关注。虽然那个时候我刚刚17岁，我的心还处在混沌未开的阶段，但在那样一种冷漠的氛围里，我孤独的心，对于来自任何方位、任何人的关心，还是十分敏感的。尤其是来自女性的关注，哪怕只是一个眼神，总能给我带来无穷无尽的温暖感觉。或许我那颗愚顽蠢笨的心，正是在她质朴温柔的关爱里，悄悄得以开启。她也因此成为我生命记忆里的第二个女人。

那天夜里，疲乏到极点的我却失眠了。

狭窄的大工棚里，停尸般地躺着两排人。既搞社会主义建设，也搞阶级斗争的人们，甜甜蜜蜜地睡觉了。低矮狭小的空间中，充满了混浊的空气，到处都弥漫着汗味儿和脚臭味儿。屋子里也不安静，咬牙的，放屁的，打呼噜的，不知使用什么手段把床板弄得"吱吱"乱响的，还有伪装积极进步的人，在假寝中高呼革命口号。各种声音此起彼伏，乌七八糟，特像一支民乐队在演奏贝多芬的《英雄交响曲》。

本该宁静温馨的夜，竟也变得如此龌龊。我仰面躺在床上，望着小小的玻璃窗外夜的黑色，任想象在我的大脑里，悄悄地奔腾。可是，我怎么也想不通，我们正在经历的这一切，到底是为了什么？本应充满亲情的人群，彼此间怎么会变得如此冷漠。是什么力量能使人们彼此仇恨？不知道过去了多长时间，我仍然毫无困意。思维的焦虑使我痛苦万分，诟污的空气让我忍无可忍。

黑暗中，我悄悄起身，离开大通铺，离开燥热的工棚，走进了静谧的自然之中。

山野中漆黑如墨，自由之神乘着夜色到处游荡，半山处有橙黄色亮光闪烁。远天上，点缀着稀疏的星星，彼此眨着眼睛甜蜜地调情，只有孤独的月亮，晃动着惨白的脸儿向人间媚笑。夜的清风，温抚着山间沉睡的万物，把清新香甜的空气送进我的鼻孔，悄悄抚慰我疲惫的心灵。在静悄悄的大自然中漫步，真是舒坦极了。

我沿着被山坳弯出的曲线，踩碎了田野间的宁静，独自走去，去感受千万大山中我一个人的孤独。此时此刻，我没有远离人群的痛苦，也没有远离人群的寂寞。在夜的神秘之中，我与自然融为一体，在夜的温情中，我用生命感受我灵魂的自由和躁动。

这是我走进社会后，第一次对自己生命历程的反省。或许这也是一种悲哀，因为，我与芸芸众生朝夕相处，却不能，更不敢和他们交流。只能以我17岁年轻的大脑，独立思考。我感谢生活给了我锤炼生命的机会；我也痛恨生活时时刻刻在吞噬我生命的自由和精神。

那天夜里，我伴着弥漫在山间田野中自然的芬芳，穿过遍布卵石的河套，在日夜流淌的永定河边坐下来时，我看到了黑夜里有一双黑色的眼睛。

沈惠琳说她一直跟着我。我问她是怎么知道我出来了。她说是感觉。她在我身边坐下，悄悄把两块奶糖塞到我手里，说：我知道你没吃饱。以后再有这样的事情，我给你留饭。

两块小小的奶糖，真的算不了什么，可对于此情此景中的我来说，却是何等的珍贵啊！黑暗中我默默无语，只呆呆地看着面前的永定河。许久许久，我的眼睛湿润了，永定河水的涟漪处，也泛着白闪闪的亮光。她一声不响地剥开一块奶糖，轻轻地，温柔地塞进我嘴里。又用手轻轻擦去我眼角的泪水，然后，使劲把我拉起来，说：回去睡觉吧，明天还得干活呢。

我摇摇头，让她先回去休息，我说，我再坐一会就回。可是她不声不响地站在那里，许久许久才说，你不回，我就站在这里等你。我抬起头看她，她的长发被山间野风吹拂着，慢慢飘动，她消瘦的身形，默默地伫立在河套中，在夜色里显得更加凄楚。面对她的固执，我的心似乎在痉挛，我没有一点办法，没有任何理由再拒绝她的深情，只好起身默默地往回走去。

在崎岖不平的河滩上，她用手揪着我工作服的一角，磕磕绊绊跟在我的身边。有时她丰满的前胸轻轻擦过我的胳膊，使我一次又一次感受到来自女性身体的另一种温柔。此情此景中，我的心从孤独中重返人间。她的柔情让我感到人与人之间的温暖，让我感到女性之心那独有的博大和无私。此时此刻，我的心在夜的清风中为之颤抖，我对生活的向往和信心，在她甜如蜜汁般的温情里重新苏醒。

这也许是命运的安排，也许是造物主对我的嘲弄。在青年工人都去军训的日子里，我和她有了更多的接触机会。这时候，我才发现她那被厚厚的工作服包裹住的窈窕的身体，有着怎样的魔鬼般的力量，仿佛像磁石般地吸引着我的目光。在门头沟那荒凉的大山里，我时刻追随着她的身影；在嘈杂混乱的筑路工地中，我倾听分辨她的声音；在那坑洼不平的黄土地上，我到处搜寻她的脚印；在空旷的天地间，我试图吸吮她身体留下的气息。

与此同时，她也在每时每刻，给予我极其细致的关怀。由于有了她的关心，我的处境似乎好了一点。因为她在食堂做饭卖饭，所以我每次买饭的时候，饭盒里的饭菜，总显得比别人多得多。我知道是她在暗地里悄悄帮助我。有了她悄悄的帮助，就使我在超重体力的工作中，能够得到充足的食物来补充身体。后来，不知道是什么人，是出于嫉妒之心，还是对我的仇恨之情，把她的行为告发了。于是她受到了警告，工队里的领导不允许她再卖饭，只让她在后面管盛饭菜。可胆大心细的她，在一个休息日后，给我带来了一个印有红花的饭盆儿。她说有了这个特殊的标志，她就知道哪个饭盆儿是我的，在盛菜的时候就可以往里面多盛。

我知道这样讨大家的便宜不好，就不愿意用那个饭盆儿去买饭，可她却十分认真地和我发了一次脾气。她说，许他们欺负你，就不许我照顾你吗？我无言以对她固执霸道的热心，便也就在感动之余顺从了她。

可是，我们两个人的接近，尤其是她对我的关照，使她遭到了报复。她被调出食堂，到工地上干活。建筑工地上的活儿，基本上全是笨重的体力劳动，她一个弱女子怎么能够吃得消呢。为此，我痛苦万分（而且，至今我都怀有内疚），都是我连累了沈惠琳。

那时我们正为这个新建的兵工厂修路搭桥，整天打炮眼，开山放炮。劳动强度大不说，还非常危险。因为几乎每天都有哑炮出现。虽然排除哑炮这样的工作，从来也不让女工去干，可在打炮眼的时候，女工还是要担负把扶钢钎的活儿。这也是一件十分危险的工作。一天8个小时，10磅的大锤，要在那细细的钢钎上捶打数千下，扶钢钎的人，还要不断地转动钢钎，稍有疏忽，大锤就会狠狠地打在扶钢钎的人的手上。

沈惠琳就是在这样的时候，被惩罚到工地干活。每当我在杂乱的工地上，看到她瘦小的身影时，心里就十分痛苦。为了弥补因我而给她带来的灾难，我想尽一切办法帮助她。为了使她高兴，我常常偷偷从工地溜出，跑到附近的山上，寻找野酸枣和核桃带回来给她。有一次我竟然在那荒芜的大山中，发现了一颗长满了果子的杏树。我高兴得像只猴子，连蹿带蹦跑回了工地，并暗藏着这个欣喜没有告诉她。

那天黄昏，我悄悄用眼神，把沈惠琳约到工棚外面，然后拉着她的手跑进群山之中。山里的黄昏，静悄悄地铺满了迷人的绿色，但是，这迷人的宁静，被我们两个人欢快的脚步踩碎了。

我带着沈惠琳找到那棵杏树，指着那满树深黄色的野杏让她看。沈惠琳笑了，笑得眼睛眯眯的特别好看，脸上的两个小酒窝也仿佛在快乐地哆嗦。她揪住我的衣袖用力摇晃，笑着喊道："我要吃——我要吃！"

我飞快地爬上树，一边摘野杏，一边把大个儿的给她扔下去。沈惠琳便笑着在地上爬着捡野杏，还用吃完了的杏核砸我。直到我把所有的衣兜都装得满满的，便抱着树干在上面吃野杏。沈惠琳站在树下，始终仰着头看着我，红扑扑的小脸上仍然漾满了甜甜的笑。看我只在树上吃杏，她笑着问我："嗨！你干吗不下来？"

"我就是不下来。谁让你用杏核拽我。"

"讨厌！快下来！"

"不，我要把杏都吃光才下来，一个都不给你留。"

"你要再不下来，我就走了！"沈惠琳真的生气了，她撅着嘴转身就走。

我赶忙从树上蹦下来，追上她，一把将她抱到树下。沈惠琳便笑了骂我："再不下来，我就永远也不理你了！"

我们两个紧紧靠在树下，吃杏肉砸杏核儿，谈天说地设想着自己的未来。那一个个圆圆的野杏，散发着醉人的香甜，沁透了我们两颗年轻的心，让我们暂时忘记了世间的一切庸俗和烦恼，只沉浸在我们青春浪漫的自由之中。

这时候，天已经黑了。

迷人的夜色，覆盖了大山，周围的绿色植物也沉入了自己的梦乡。飘飞在大山中的青草气息，轻柔地包裹着我们，惬意极啦。黑色的半空里偶尔有什么东西飞过，听得见它"嘎嘎……嘎嘎……"孤独的鸣叫声。我猜想，它正奋力扇动翅膀，要撕破这山野中黑色的天幕，让天地间有一丝丝光明。当我们沉浸在心灵碰撞的激情里的时候，当我们在这样的激情里不知所措的时候，突然，远山处传来一阵野兽的嗥叫，冷不丁地给这静谧的、黑黑的夜晚平添了一点恐怖。

正是这野兽的嗥叫声，把她推进了我的怀里。她娇小的身躯似在轻轻颤抖，双手却有力地把我搂紧。她额头前蓬松的短发，被山间的野风吹动，带着她的体香顽皮地搔挠我的鼻孔。我转过头去，感到她正高仰着她红扑扑的小脸，就像刚刚她看着野杏树上的我一样认真，一样着迷。我低下头去，让距离将黑夜从我们中间赶走。是啊，距离就是黑暗，距离就是障碍，我们不要，我们不要黑暗！

噢！我看到了，她微微闭着眼睛，长长的眼睫毛，忠勇的卫士似的掩盖着她的羞涩，红润润的双唇却张开着，一个湿滑的舌头裸露在那里时隐时现，仿佛是一朵正在开放着的花，在期待着雨露的滋润。她的一只胳膊绕过我的身体，把小手轻轻抚在我的腰背上，把一种灼热固执地印在那里，并让这灼热穿透我的皮肤，深深地渗进我的骨髓之中，让它蔓延到我的每一寸肌肤里，让它像火一样在我的身体里燃烧。我觉得那是一种无声的诱惑，是爱神突然降临到我的身畔。这时，黑的夜幕，仿佛已经悄悄地从宇宙间退去，一缕金色的光芒笼罩住我们，绿的山野里，飘飞着无穷无尽的柔情蜜意，小天使似的在我们周围笑闹。

此时此刻，我的心感受到她青春的躁动，迷失于她女性情感的万有引力之中。不知不觉的，我们的嘴唇碰在了一起，那是我们的第一个吻，它促使我的灵魂，随着她的肉体和她轻轻的呻吟一起颤抖。在那个吻里，我无法左右自己的意识和意志，只是忙乱地寻找着她纯洁火热的所在，放纵地将自己深深地伸了进去，并长久地陶醉在裸露着她青春湿润的口唇上。那象征着我们情爱开始的吻，带着在田野间弥漫的杏香，带着我们青春的羞涩和放纵，带着我们情窦初开的盲目和力量，让我们长久地徘徊在那透入骨髓般的细腻感觉里。

夜的宇宙间，轻轻飘荡着我们甜甜的笑声。共同的命运，使我们两颗心越贴越近。那一段日子，可以说是我在市政公司度过的最美好的时光了。

由于有了心的另一种慰藉，笨重的体力活儿竟然也变得无足轻重了。在以后的日子里，我也曾经试图改变自己。可无论我怎样的努力，也无法使我和那些人融为一体。我们之间仿佛隔着一层轻薄的屏障，彼此能够相见，却无法相融。因为，我们对生活的理解方法有着根本的区别。他们关注的不是个人怎样修身养性，不是怎样攫取知识，不是怎样努力建设国家，而是时时刻刻关注着别人的大脑在想什么。一旦他们发现你的思维能力超越了他们的蠢笨时候，你就注定要遭殃了。

那是在一个叫青水涧的地方，因为修桥，我们工队调来了一部 WKAS，这是一种大型打孔机械。当时非常矛盾的是，只有一位随机器调来的师傅能够操作它，而打桥桩的孔，又需要日夜不停地连续工作。为了解决这个问题，工队领导决定从我们这些壮工里，选几个年轻人去学习操作。而被选中的五个青年工人里，想当然的没有我。

那个时候，我也从不奢望会有什么好事和幸运，能降临到我的头上。那时，我除了每天应付8小时的艰苦工作和3小时的枯燥无味的政治学习外，就是拼命地读书。虽然那时的书非常单一，书里的内容也绝大部分是空洞的说教，可我仍然从其中找到了许多有关人文学科的知识。我如饥似渴地读书，从中汲取我需要的营养。那个时候我仍然时刻想着用自己强健的身体和聪明的大脑为这个行业贡献自己的全部身心。因为无论如何，我们创造的财富，都是为国家做贡献，都是属于这个民族的，我会为此而感到骄傲。

那些学习操作机械的人，是在四个星期后回来的，可五个人中，只有一个学会了操作那台打孔机。面对这种尴尬的结局，他们一筹莫展。于是，就使我有了一个初露锋芒的机会。我对那个随机械一起调来的师傅说，我能试试吗？开始他还不相信似的看着我，但他又马上点点头，然后给我讲了一遍操作规程，又开动机器亲自为我示范了一遍，然后就停下机器让出了操作台。

我胸有成竹地走上去。因为我从很小的时候就清清楚楚地知道：天生做工匠的人，是用不着学徒的。早在7岁刚刚上小学那年，我就用铅笔刀把一块橡皮，变成了一个活灵活现的小猴子。而我没有学过美术，更不懂得雕刻。只是用心灵感悟我们生活中的一切。因而，我坚信，我年轻的生命，可以应付任何来自生活的挑战。WKAS的周围站满了人，他们在等着看我的笑话。在那许许多多的眼睛中，我看到了她和好朋友们的期望和鼓励，就更加充满了信心。

河套里的秋风，带着丝丝清凉，欢快地笑闹着，我却感到全身燥热，非常紧张。因为这毕竟是我第一次为我的命运而搏斗，成功了，它将预示着我将来事业的好转；失败了，则可能造成我在这个单位永世不得翻身。那些家伙会嘲笑我吹牛皮，会更加变本加厉地折磨我。

为了证明我个体生命的价值，为了让那些人知道"知识和能力就是力量"，我暗自憋了一口气，把手伸向那台庞然大物，毫不犹豫地扳动了启动手柄。"轰隆"一声巨响，WKAS的柴油发动机咆哮着启动了。在它野马奔腾般的狂躁中，宇宙万物仿佛变得渺无声息，整个河套中都轰响着它吼叫的声音。此时此刻，我的心却突然平静下来。我用双手握紧操作手柄，轻轻拉动，让离合器摩擦、结合，粗粗的钢丝绳慢慢绷直了，那重达2吨的大铁锤被我稳稳地悬吊在空中，又准确地将它轻轻地放进浇铸桥桩用的沉井之内。"呼啦"一下子，黏稠的泥浆水，被大铁锤挤出了沉井，变幻着得意的奇形怪状，用它红色的浊流，染脏了奔流不息的永定河水。然后，我按照操作要点，把机器设定到工作档位上，让它轰鸣着，向大地开战了。没有欢呼，也没有掌声，但我清楚地知道，我成功了。看着打井机颤抖咆哮着，"咚咚，咚咚，咚咚"地在沉井里，强劲有力的不断地锤击，看着坚硬的大地，在它的锤击中无奈地哆嗦、呻吟，我热血沸腾了，全身洋溢着男人的阳刚之气。仿佛那个上下运动的铁锤就是我的身体，我要用我生命的力量将地球击穿。

经过他们开会研究，我在控制使用的框框里，成了操作那台机器的三个班次中，其中一个班次的领班人。生活虽然依旧，但是到底有了点转机。

可是，就在这个时候，她和我分手了。因为我看到了一幕丑陋的事情。在一个秋雨绵绵的深夜，打孔机出了故障。我骑了一辆破自行车，冒雨奔回驻地去找那个师傅，想让他帮助排除机器的故障。因为建桥打桥桩孔，是不能长时间停机的。长时间停机，沉井下部会被流沙侵袭，刚刚打好的桥桩孔有坍塌的危险。可到了他的宿舍才得知，那个师傅家里有急事，连夜赶回城里去了。事关重大，我不敢耽搁，连忙跑到队长宿舍，推门闯了进去。

开门的声音，淹没了一种女人的呻吟声。跟着一片乱七八糟的声响从床铺那儿发出，两条闪着白光的肉体正在忙乱地遮掩躲闪。虽然是在暗夜之中，可我还是看清楚了，那个女人是她。因为我对她的音容笑貌太熟悉了。

全身湿透了的我，落汤鸡似的站在那里，不会说，不会动，身体麻木得像一具木雕。我的心感受到前所未有的打击，心脏怦怦怦怦地狂跳，仿佛就要炸裂开来。我粗糙的大手紧握成拳头，准备扑上去把那个男人砸扁。但是，在我还没有行动以前，她赤裸裸滚下床，跪倒在我的面前。此时，那个男人正在慌乱地穿衣服。她浑圆白嫩的双膊，紧紧抱住我湿淋淋的两腿，使我不能行动。她仰起头，声音急促而颤抖地哀求我："求求你，你别说，也别打他。是我愿意的。求求你！"

"为什么？为什么呀！？"我像野狼似的嚎叫起来。

她哭了。好半天她才抽泣着说："我受不了了。太苦了，太苦了！我想离开这里，去别的单位、去上学，去干什么都成，只要能离开这里。我是一个女人，我真的受不了了。他，他已经答应我，帮我离开这里。求求你了，求你了！"

黑暗中，她的头使劲向上仰着，刚刚被那个男人蹂躏过的身体，紧紧地贴在我腿上。她无遮无掩的前胸，随着她的抽泣一下一下地耸动，仿佛是在给我一个永无休止的挑逗。

听着她的话，我明白了，这是一个罪恶的阴谋。那个臭男人，已经近五十岁了，而且家有妻子儿女。他平时总是一副道貌岸然的样子，尤其是在开会的时候，他满嘴都是革命豪情和政治思想，骨子里却是个男盗女娼的家伙。他们每时每刻都在要求我们做一个政治上进步的人，做一个听话的青年。可他们却灵魂肮脏物欲横流，暗地里做着践踏我们青春的勾当。

看着瘫软在我面前的她，那么柔弱那么可怜，我的心悲泣了。她毕竟是真心帮过我的姑娘啊。当时我的心里非常清楚，我复仇的机会来了。在那种禁欲的社会环境中，只要我把这件事说出去，那么，这个家伙就会因所谓的"作风问题"而身败名裂。那样，他的处境肯定比我还糟。可是她怎么办呢？她的名誉也会玉碎瓦破。我不能做这种无情无义的事情，万般无奈中，我摇了摇头，低声说："为了你，我什么也不说。"然后转身走出了那间肮脏的屋子。在推开屋门的一刹那，我猛地转回身，咬着牙对那个家伙说："你记着，这笔账我早晚要你偿还！"屋子里没有一点声音，死一样的沉寂。我转身走进雨夜之中，万没想到的是，追随而来的却是那个家伙得意的笑声，还有她痛苦的哭号声。

秋雨仍然不停地下着，我茫然地沿着山间公路向工地走去。山区的夜没有一点光亮，到处漆黑一片。暗夜中我一个人的独步，是多么的凄凉啊。无情的秋风吹透了我湿淋淋的衣服，也送来了淅淅沥沥的雨声，仿佛是整个宇宙都在流泪。

我知道那是秋雨的悲戚，那是秋雨在哭诉：你们人类非常的虚伪，在你们中间，没有真情，没有友爱。白天你们衣冠楚楚，却心灵猥琐花言巧语，满嘴说着仁义道德，可是除了残害弱者、诱奸女性、欺压无辜，就是野蛮得像恶狗似的争斗；到了夜晚，你们又在冥冥的黑暗中，与妖魔鬼怪一起作祟，一个个面目狰狞心怀叵测，心黑手狠得如同畜类般的凶残。你们每时每刻都在为满足自己的私欲而谋划一个个阴谋。你们人间是多么的肮脏啊！你们人间是多么的肮脏啊！！

阵阵冷风夹杂着雨丝袭来，好像是肆意飞崩的千万支冰针，穿透了我强健的身躯，使我火热的心瑟缩疼痛。那是一个多么清纯的姑娘啊！泪水悄悄涌出，和秋雨一起模糊了我的眼睛，使我的眼前一片迷蒙。我向着暗夜漆黑的宇宙，疯了般嚎叫，质问大山：这究竟是怎么回事啊？可大山那"啊啊啊，啊啊啊"的回声，像是在嘲笑我的、我们的无能。

我病倒了。可我倔强的心，却时时刻刻准备着报复那个家伙。在我卧病的日子里，她来看我。并和我告别，她真的要走了，要离开这个单位，远走高飞了。她坐在我的床边，流着眼泪讲述了那件事的始末：

"就是在你踏上WKAS操作台后，上第一个夜班的那天晚上，我被叫到办公室谈话。那个家伙向我抛出了调离这个单位的诱饵，还要求我不要和你这个落后分子来往。当时我感到十分突然，并没有想到会有什么事情要发生，便高兴地答应了。心里还想着真的调离这里，来不来往，他也管不着啊。那个家伙见我十分痛快，便邀我一起到山坡上随便走走。单纯的我没有多想，便跟他去了。因为我实在是想离开这个单位，这你是能理解的。在一个山坳处的荆棘丛旁，他又开始了滔滔不绝的枯燥的说教，什么工作啊，理想啊，青春啊，献身啊等等。可是，就在我的心灵在他的说教中，悄悄地净化得如'天主教徒'般高尚时，他突然紧紧抱住了我，用他肮脏的嘴在我的脸上乱拱乱吻，并把我按倒在山坡上。"

　　她说："那个家伙假装温柔地说，就这一次机会，就这一个条件，答应了，你过几天就可以永远离开这个单位去享福，我也永远不会再找你。再说，工队里那么多女青年，我把这个唯一的机会给了你，你也应该报答我呀。你要是不答应，就让你和那个坏小子一样，永远也别再想遇到好事。我哭了，是在被刺疼以前就哭了。我挣扎了，反抗了，但无济于事。那个家伙像一只饥饿凶残的大狗，蹂躏一只小兔子似的将我压在身下。他毛烘烘的身体，充满了野兽般的力量，也充满了拥有权力者肆无忌惮的疯狂。他撕裂了我的胸衣和底裤，把我的肉体裸露在夜风肆虐的天地间。漆黑的野山畔，他疾速地扒光自己，跪倒在我的双腿间，残酷无情地刺入了我的身体。惊恐和惧怕占住了我的心，荒草和荆棘也在助纣为虐。撕心裂肺的疼痛和他野兽一样的掠劫，夺走了我的童贞。本该温馨静谧的自然之夜，塞满了我痛苦的呻吟和他得意的喘息……不知过去了多长时间，他点着了一支烟卷，冷笑了笑，用脚踢了踢躺在地上一片狼藉的我，洋洋得意地说：'快起来穿好衣服，这件事对谁也别说，否则你就甭想离开这里。在调离之前，到我宿舍好好再跟我睡一次，咱们就算两清。'可是，从那次以后，他就无休止地纠缠威胁我。我不答应，他就一次次跪倒在我面前哀求我，哄骗我，蹂躏我，威胁我。我想忍着，忍到离开这个单位，就可以结束这场噩梦了。可是，还是被你碰上了。"

　　这时，她已经哭成了泪人，呜咽得再也说不出话来。她伏在我的胸前，全身颤动，泪水洇湿了我的被子。

　　我默默地躺着，头疼欲裂。就像将死之人，正在感受生命中最后的磨难。很快的，她止住了哭。往上挪了挪身子，将脸凑到我的耳边，轻轻地说："你别难过，啊。都怨我太软弱。以后我会好好对你的。"

我慢慢睁开眼睛，看了看她略显苍白的脸和乌黑的头发。又慢慢闭上了眼睛。过了一会儿，我干裂的唇上，感到有了她裸露的湿润。那湿润是我曾经熟悉，曾经渴望的她温情的双唇。但今天，她的唇已经没有了往日的湿润和温热，显得冰凉冰凉的。她说是感觉，是因为我在发烧。我摇摇头，闭上了眼睛。她也悄无声息地轻伏在我的身上。沉静，死神一样包裹着我们。

许久许久，她把手伸进我的被里，轻轻抚摸我滚烫的身体。她的手带着女性独有的细腻，带着清凉的温柔，缓缓掠过我宽厚的胸脯，固执地将那清凉揉进了我的心里。那是我未曾经历过的感觉，那感觉就像大江春潮，在我的血管里奔腾澎湃。我的灵魂在她抚弄出的清凉温柔里迷醉，我的生命也在这迷醉中悄悄苏醒。或许她已经熟知这样的过程，或许这仅仅是她敏锐的感觉，或许她以为这样做，能够给我带来安慰。当她的手不失时机地，向我蓬勃的生命滑去时，我下意识地感觉到，她已经远离自己生命的青春，远离了自己精神的青春，在罪恶的胁迫里，长成了女人。灵魂的痛苦，使我躁动的人性逐渐萎靡，对她的厌恶之情，也乘机流窜进我心中的缝隙。

这时，她颤颤地在我的耳边悄声说："你要要，我就给你吧。也算咱们好过一场，给了你我心里就踏实了。算是我对你的歉意也成，我是真心的。"听着她轻轻嘶哑的声音，我沉迷中的灵魂，在突然之间醒来。我睁开眼，可是，我看到的已经不是我熟悉的那双黑色的眼睛。那里已经没有青春，没有纯净，那里如光闪烁的只是她躁动的人性。可那却不是我的所求。我虽然卑贱，虽然是个筑路力夫，可我高傲的生命只给予高尚的纯洁，因为我仇恨所有人性中的软弱。

她走了。带着她心灵的伤痕，去寻找她的幸福。永远地消失在她自己的软弱和男人的邪恶里！她可能永远也不会知道，我的心里，珍藏着我们在野杏树下那一丝丝的甜蜜。因为我清清楚楚地知道，她没有错。是我们生存环境中的那些丑陋之人，肮脏之事，造成了她青春的悲剧。

她走了，我的心重新被空虚塞满。这是一种无声的折磨，它超越了疾病给人体带来的痛苦。但是，我无处诉说。在这样的痛苦里，我沿着我生命的轨迹思索。可我找不到自己生命中存在价值的东西，甚至找不到人为什么要活着的理由。我曾经像所有的青年一样，有自己的理想，有对生活的美好憧憬。可是生活似乎不需要我的灵魂，仅仅需要我的生命。而我认为：生命存在的真正意义，却恰恰在于以生命的价值，来体现精神和灵魂的崇高。如果生活仅仅需要人的肉体，像一个畜牲或一部机器似的工作，那么从根本意义上讲，人的生命实在不需要活着。空虚中的思索，使我的灵魂感觉疼痛，而我的灵魂却也在这疼痛中苏醒。我要使我的灵魂，远离一切盲目的庸俗；我要在平凡和痛苦中走进自己的生命。

虽然要实现这样的目的，并不容易，可我还是在泥泞如沼泽般的道路上，开始了我人生艰难的跋涉。我拼命地工作，一方面试图改变自己的处境，一方面用超重体力劳动来磨练身体。可是无论我怎样做，厄运仍然像毒蛇般地缠绕着我。我曾经被开批斗大会，我曾经被罚去煤窑拉煤，我曾经被强迫去陪伴精神病患者，我曾经被罚在闹市区的路边拔草，我曾经经常被派去排除哑炮，我曾经被派钻进70公分直径的水泥管子里堵漏，险些憋死在里面，我曾经经常地被勒令写检查，可我从来也没弄清楚，这一切究竟是为了什么？

就在我被各种手段，不断地弄来弄去的时候，和我同来这个单位的青年工人们，也都以各种手段悄悄地离开了这个单位。

眼瞧着那些家伙走的走，上学的上学，高升的高升，班组里只剩下我和李洋哥俩。我们哥俩像两只雏鹰，在天网下孤零零地飞行盘旋，既不能展翅高飞，也无处落脚歇息。好在我们两人活得皮实，就像一种叫不上名儿来的小草，好歹有点潮乎劲儿就能活着。而且，年轻的我，从来也没把干活当回事。就是在这样的环境里，我们忍受着生活的重压，不断地学习，不断地充实自己的知识。在艰苦的劳作中等待着，寻找着，只属于我们的机会。

然而，在一次偶然的事件中，我却被抛入到一个更深的深渊之中。

那是在又一批学生分到这个单位后的1975年冬天，我和几个新来的学生被派去通县拉煤末。那天非常冷，七八级大风卷起的黄尘，把天地连成一体。按常规，这样的天气里干装卸的工作，是应该为每个人配备一件棉大衣、口罩和围脖子用的毛巾。可是领导只告诉我们去找那个开卡车的师傅，却闭口不提劳保的事情。那几个新来的学生刚参加工作，不懂规矩，还以为是让我们乘车去兜风呢。那天他们都显得挺兴奋，各自扛了一把铁锹就要走。我却没动地方，我点了一根烟，又给他们每个人都发了一根。说：你们别急着走，咱们得跟队里去要劳保。要不待会儿坐在卡车上，这么大的风非把咱们冻僵喽。再说没有口罩和毛巾，那煤末子还不把咱们从里到外都染成黑色的。你们先在这儿等会儿，我去领劳保，领回来咱们就走。可我却没领回劳保，只领回一肚子气。管劳保的人说，领劳保用品，得有队长的批条，我可不敢随便做主。我又去找队长。队长正坐在医务室里跟女赤脚医生喝茶聊天。我一走进医务室，就发现屋子里暖融融的，还飘飞着许许多多的柔情蜜意。队长看到我来找他，就十分不耐烦地斜着眼睛瞪着我说："拉煤要什么大衣啊，怎么总是你捣乱？赶紧去！"

我也斜着眼睛看着他说："你以为大冬天的去拉煤，跟你坐这儿喝茶，还有女赤脚医生陪着聊天这么滋润啊？告诉你，没劳保大衣，谁爱去谁去，我不去！再说，我来领劳保是为了工作，是想把活儿干好，给不给大衣，你瞧着办吧。"

回来后，我躺在工棚里抽烟，并把经过和那几个人说了，并对他们说："我不去了。你们要去就走吧。"

那几个新来的学生，虽然年龄小一点，可毕竟也读过几年书，多少有点人权意识。他们几乎是异口同声地说："没大衣我们也不去。"

听了他们的话，我感觉不好了。因为我知道要是都不去，肯定会出事。因为，我毕竟来这个单位几年了，那些家伙也知道我的脾气。一次两次的对抗，他们也会装不知道，而不了了之。

可是这次不同，这时正是批判邓小平"右倾翻案"风的高峰期。果然不出我所料，他们把我们的正当要求，说成是"阶级斗争新动向"，并以"带头罢工"、"腐蚀青年工人"的罪名，又一次把我押上了批判台。我被勒令停工检查。

在这段时间里，我感到人世间冷冰冰的无情，寒冷的程度简直超越了南北极的冰天雪地。在北京通县南关修桥的工地上，我一个人孤独地舞动着手里的铁锹、大镐和大锤，枯燥而又无奈地把自己的怨气和力气，发泄在大地上。当时我真希望我脚下的这块土地，被我抢起的大锤，"咚、咚、咚"地锤击成齑粉。

　　1977年的秋天，是个金黄色的季节，当自然界的一切，在秋风吹拂下渐渐变得枯黄时，理性的春风，却为我们吹来了生命的喜讯——全国恢复高考。一切的投机取巧者，出卖身体者，出卖灵魂者，考试交白卷儿者，闻此无不惶惶然。而我却手拿报纸，热泪盈眶了。上大学，我梦寐以求的理想啊。那是积存在我体内25年的激情，那是我从很小很小就有的甜蜜的梦想。可是，曾几何时，大学的校门对我紧紧关闭着。今天，推荐上大学的愚蠢的教育历史，终于结束了，国家重新重视知识和人才了。我的生命重新看到了希望，我的灵魂又有了寄托。感谢邓小平先生"实践是检验真理的唯一标准"的理论，这个理论使我们的社会，逐步向法制社会改进，使人们灵魂中的无序因素变得更加理智。这个理论，也使人们在突然之间明白了：任何国家和民族，都不能仅仅靠"喊口号"生存下去，只有经济的强大，才能使人民安居乐业，才能使国力雄厚，才是富民强国的正路。改革开放后的经济发展，使中华民族重新看到了希望。

　　当我坐在大学的考场里时，我知道，我将从此真正走进自己的生命！可是，我天真的梦想，又一次被现实击碎。当我以超过录取分数线30多分考取了北京师范大学后，患有"文革后遗症"的领导们，又一次伸出了他们的"魔鬼之手"，极其卑鄙，极其阴险地将大学之门在我的面前关闭了。

　　大学开学半年以后，我偶然得知了我没能走进大学校门的真相。我们公司最高层领导中的一个人，在一次酒醉后说了真话："有个叫关圣力的还想上大学，推荐时不让他去，自己考上了就能去成吗？他就是有天大的本事，只要他不低头，我们就这样熬着他，熬死他！他是有本事，他是有知识，可只要他不听话，就得让他在这儿修马路。他要是上了大学，咱们不都成白痴了么。这个关圣力，他不单固执，还挺天真的啊……哈哈哈哈……"

　　这样的做法，对于他们来说可能非常正常，但是我却觉得他们已经卑鄙到了极点，连人所应该具有的最基本的善良和同情心，甚至连人性都已经消失得干干净净。我感谢那个在公司食堂工作的同学，告诉了我这个消息，虽然这个消息来得太晚了，虽然它让我的心流出了鲜血，可这个消息也使我真正理解了，那句在我国流传千古的名言：虽然官清似水，也难逃吏滑如油。

事实证明着：任何一个心灵丑陋的人，是无论如何都不会顾及国家和民族的利益的（不管他披着怎样华丽的外衣，说着怎样好听的话语）。许许多多才华横溢的青年，就是在这种愚昧之人的手中，被这样的酷吏，被他们极端的个体好恶，无情地耗尽了火一样的热情。国家和民族也因此遭受了不应该遭受的损失。

虽然能进大学校园，寻求系统学习知识的机会，又一次离我远去，可是我善良朴素、追求人格高尚的心，毕竟感受到了生命的躁动。我也在世俗的浑浑噩噩中明白了这样一个道理：任何一个人，要想实现个体生命的真正价值，只能用自己生命的膏油去滋润精神，去培护思想。那么，在他经过了艰难和坎坷，甚至是走过针毡般的路途后，他才能成为个体生命的主宰，才能使个体生命融入到民族的灵魂之中。

仅以此文记下我青春的点滴琐事，祈愿我所经历的一切都成为永远的过去！祈愿后来的青年都有一个美好快乐的青春！祈愿中华民族繁荣富强！

（特别说明：为尊重他人隐私，文中所涉及到的人物，使用了化名）

对　调

——焦哥的幸福生活梦及其他

赵和平

"对调"这个词，人们比较生疏了。

有人不解地问，不就是调工作吗，什么？你调出来，我才能调进去，还得条件对等，还得层层审批，哪那么多×事。

当然，多年前行话讲的"单调"现今还是有的，但多指国家编制的教师、医生、公务员等事业单位、机关间的调动。

如甲城市某教师想调往乙城市教书解决夫妻两地——这种因工作造成的长期分居问题，依人事部文件"调动干部时，应先由调出、调入单位进行商洽，然后按照干部管理权限审批"之规定，要先商洽——实则找关系也。每个单位掌实权的领导手里都攥着数量不等的编制指标，就看上边有谁发话、值不值得给你了，只要关系硬，一张纸条、一个电话，你就办手续吧。什么"对调"、"没指标"那都是扯淡的托词。一位中学老师说：我孤单一人在外地工作，工作了十四年，分居了九年，孩子都六岁了，连续向教育局申请了三年，领导只认关系和钱。

对于占社会谋职群体大多数的企业人来说，早不存在"对调"工作那档子事了。

企业的哥们说：我想去哪个单位、哪个城市，双向选择嘛。辞职、应聘，录用了再跟原单位说拜拜。不错，这是就一般情况而言，如果你想去好的企业，垄断性国企电力、民航、电信什么的，一看有没有关系，如果你关系硬，舍得花大把的钱，一准搞定；二看是否有点真本事，我认识一个女孩子，是一知名印业公司——权且叫甲公司——的设计工，她的工作是给客户的杂志、书籍的彩色封面、封底、插页等进行图像处理、版面设计和排版。这孩子有灵气，特别理解作者、出版人意图，设计出的版面大气不俗，别具一格，颇有创意，客户都说好。有一天她却辞职了，说在单位不开心，"使我不得开心颜"，觊觎已久的几家同类企业迅即出击，乙公司终以优厚条件将其聘用。可见在真本事面前，什么关系不好使了，当然这是指企业，特别是民营企业。

国有企业的"单调"，甚至跨省、直辖市的情况还存在着，只是比起计划经济年代少之又少了。一位搞劳动工资的朋友举例说：天津A国企某职工想调到上海市B国企，以照顾年迈父母，经B国企同意后方可办理正式调动手续。走这种正式调动是为解决两个问题：落上海市户口顺当些；职工劳动保险、工龄的转移续接。

他还说，1990年以前中国实行的是以编制职工人数为主的指令性劳动计划。企业用多少人、用什么人由国家说了算。现在实行的是指导性劳动计划，国家只管宏观调控，用人企业说了算。

然而在我小时候——中国六七十年代可不是这样，就说和我家住同院

回津探亲与弟弟合影

儿的刘婶，她儿子迁厂去了陕西汉中，媳妇跟着一起去了，留下六七岁的孙子让刘婶带着。我的姨夫迁厂去了甘肃平凉，我老姨只身带着两个孩子……都是一次大会、一纸张榜公布马上到新地方报到，没二话。我常听刘婶在院子里念叨，什么时候能调回来啊！我外祖母也这样说，盼着姨夫能调回来啊，这是人过的日子吗，妻离子散。说完赶紧看看周围有没有旁人听见。

只有一条路是得到组织首肯的："对调"工作——在层层"有关部门"、各级领导掌控下，给你开个小缝隙，缝隙大点，你钻过去了，算你幸运；缝子关上了，你就扎根偏远地区，"一不怕苦，二不怕死"，锤炼对毛主席的一颗红心吧。

尽管如此，"对调"仍是成千上万普通工作者希望改变个人和家庭命运的唯一出路。

我的朋友中就有这样一位，是我的老同事，长我十几岁，姓焦，我称他焦哥，已退休多年，因为聊得来，有事没事一两个月准要坐一起喝顿酒。

僻静路边，火锅店，不大，靠窗一方桌，脸对脸落座，羊肉片、水爆肚、冻豆腐、青菜……胡乱点若干，一瓶老白汾，焦哥给我倒了半玻璃杯，说我有胃病，不让我多喝。火锅开了，泛着水花，服务员又提了几瓶啤酒过来，我和焦哥隔锅伸筷，什么羊肉、肚、养殖虾……通通投进锅里，快频率地往嘴里填，大嚼着，男人在满足两欲之一的食欲上通常都是这样，先快后慢，转而天南海北东边风西边雨有没有关系地侃起来。

不知从哪说起的，焦哥说他四十二年前曾迁厂去了外地，两地分居，后来费老劲了，又"对调"回天津的往事。我听了颇惊讶，我也办过"对调"，只不过我当年没办成，我远离的是爹妈，光棍一条，人家焦哥是夫妻两地分居。这么说我们还同是天涯沦落人了。

我来了兴趣："混一起十多年，还真不知道你有这么个段子，我一直以为你就在天津市上班。"

焦哥一咧嘴："不想提，提起来心疼。"

我还在追问："你真是对调办回来的？"

焦哥抄起手边一瓶啤酒，仰脸灌下去半瓶，用手臂抹去嘴边的啤酒沫：

"哼，我这辈子就办成这么件事。"又沉吟道："那年头，两地分居的海了去了。"

锅子升腾的热气似把他的思绪带回四十多年前。

我们厂连锅端迁往邯郸

1969年，我在天津××器材厂机修车间当电工，我这年春节结的婚，十几天刚过，还在蜜月里呢。

我打趣，多少年的事了，还想着"芙蓉帐暖度春宵"。

他笑起来，脸上竟有一丝微红和腼腆。

厂里突然召开大会，为响应"备战备荒为人民"的伟大号召，军管会下达指示，全厂整体迁往邯郸。连锅端啊！厂里像炸开了锅，一千七八百人的大厂，军管会要求扎根邯郸，一颗红心，一种准备，户口迁出天津，家属随迁，孩子转学。家中所有物件打包装箱，一个月准备，4月份出发。那会儿各个国营企业、学校都实行了军事化管理，工厂的车间叫连，我们一百多号人的机修车间叫二连，我们厂就是一个团。

四月了，天还干冷干冷的，马路两边的树就不见长芽长叶，天津火车站黑压压乱哄哄的全是人，那些肩背大包小包、手里领孩子、怀里抱孩子的，甭问，全是我们厂职工。更多的是送站的人，哪里像现在人们拿远行不当回事。那么多的人沿着绿皮车厢，站成厚厚的人墙，从这边望不到那边。"让开，让开。"有人大声嚷，是有老人躺在担架上让人抬进来了，有的被搀扶着走来了——很多同事的弟弟妹妹们都下乡了，我们好歹有正式工作，老爹老妈不跟着我们跟着谁。兄弟姐妹凡在天津的都来了，身子骨还能动弹的爷爷奶奶姥爷姥姥来了，侄子侄女外甥外甥女，老街旧邻能来的全来了，因为这回要去一千二百里外的邯郸安家落户，连天津户口都销了，从此天各一方了。趁开车前再多团聚一会儿，再看两眼这座几辈人生活了上百年的城市，千嘱咐万嘱咐的，笑不出来强笑的，默默无语等待最后分手时刻的，心里就盼时间停住。可等火车发车前三分钟的铃声一响，人们的心一下子慌了……

焦哥说着，我听着，脑子里立时浮现出月台上送站的场景：令人心悸的催命般开车铃骤然响起，人们被压抑的情感一下子爆发，千万人的哭声、呼喊声、捶胸顿足声顿时响成一片，还有那高高扬起的手臂，硬是握着亲人的手不放松，不顾火车已慢慢开动，小跑着移动的人流……

当年送我哥去内蒙古下乡，送邻居二姐去黑龙江兵团……都是从天津火车站送走的，"别离在今晨，见尔当何秋"，为了让远走他乡的人不感凄凉，心存安慰，十四五岁的我也每每被拉去凑数壮门面。这场面我怎没见过！

我丈母娘疯疯癫癫的

我不解地问焦哥："这么多人全家往外迁，你能一个人走？"

"军管会动员全家一起走，说是动员，就是强制，我为什么没带家属呢，"焦哥接着说，"我丈母娘有神经病。'文革'时挨批斗吓神经了。"

这还得从我老丈人说起。他"文革"一开始就划成资本家，让交代问题。我茫然了："资本家不是凭资产吗，还需要像'右派'划一下不成？"

嗨，屈死鬼多啦，我岳父十五岁从农村跑来天津学徒，学的油漆匠。谁承想临解放了，他撺了个旧木器粉刷店，把自家住的那一间门脸房打个隔断，雇不起伙计，把我岳母从农村喊来，就是夫妻店。错就错在他办了个正规执照，也叫大照，到1956年公私合营时，政府主管机关派下来的干部大概是追图政绩拉夫凑数，能进来的私营企业越多越好，我岳父就被当成民族资本家稀里糊涂"合"进来了。"文革"来了，厂革委会说他是资本家，合营后吃定息，是剥削。把他踢进身家千万、万万的正宗资本家行列挨斗，胸前挂上一黑底白字牌牌："我是反动资本家××"，在工人阶级监督下劳动，勒令下班回家也得挂着。我看过老丈人的《领股息凭证》——工作证大小的本本，上面写着"投资额78元"，股息按照季度领，每季度一块零三分。可他当年的同行们，雇十个八个伙计十来八间门脸的，只是因为领的是"临时登记证"，则被看成小作坊、小手工业者，成了"红五类"的老大——工人阶级。

听到这，我想起头几天看主持人孟非的自传《随遇而安》，书里说他爷爷是小资本家，何为"小"呢？1949年解放军的炮声近了，他爷爷约两个朋友分别变卖家产，凑了一百根金条，存进国民党的中央银行，就算三家平均出资，各家也只有三十几根吧，孟非才说"应该算小资本家"。呜呼，78元人民币家底竟可做资本家，我劝焦哥可以去申请吉尼斯世界纪录。

焦哥说，我岳父呢，不服，革委会就可劲斗他，结果急火攻心得了脑溢血，没抢救过来死了。

"街道代表"哪甘落后，城里人爱叫（居民）"委员会"，她们哪能放过我岳母这个"漏网反动资本家婆"，把她和一条胡同的不知怎么捞上来的伪国大代表、国民党少校军医、劳改犯家属、跟老公以外的人睡过觉的女人、在公交车划洋火被抓获的流氓分子一起排成队，顶着纸糊的黑字红×尖帽子，剃阴阳头叼破鞋撅屁股挨斗、游街，鬼哭狼嚎拳打脚踢外带震天响地喊口号。

我岳母连惊吓带刺激，加上我岳父的死，神经了，成天疯疯癫癫的。从我结婚，她就一直跟着我们，老两口这辈子就一个独生女。厂里不愿带一个疯子走，也算他们手下留情，没强迫你嫂子迁走。

我端杯，焦哥也端，各闷下一大口。我问，你离家在外五年多，什么时候想家厉害？

每逢五一、十一过节放假，阴天下雨雨点子在窗外滴答滴答响，天凉了树叶子刮得一片一片满处飞，扬风掉雪飘雪花时最想家。焦哥俩眼望着我接着说，你也在外地待过，我比你还多一层挂念——我有小家庭。

现在我一看见市场炸果子的小贩倒腾蜂窝煤炉子，用夹子夹煤我就发怵。可是要是让我再回到年轻时，我情愿再抄起它们忙来忙去，再麻烦再脏也心里高兴。这话要是让现在年轻人听了，一定以为是天津人掉蜜罐了。哪是，日子过得苦，市民买个烧饼、买块糖也得凭票，买捆小白菜也得凭本，还得划片限量供应，离开本寸步难行，我们这些去外地吃集体食堂的光棍们，跟他们比生活还不错，荤素搭配，隔三差五能吃上鸡蛋、排骨，逢年过节能吃上鱼、鸡肉、羊肉。除了上班没嘛家务，探亲假时弄巧了还能整一篮子鸡蛋带回来。

可不行啊，我老是想你嫂子她每天天不亮就起来点煤炉子，伺候她娘；想她先送孩子去街道托儿户家，再骑车去单位上班，等下班打冲锋似的接孩子，背着孩子择菜、洗菜做饭、洗尿布、洗衣服，俩眼还得瞄着孩子别掉下来，我倒好，一个人在外边吃饱了，连狗都喂了；想每年十二天探亲假回到家，你嫂子对我爱理不理的，说好恨我；想我老爹每回瞧病，根本指不上我，都是我老妈搀着上医院。我下狠心一定要办过去。不能让我媳妇、我老妈再这样硬撑下去了，家里再累，日子再辛苦，让你嫂子骂几句也高兴。我也以为等我办成了调回天津那一天，我媳妇孩子老爹老妈该多舒心地笑啊，为这，为多大难，受多大窝囊气我也值得。

我问，你们老太太（焦哥母亲）不是家庭妇女吗？焦哥说，没错，我不是哥俩吗，我大哥是天津建筑公司的工程师，干得好好的，让支援包头，说要把包头建成第二个东方莫斯科。一去好几年，我嫂子长得漂亮，他怕嫂子红杏出墙，把我嫂子带走了。扔下一个孩子给我妈，也甭说包头那边学校

鋼琴伴唱《紅灯記》

『文革』年代的笔记本

太差，我哥那小子不好好学习，被老师批评两次，干脆逃学，才十二岁就抽烟、搭伴。我还有一个病爹，我妈能顾得上带我孩子吗？

沉默。我夹棵茼蒿慢慢嚼着。

焦哥接着说，我坐在厂院平房前的台阶上发愣，一边想，随手捡起一根树枝子在地上乱画，不知怎的就写了"光辉照相馆"几个大字，这是西南城角我家门口的照相馆，离开天津时和爹妈媳妇弟弟的合影就在那照的。几个工友打我跟前过，看见地上的字也一屁股坐下聊起家乡的事。这当口儿，车间指导员老史走过来低头一看，脸刷地沉下来，用山东方言说道：还什么照相馆，大家都想着"同帝修反争时间比速度"，小资产阶级情调。毛主席最高指示"内地建设不起来，我是睡不好觉的"，你们学（xiáo）习也得学习，不学（xiáo）习也得学习，看看你们现在这熊样，能让毛主席老人家睡好觉吗？大伙扬着脸闷声不语，我这一肚子火往上冒，噌地站起来，旁边一老师傅悄悄用胳膊肘捅我，我才想起我得忍啊。

苦寻对调对象

我拿过老白汾给焦哥满酒，焦哥一拦："去了。"我二话没说一口闷了。

到哪去找？太难了。谁放着大城市不待，往小地方跑，焦哥说。

有一天，我在邯郸市丛台公园附近溜达，看见电线杆上贴着一张小字条，没在意走过去了，过了个把钟头觉得心里有点事又折回来，看见电线杆上那张条，这回我注意瞅了，啊——"对调工作"："陈××，男，天津某事业单位工作，爱人在邯郸市乐子剧团工作，想与目前在邯郸拟调回天津职工对调，有意者请与我爱人联系…"。看罢我心怦怦直跳，真是天上掉馅饼啊。谢天谢地那年头没有城管，除了贴反动标语没人管。

我马上给他爱人打电话。那是个漂亮飒俐的女人。原来她爱人也是邯郸人，当兵复员在天津当了交警，她们结婚不久，想让男方调回来。我看女的态度挺坚决，所以转年二月探亲假，我特意在家晚走几天，去河东区小陈的交警中队找了他一趟，小陈看是我，还让他们食堂加一份饭，中午请我吃了红烧肉、烙大饼。

一晃等到国庆节，我发现小陈态度不太积极了，他回信说单位不放没办法。不像原先说的"领导开恩了，只差大笔一挥"。我又给乐子剧团打电话，他爱人说，你明天来一趟，正巧小陈回来了。

剧团是个大院子，我跟门房一说找谁，他就告诉我在后面平房，几排几号自己去找吧。我敲门，好一会儿里面传出女人声音——进来吧。屋子很小，迎面一张双人床，没有多少地方了。二位一看就是才从床上坐起来，女的上身一个扣子还没系完，还用手拢蓬着的头发，估计是刚热乎完吧。

他妈的，这长期两地分居太不人道了，搞得两口子到了一块也不分白天晚上，能过一把就过一把。你说，国家规定每年才十二天探亲假，那三百多天呢，男的光棍汉，女的守活寡，男的看见女的恨不得宰七个宰八个，女的久旱的禾苗盼甘霖。一旦探亲假到了一块，唉，要么旱死要么涝死。

我接过话茬。有个笑话，你听听，是派出所联防队长讲的：那天晚上八点多，我们几个队员在河滨公园巡逻，老远看见一男一女钻进一片小树林子里去了，我想轰走算啦，大刘坏笑着说，队长，准是搞瞎扯的，先到别处转转一会儿抓个现案。等我们几个人折回来，用几只大手电一照，嗬，俩人正交欢着呢，大刘一声断喝：里边的——出来。你猜里边有什么反应？我说，准是求饶呗。

错了。就听那男的不耐烦地扔出一句，等会儿。我们就等着，听见系裤子皮带声音，男的先走出来，一脸的不满："谁瞎扯，我们有结婚证……"原来这是两口子，丈夫迁厂去了四川，这是休探亲假，明天就要返回了，正巧孩子的奶奶来看儿子，住得远，赶不上公交车，只能住一晚再回去，家里就又一间房，夫妻俩一共十二天，如胶似漆啊，没法子到河滨公园腻乎腻乎，撞见联防了。

我笑着讲完，焦哥苦笑道："想乐乐不起来。"

"说正文吧。"他继续说跟乐子剧团小两口的见面，小陈见了我不好意思地说，焦大哥，坐，我媳妇变主意了，她不愿意我离开天津大城市。我一听冷水浇头一般，我是乘兴而来、败兴而归，刚要告辞。小陈爱人说话了，焦师傅，我们理解你的困难，这样吧，我有个叔伯大哥也是当兵复员的，当兵时搞得你们天津媳妇，现在天津工厂上班，还带着两个孩子，挺难的。我这个大哥现在邯郸水利局工作，想把他媳妇调过来，我已经把你情况跟我大哥说了。今天把你喊过来，也是为了说这事。

我千恩万谢告辞，没几天就见到了水利局那位大哥，他说——堂妹已经跟我讲了，咱们细致谈谈吧。

大伙都在这扎根儿，你还往回调

"你找到对调对象了，成功了一半。"我想起我也联系过两个对调对象的旧事，感觉深有体会。焦哥摇头："你即使找到了，再往下办——差点没把我逼疯了。"

我先写一份工作对调申请，开头是一段最高指示：伟大领袖教导我们——接着写，我从1966年4月分配来厂上班，多年来一直任劳任怨，我因家里实际困难……他们现在的情况我心急火燎帮不上忙，特此申请与天津市机电配件厂的职工崔×同志对调，请领导批准。写完拿给我们车间李秀才看，他又加上一句，"双方同意对调并服从各属地厂革委会领导的安排，恳请上级能体谅我的实际困难，调查审批我的对调申请"。

我拿着对调申请去找连长老郭，我只能先找他，中国什么事都讲逐级，连里这关过不去，后边再怎忙活都不好使。别看我们二连人不多，光"头"就仨。老郭，天津人，当兵复员进的我们厂，是造反派头头，又进了领导班子，当上二连长。还有两个指导员：老张是邯郸市革委会派到我们厂的；另一个是军管会的史副排长。

连长室没见到老郭，透过窗户看见厂大院里站了一堆人，我走到近前，是一队来机修车间学工劳动的学生，老郭正训话：同学们要在这里锤炼一颗红心，誓死捍卫无产阶级铁打江山千秋万代永不变色……哦，我还没自我介绍，我姓郭，全厂就我一个姓郭的。围着看热闹的工友不知谁扔了一句：全厂就你这么一口"破锅"。把学生们都逗乐了。

老郭训完话，我把申请恭恭敬敬递给他，老郭接过一看，歪点着头，一个冷笑看着我说："大伙都在这扎根儿，你还往回调。"我刚一张嘴说困难，他手往外一挥，打发要饭的似的："别跟我讲困难啊，我这不是民政局。"我都走远了，还听他见狠劲叫："这不没有的事嘛！"

我急得满嘴都是燎泡，怎么办，找谁说说啊？我脑子过电影一样想，厂领导、厂部机关的大科长一个也够不着，史副排长——不行。对，找车间指导员老张，我去过他家，小院一间半房，火炕，两个木箱子，他是土生土长的邯郸人，媳妇系一条四方绿红色儿格头巾，线织的。他听了我讲的困难，好半天没吭声，吧嗒吧嗒地抽烟，等我临走时只说了一句，先安心工作。我一听心凉了，这下子彻底没希望了。

我给焦哥斟酒，又给自己斟，焦哥说："你换啤的。"

不久我小子又病了，请假回了天津。到家第三天，有人敲门，我开门一看没想到是张指导员，他站门口说，小焦，我到天津出差，抽空到家里来看看。我赶忙让进屋，他见着了我爱人、还没有退烧的孩子和疯娘。

我问，是来调查吧？

也许是吧。又过去了三四个月，一天老张突然让人找我，他从上衣口袋掏出一张纸说，厂革委会已经同意了。我简直不敢相信，可能吗？我接过来一看，"职工对调审批表"，后面附着我写的申请书，我乐得差点蹦起来。老张说，先别高兴，你还得找老郭把字签了，这是程序。

我硬着头皮又去找老郭，他接过审批表眼瞪得溜圆一通看，撇嘴说："人家都调不走，单单你调走了，你们家烧的哪炷香。"

"滚吧，滚吧。"

一百个不情愿地在"连队意见栏"给我签了字。

后来，老张跟我提起，为这事他同老郭谈过一次，说焦平民的困难的确特殊。老郭讲，厂革委会定吧。他也许觉得到了厂革委会也通不过，没想到厂里同意了。

我一直纳闷的是，那么多人想调动，厂革委会怎么就这么痛快批准我了？还真是我们家祖坟冒青烟了，老张说直理实诚，没错，可他毕竟不是厂级领导。我没托任何人，也托不上谁，也没给谁送过礼，那年月不大时兴这套。

一片草帘子

　　1971年春节我休探亲假，去反修医院探视病人，正碰上我们厂副书记老廖，他也被打倒。说厂里派他来陪伴霍厂长——住院了。我一愣，就是老厂长吗？我跟着他走进病房，见到卧病在床的霍厂长，病得不轻，流着哈喇子，廖书记说他患了半身瘫痪。霍厂长看见我激动得伸出一只手，拉着我胳膊，不错眼珠地看着我。老廖见了有些意外，那意思觉得像我这样一个普通工人，在我们近两千号职工的大厂里，只能是我认识厂长，厂长不会认识我的。霍厂长用含混不清的话说了两遍："好人，好人。"

　　我猛地想起一件事，1966年冬天，刚下完一场雪，霍厂长挨完批斗，被一大帮造反派押着，喊着口号就过来了，"敌人不投降就叫他灭亡"，"再踏上一万只脚让他永世不得翻身"。俩大个儿连拖带拽，路中间被他两只脚刮出一趟老长的雪槽，他们把霍厂长带到后院电工室旁边，往仓库的过道"叭"地一扔，走人

当年青工在毛主席像前合影（后排左三为本文作者）

了。我走近前一看，他就那么一动不动躺着，脸上还有血，身下是冰冷的水泥地，我朝左右看看没有人，扔给他一片厚草帘子，他睁开眼看看我，没说话。

这件事过去好几年了，我早就忘了。

想不起一个嘛茬口，听老张提起过两句，在厂里开会研究时，廖副主任（已结合进厂领导班子）给我说了好话，老张顺嘴问我是不是找过廖主任。我说，除了车间领导我还能找谁。

我寻思，我能让厂里放回来，许是跟廖主任听霍厂长念叨过我那点事有关，又一想不太可能，那点屁事算嘛。

又过了两年，霍厂长没等到结合进领导班子，就去世了。

我端起酒杯："焦哥，敬你。"

焦哥呷了一口说，不是我们厂子批准了我就能回来了，不是，别看我和崔×都是小工人，还都得通过两头工厂的上级公司、河北省机械局、天津市机电局、河北省劳动厅等好几个部门的层层审批，盼星星盼月亮足足等了半年，心提到嗓子眼，到1973年4月，我终于盼来天津市劳动局的"调令"——那就是圣旨啊。

工友们听说我真要调回天津了，既欢喜又心酸，特别是两口子一同迁出来的工友，他们好几年见不着爹妈一面。从1958年实行的探亲假，对夫妻双方同居住一地，探望异地父母——对不起，文件没有规定。对这些，我们外迁职工背得滚瓜烂熟。你不是想念父母吗，好，请事假，批准了还得扣你工资，自掏路费，回不起啊。

就这样，我怀揣"调令"调回了天津北郊区的机电配件厂。

在我前后调回来的还有几个人。从那时起，我们厂子开始零打碎敲有调回来的了，直到1978年改革开放，1985年开始，知青大批回城，夫妻两地分居的职工趁这个机会烦人托翘，一些工友办回了天津。再有就是厂里一些领导，像"破锅"本来两口子都在邯郸，不知走的嘛路子把自己办回来了，还跟老婆离了婚。史副排长单调去了北京第×建筑公司，有人见过他在工地值夜班，后来听说当了保卫科长。将近二十年，全厂只调回来一百来人，还不到十分之一。你问那些没回来的？——从九十年代开始我们厂亏损、停产、职工停薪、四十岁出头就买断工龄没了工作。

我忍不住说，回天津来啊。

焦哥睐我一眼问，你从企业出来的年头太多了，还站着说话不腰疼？你以为活那么好找！到处都是下岗的、提前退休的，找个单位太费劲了。连补差、看夜没人你也干不上。

那年我回厂看看，唉，机器生锈、荒草疯长，多好的大车间连块囵囵玻璃都没有，当年一起从天津出来的工友们都老了。他们想返回天津安家，安得起吗！那点退休费能买得起房？与我同组的一个师傅比我大四岁，就是留恋天津，2000年时候在席厂一带花三万块买间小平房，儿女们都在邯郸，老伴也没有了，一个人过来住着，前几年得了脑栓塞，没办法又回了邯郸。

焦哥突然问我，退休职工跨省看病有医保吗？我说，政策规定只能自己垫付，再回邯郸原单位报销。所以啊，这些问题没法子解决，只好守着第二故乡，日子过得挺艰难。

火锅下面的炭火越来越弱，到后来连火星子也没有了，焦哥的神色也黯淡下来。

我叹了口气，唤服务员取了一只大碗，又把三瓶啤酒启开，让焦哥慢慢喝着。

客观讲，焦哥的这段经历不算典型，我的亲友中还有很多不相识的迁徙者，他们路途之遥、受苦之重、累及子女之痛、年头之长（还有许许多多人因为人为因素和客观困难至今不能返回城市），焦哥与之相比可谓小巫见大巫。我当年在太行山某"小三线"企业上班时，碰到这样一对夫妇——我们住在一个叫井店的小山村里，我发现他们的言谈举止、装束都不像农民。有一次我们连长跟房东聊天，他说，夫妻俩原都在兰州市上班……说完扼腕长叹。后才了解到，这对夫妇从1952年就是甘肃某报社干部，做会计工作。1962年，领导通知他被确定为精简还乡对象，他哪能同意，领导便发挥思想工作优势，做不通，便停止工作，停发工资，天天关屋里学习，被逼没法子了，只好携妻将雏还乡到老家——河北省涉县这个小山村。他的大儿子长到十八岁知道父母的经历后，非要到兰州闯闯，抱着寻梦的目的去了，中间回过老家两趟，再后来杳无音信了。直到1978年恢复高考我离开当地，他的家人仍未找到他。有的说1983年"严打"时被处理掉了，有的说出车祸没了性命。

于是我想搞清楚：在那个年代，中国的大中城市因工作变故造成两地分居的有多少？我查阅了很多资料，查不到确切数据，有人估计在一千万人以上，总之数量极大。

上世纪六十年代中国大饥荒和最严重的"三年困难时期"刚缓解不久，国家第三个五年计划正式提出要"保备战、保援外、保三线、保重点"，为"要准备打仗"伟大战略方针而准备的西南地区大三线建设、华北等地区的小三线建设以及西北地区的工程建设，"调整国民经济"，抽调大批企业从各自的城市迁出，大批职工干部离开城市，"三线建设从1964年至1980年，共投入几百万工人、干部、知识分子、解放军官兵…从各自的故乡出发，来到西南三线地区"（《中国新闻周刊》）。以我生于斯长于斯的天津市为例，"天津市为支援内地建设，1963年至1965年又有近四万职工迁出"（《中国人口·天津分册》）。为解决国民经济困难，精简和动员职工和家属还乡生产，"据统计，1961年至1965年全市还乡职工达到215630万人，而且这部分人基本上是从市区迁出的非农业人口"（《天津简志》《中国人口·天津分册》）。后一资料还载明，"迁移变动人口主要是男性青壮年"。"从1962至1978年天津市共有415000知识青年上山下乡"（《天津通志·人事志》）。相当多的知青后因回城、选调等造成夫妻两地分居。

还有缘于政治动因的地富反坏右走资派冤假错案，以"文革"为高潮，成千上万知识分子、干部和所谓有政治问题的人被当做改造对象遣返农村，"仅1968年一年，市区、郊区就遣返了17002人，其中市区占了94.3%"（《天津简志》）。

这庞大的人群中，只身一人从城市迁出有之，举家迁出有之，夫妻同迁出但与子女、与各自年迈父母长期分离更是不可胜数。这种从地域、职业范围、数量上说在中国历史上前所未有的人口大迁移，造成徙民者众，造成普罗大众生活之大痛苦——首当其冲的是千千万万职工长期夫妻两地分居。

这种长期夫妻分居，从社会学的角度看负效应是巨大的。试列举一二：

　　夫妻间爱情遭到破坏。夫妻因受空间阻隔长期不能一起生活，无法通过彼此关怀、帮助和爱抚加深爱情，相反与此伴生的诸多外在因素如家务劳动、亲属关系、赡养老人和抚养子女等矛盾，使彼此间心理距离越来越大，隔阂越来越深。一份调查报告显示，许多长期两地分居夫妻，其爱情就是随着彼此疏离感和陌生感的不断加深而出现危机，危机一旦出现，常常难以逆转。

　　由于无法满足正当性需求，使婚姻的重要功能失去意义。男女双方因性压抑、性饥饿，从而产生烦恼、焦虑、痛苦。焦哥说的话糙理不糙。基·瓦西列夫说："长期节制'下流的'性生活会使人智力停滞，精神受到创伤，如果再有其他因素，就会引起神经官能病症"。

　　家庭的诸多功能无法实现。比如抚育幼子和教育青少年的功能——夫妻分居实际成了单亲家庭，即便夫妻同迁者出于教育质量好的动机，多数也选择把孩子留在大城市。但由于得不到很好的家庭教育，子女人生路上缺乏父母双亲的关爱和指导，使他们在激烈的社会竞争中，诸如升学、就业等关键几步，常常处于劣势、被动，与机缘失之交臂，影响贻误了子女的大半生甚至一生。至于举家迁徙的，则更是献了青春献子孙。

　　这样的例子比比皆是，文中方才提到住过同院儿的刘婶孙子"一端起书本就头疼"，奶奶气得说他"咋就烂泥扶不上墙"。初中没上完就上班了，进了区修配公司修上下水道。一晃二十多岁了，一表人才，却找不着对象。女方家长都嫌学历太低，说连初中文凭都没有，怎么教育后代。后来母亲终于喜滋滋地告诉我——定亲了。大家都挺高兴，举行婚礼那天我正巧出差，还请母亲替我随了份子。不久却听说离婚了。

　　我在参加西部某地区散文笔会时，碰到一位天津老乡——确切说是天津老乡的女儿，一位三十多岁的乡村小学非编教师，她父母就是当年从天津和济南迁厂到这里的，她还有一个哥哥在当地上班，下岗了从农村趸点梨骑自行车驮俩筐四处叫卖。她在天津还有姑姑们和叔叔，住在河西区陈塘庄，她只回过一次老家，已经好多年不怎么走动了。她说，爹妈常背着我们，冲着故乡方向抹眼泪。说完望着路上四处乱飞的树叶喃喃道，爹妈就是一片落叶，飘哪是哪——这位小老乡无意间的一句话让我动容，是啊，多少年来一般民众不就是一片片树叶，一阵风刮来，风头把他们刮到哪是哪吗？

"一般民众"这一称谓并非我的发明——最近天津最大的会展中心举办新一届"台湾名品博览会（展销会）"，主办方发布的广告词赫然写着："×日至×日为一般民众参观日"。偌大的广告设置在一个个公共汽车候车亭内。

"公民还有一般民众、非一般非民众之分吗？"我说。

"'一般民众'就是老百姓，这有什么可矫情的。"旁边我一哥们嫌我有点不认头发什么神经呢！

夫妻两地分居的大量存在引发和加剧了一系列社会问题。

单亲家庭子女中的刑事犯罪率明显高于健全家庭。1983年集中统一"严打"及其后两次"严打"，其结果证实"从重从快"的对象大部分是青少年，而形成他们犯罪的社会原因，如单亲家庭（包括长期夫妻两地分居家庭）不能对子女进行很好家庭教育当属首要，在缺乏理性分析和关注民生前提下，由于"人治"，"说打就打了"，其教训是深刻的。

北京市某妇女组织1999年调查显示：卖淫女（20岁至29岁）中家庭处于非正常状态，即单亲家庭——单独与母亲或父亲或与其他亲属一起生活的，其比率高达22.3%。这种状况与她们在家庭中缺少亲情交流与行为上的指导，容易产生行为上的偏差不无关系。

夫妻长期两地分居还为婚外性关系、嫖娼卖淫活动提供了一定条件。一是男女容易走上婚外恋道路；二是助长嫖娼、卖淫活动。据一些地区对嫖娼者的调查，一部分人就是离家在外的"寡男"，至于卖淫女，相当多的是丈夫长期离家外出的寡居女人。

两张文化宫活动票

焦哥仍沉浸在对那段经历的回忆中，看得出他心里不是滋味，我想把他思绪岔开，随便问："除了刚才说的，那些年给你印象最深，最让你忘不了的是什么？"

焦哥低头想了想："就是人与人的关系挺简单的。"

老张为我的调动费那么大心，给我说好话，给我多少次的联系上级单位、反映困难，跟踪"对调联系函"卡哪了，却没收过我一分钱，没吃过一次请。

那时我已经回天津上班了，有一天我听别人说老张到天津出差，住在南市一家小旅馆。我去找他，非要请他吃一顿饭，不管怎么说，他就是不同意。我说饭馆都定好了，他就是不去，说不能让我破费，那是他应该做的。我给他买了点水果、两瓶酒，也硬逼着我拿了回来。就这样到今天也没有请上他。

"还遇上好事啦。"焦哥接着说。

我原来是电工，到了北郊区机电配件厂当仓库保管员，因为这个厂电工位置已满。可是厂里管人事的老顾始终惦记这个事。这时候，天津市文化宫恢复重建，需要一个电工、一个木工，请我们厂的上级单位市机电局支持。局里把这个任务派到我们厂，当然我不知内情。我和老顾家住得比较近，都在南市一带，每天上下班经常碰上，道远，骑自行车，在路途往返得用三个小时。那天路上他跟我说："市文化宫需要一个电工，你要是愿意走，我帮你联系，你要是不愿意走，我正好舍不得放你。"

我求之不得啊，那时我小子才三岁多，闺女刚出生，家务事正多。这样我又调进文化宫，骑自行车十分钟就能到单位。

"行啊，焦哥，喜到门前皆是双。"我笑言。

"是是，这点白的，我全去了。""这庆祝算是后着补。"我端起一碗啤酒也一气喝下。

焦哥边把一盘杂面下到锅里边说："要是搁现在，这俩事至少花十万。包括从邯郸调回来，乐子剧团那两口子，帮我穿针引线当红娘，就是诚心诚意帮你。没有那种现在到处都是的骑驴得好处，没有。"焦哥语气肯定。

"就是一种淡如水清如泉的关系。"我自语道。

"对，对！我给老张送条烟，不要，请吃饭，更不去。他说应当的。"

"应当的"，这三字让我回味良久，因为他们心里有做人的标准，精神操守，人性——字典上说，正常的感情和理性——人性使然，为此他们活得内心宁静和坦然。

焦哥接着说："只是我给他送过两次文化宫的活动票，他带孩子来玩过一次。"

南京大屠杀·1937

姚辉云

破碎的劝降梦

12月10日，苏州，日本华中方面军司令部。

自从昨天派飞行员空投《投降劝告文》给唐生智将军以后，松井石根一直沉浸在非凡得意的亢奋之中。他的部队已经占领南京外围几乎所有的据点，从三面紧紧包围了南京；日本舰只也已突破镇江防线，即将进抵南京长江江面。处于四面包围之中，唐生智已成瓮中之鳖，在大日本帝国皇军强大的军事压力和心理攻势之下，他相信唐生智将军除了投降，已经别无选择。昨天晚上，他就曾一再兴奋地遐想着，明天正午，唐生智将军派出的代表，将插着白旗驱车来到中山门向句容公路的前哨线上，向大日本帝国皇军接洽投降事宜。然后他的部队，将排着雄壮威武的队列开进南京，为大日本帝国皇军的历史，谱写灿烂辉煌的一页新篇。然而10日清晨，黎明并没有带来他所渴望的喜讯。参谋长冢田攻报告说：潜伏在南京城里的高寇吾昨晚发来情报，唐生智撕毁《投降劝告文》，已向部属发出死守南京的命令。

参谋长愤怒地说："司令，我们马上下令进攻南京，将敌视皇军的中国军队统统地消灭！"

"慢！"松井石根沉思着说，"唐生智会动摇的，也许，最后一刻，他将要改变主意。"随即命令副参谋长武藤章带领高级参谋公平、情报参谋中山和翻译岗田尚，前往中山门外等候中国守军代表前来接洽投降事宜，并且嘱咐"务必等到正午十二点以后才能返回"。

上午，松井石根坐在办公室里，不时地看着他的手表，司令部里，8部电话机铃声此起彼伏，4部电台嘀嗒之声响个不停。今天，他对其余的事情全都无暇顾及，心思全部集中在南京守军的投降事宜之上。然而，随着时间的推移，他的梦想也逐渐被分针和秒钟悄悄地剪去。临近正午，松井石根再也坐不住了，他迈着急促的步子，在办公室里来回地走动，就像囚笼里的一头饥饿的狮子，在焦急地等待着食物的来临。正午十二点，电话铃声骤然响起，参谋长冢田攻报告说，副参谋长武藤章从前方来电话说，句容公路前哨线上，没有发现任何中国军人前来接洽投降事宜。冢田攻问道："司令，是否立即命令部队，向南京城发动全面进攻？！"松井石根尽力控制自己的愤怒情绪，然后沉着地说："不！我们再等一等！"冢田攻立即传达了松井石根要求武藤章等人再等候半个小时的命令。

松井石根坐在办公室里，连美味的午餐也无心前去品尝。时钟嘀嘀嗒嗒地走着，分分秒秒都像虫子爬在身上，使他浑身上下极不自在。十二点半，钟声"当"的一声敲响，像一只重磅大锤狠狠地砸在松井石根的心上，他的幻想终于被无情的现实击得粉碎。气急败坏的松井石根先是一怔，脸色由青变紫，由紫变红，继而双筒炮管似的眼镜后面，立即喷射出两道凶狠的火光。他龇牙咧嘴地咆哮着："命令各部队，下午一时向南京城发动总进攻！务必发扬皇军武威，膺惩暴戾之中国！将南京守敌统统的消灭！"

发布攻城命令之后，松井石根走出办公室，犹觉余恨未消。看到司令部院子里抓来的一名中国

南京卫戌司令唐生智将军

游击队员，怒从心起，竟不顾自己司令官的身份，从后面走上前去，霍地抽出军刀猛力一挥，恶狠狠地将俘虏斩杀。在场的日本随军记者小谷五郎正好带着照相机，不失时机地拍下了这一难得的镜头。松井石根斩杀中国俘虏以后，这才长长舒了一口气，拭去血迹，插起军刀，朝南京方向的天空得意地望去。

南京四周的天空，炮声隆隆，硝烟弥漫，火光闪闪。一场惨绝人寰的大屠杀，在法西斯屠夫的炮火下，残酷地拉开了血淋淋的序幕。

血战雨花台

日军进攻南京的部队，计有谷寿夫的第六师团、末松茂治的一一四师团、吉住良辅的第九师团、中岛今朝吾的十六师团、牛岛贞雄的十八师团、荻洲立兵的十三师团等，其中以谷寿夫的第六师团最为彪悍、凶残。

谷寿夫，日本福冈县人，1882年生，1912年毕业于日本陆军大学。担任过日本驻印度大使馆武官，陆军大学教官，参谋本部部员、部副，步兵第二旅团旅团长，东京湾要塞区司令官等职务。因他曾两次率兵来华，屠杀中国人民有功，且士兵都来自九州岛的熊本县和大分县，素以彪悍和残暴出名，因而在日本陆军中获得"九州虎"的称誉。

接到进攻南京的命令，谷寿夫立即杀气腾腾

八十八师二六二旅旅长朱赤

地命令部属十一旅团长扳井机太郎和三十六旅团长中高满，率部分别向中华门和雨花台发动猛烈进攻。下午一时，炮弹像饥饿的蝗虫般向中华门和雨花台铺天盖地扑去，中华门、雨花台一带，硝烟弥漫，火光冲天。

雨花台上，中国守军八十八师二六二旅指挥部。

旅长朱赤正沉着地指挥部队抗击日军的疯狂进攻。二六二旅是从淞沪战场上撤退下来的，会战中部队伤亡很大，到达南京后虽然补充了几次兵力，但缺乏休整和训练，战斗力受到很大影响。虽然如此，朱赤仍毫不迟疑地接受了防守雨花台的重任。他命令两个团扼守雨花台外围阵地，一个团守卫雨花台，旅部也设在雨花台上。10日下午，日军的飞机、大炮对雨花台进行猛烈的轮番轰炸，炮击过后，谷寿夫部队的日本士兵端着刺刀、躬着身子潮水般涌了过来。朱赤指挥士兵们从残破的工事里爬出来，待敌人冲到半山腰的时候，用机枪、步枪、手榴弹狠狠地猛击敌人。日军的集团冲锋，一次次以凶猛的疯狂开始，而又一次次以无可奈何的溃败告终。雨花台下的山坡、田野，到处留下了侵略者的尸体。

谷寿夫暴怒了，他不相信，中国军队一个旅的残兵败将，竟可以挡住他一个师团优势兵力的轮番进攻。他命令中高满派一个大队兵力，于11日清晨绕到雨花台后面，从后侧发动突然袭击，前后夹击消灭雨花台守军。11日务必攻占雨花台，以便集中全师团兵力，早日攻破中华门。

11日清晨，雨花台上，哨兵在淡淡的晨雾中突然发现日军向雨花台后侧隐蔽运动，他立即将这一情况报告了长官。朱赤识破敌人的阴谋之后，立即命令一个营部队悄悄埋伏到雨花台后侧的山坡上。一个大队的偷袭日军，借着晨雾的掩护悄悄从雨花台后侧爬了上来。待他们爬到半山坡的时候，埋伏的中国守军突然一齐开火，日军被打了个措手不及，丢下一大片尸体，狼狈地逃了下去。

日军正面攻击的部队尚未展开，便传来山后偷袭失败的消息。"九州虎"暴怒了，在指挥部又吼又叫地来回走动着，把中高满痛骂了一顿，然后命令他立即调出十几辆坦克，开到雨花台山坡下，对中国守军阵地进行猛烈的近距离轰击。炮轰之后，日本士兵再一次向山头发动了猛烈进攻。躲藏在残破工事里的中国士兵屏住呼吸，待日军临近时，各种武器一齐开火，直到日军士兵再次丢下一大片尸体，狼狈地逃了下去。随后，日军的飞机、大炮又开始了猛烈的轰击，雨花台上，血火横飞，硝烟弥漫，整整一天，激烈的战斗就这样反复地进行着。杀红了眼的中国士兵，忘记了饥饿、口渴、疲劳，用枪、刀、手榴弹，甚至棍棒、石头，同冲上来的日军士兵拼杀在一起，扭打在一起。直至把侵略者一批又一批消灭在阵地前。

傍晚，枪声平息了，朱赤从旅指挥部掩体里走了出来，但见雨花台上的泥土、石块被炮火整整翻了个遍，山坡上到处是自己部下和日本士兵的尸体，残败的树枝，破碎的木板在恶战后的阵地上燃烧着，空气里弥漫着一股淡淡的血腥和焦臭味。他叫旅部军官把剩余的部队集中清点，身边只剩下一个特务连的兵力。通往中华门的道路已被敌人切断，连接师部的电话线路也早已不通，中华门外现在只剩下他和在左翼苦战的高致嵩旅，经过两天的激烈战斗，二六四旅的处境恐怕也差不多，他知道，自己为国捐躯的时间来到了。

回到旅指挥部，朱赤叫炊事班长烧了两桶开水，泡上母亲从家乡托人带来的茶叶，开饭的时候，他来到了士兵们中间。

"弟兄们！我带兵十几年，没有想到部队会打成今天这样——"他的声音有点苍凉，但随即极力控制住自己的情绪，激昂、悲壮地说：

"我们是值得的，我们这支部队是为国家民族作了牺牲！今晚，我特地给弟兄们泡了两桶茶，这是我母亲从江西修水家乡托人带来的茶叶，是修水著名的宁红茶。我母亲从小给我讲岳母刺字的故事，要我长大了像岳飞一样精忠报国。弟兄们！现在我们精忠报国的时候到了！阵地上没有酒，我们以茶当酒，为了千千万万个中国母亲，为了千千万万个中国同胞兄弟姐妹，我们干！"说完，朱赤举起茶杯一饮而尽。残破的战壕里，军官、士兵们一个个举起了饭碗、茶缸、杯子，一张张瘦削、憔悴、坚毅的脸望着他们的旅长，似乎想说点什么。

"旅长……"

几个军官和士兵一开口就哽咽了，朱赤挥了挥手说："不用说了，你们的心事我都知道。明天可能就是我们为国捐躯的日子，我们要走得有骨气，像一个堂堂正正的中华男儿！"

沉痛、悲壮的气氛弥漫着整个战场，惨淡的月光洒在阵地上，使这情景显得格外悲壮、苍凉。一阵寒风从战场吹过，仿佛要把这悲壮的声音带到后方，带向全中国，告诉千千万万个中国母亲和同胞。

回到旅指挥部，电话铃声骤然响起，朱赤赶紧拿起话筒，原来是左翼阵地高致嵩旅长打来的。高致嵩的二六四旅已经和进攻的日军末松茂治的一一四师团血战了两天。朱赤忙问他情况怎样，高致嵩不无悲凉地说："完了……我的部队全打光了……还剩下不到一个连的兵力……"

朱赤问道："高旅长，你打算怎么办？"

高致嵩坚决地说："国破已如此，我何惜此头！……日本鬼子欺人太甚，每个有血性的中国人都是不愿意做亡国奴的！……我已经决心与阵地同归于尽了！"停了一会，高致嵩又问："朱旅长，你还有机会突围吧，要是见到孙师长，请代为转告我们全旅官兵最后的决心！"

朱赤赶忙说："不，不，高旅长，你还是派人突围去送信吧，我这里情况和你一样，我已决心血战到最后一人！"

放下电话，朱赤坐到稻草木板床上，就着昏暗的烛光，给孙元良师长和母亲分别写了两封信。当写到"母亲接到这封信时，儿可能早已长眠在雨花台下……"不觉眼泪潸然而出，随之滴落在信纸上面。他赶紧拿出手帕，轻轻揩干泪滴，又拭去自己脸上的眼泪，然后把副官叫进来，吩咐说："今晚你带一名卫士突围出去，务必找到孙师长面交信件，并帮我把给母亲的信寄出去。"

副官连忙说："旅长，还是你突围出去吧！我愿意留下来死守阵地！"

朱赤厉声说："这是命令，你必须执行！"

副官的嘴嗫嚅了一下，还想说什么，又没说出来，只好接过信件，小心地放进贴身口袋里，然后立正，向旅长行了最后一个军礼。朱赤看到，副官的眼里噙着泪花，连忙挥了挥手："你赶快走吧！"

12月12日，上午。

日军以加倍的疯狂向雨花台发动猛烈进攻，左翼阵地终于失守，高致嵩和二六四旅全体官兵，壮烈牺牲在战场上。两个师团的日军开始向雨花台主阵地合围，朱赤知道，最后的时刻来临了。他命令士兵们把几十箱手榴弹搬运到主阵地周围，拧开盖子，把导火索串到一起，当日军冲到主阵地的时候，士兵们拉响了绳索，几百枚手榴弹在四周同时爆炸，日军顿时血肉横飞，但后面的日军随之又扑了上来。朱赤端起步枪，高呼着："弟兄们！和日本鬼子拼啦！……"

悲壮的呐喊声、刺刀声、厮打声在雨花台上回荡，经久不息……

内桥湾悲歌

南京市内桥湾，这里住着一家三口的普通居民，男的叫刘老大，50来岁，为人忠厚老实，言语不多，整天只会拉着板车默默干活，赚钱养家；女的刘王氏，40多岁，勤劳节俭，起早摸黑操持着家务；儿子刘阿毛，19岁，也是个勤劳、忠厚的好青年，每天早出晚归，靠拉黄包车为生。这家三口虽然生活贫困，却夫妻恩爱，儿子孝顺，粗菜淡饭过得倒也和谐、幸福。刘王氏虽然性格内向，言语不多，却把家调理得十分顺当，还千方百计省吃俭用积攒着钱为19岁的阿毛订了一门亲事。按照这个小家庭的美满计划，民国二十六年阴历年间，是要为儿子把媳妇接回来的。

然而，法西斯的铁蹄踏碎了他们的美梦。就在他们美好的心愿快要实现之时，日本侵略者的军队杀气腾腾地攻进了南京城。12月13日，日军中岛今朝吾十六师团的几个士兵，凶神恶煞地闯到了刘老大的家门。仓皇中的刘老大急忙藏好自己的老婆和儿子，然后战战兢兢地打开了大门。端着步枪的日军士兵嘴里哇里哇啦地嚷叫着，冲进门来到处乱搜，躲在床底下的刘阿毛很快就被日军拖了出来。

几个日本士兵围着两个中国平民百姓，不停地吼叫和比画着，看看对方没有反应，一个日本士兵猛地上前一步，一把扯开了刘老大肩上的衣服，然后用手摸了摸刘老大右边的肩膀，当他摸到刘老大肩上那板车工人的职业硬跰时，就像触了电似的，猛地退后一步，端起刺刀连声吼叫着："中国兵的大大的有！"随后日本士兵把注意力转向刘阿毛，摸了肩膀之后又看双手。刘阿毛虽然只19岁，可已经拉了两年黄包车，手上自然磨起了硬跰，于是他也理所当然地成了"中国兵"。几个日本士兵押着他们搜查到的"敌人"，神气十足地走出了刘老大的家门。

离去的时候，刘老大知道自己此去凶多吉少，因此很想再看一眼他的老婆。他叫她阿花，她是童养媳，他们在一起生活了四十多年。阿花抱来的时候没有名字，大家都叫她毛妹，长大以后刘老大不喜欢这个叫法，就按中国人的习惯叫她"花"了，什么花呢？他觉得她什么花都像，干脆就就叫她阿花吧。但他又极不情愿阿花这个时候出来，因为他知道，如果阿花现在出来，将会遭到比他更惨的下场。他就是怀着这种极端矛盾、痛苦的心情离去的。跨出家门的时候，他仍是情不自禁地回头望了一眼，心里暗自想着：阿花，要是我回不来，你要好好照顾自己！

屋子里已经寂无人息了，半晌，王阿花才敢从她躲藏的柴堆里悄悄爬出来。她悄悄地摸到墙边，偷偷窥着堂屋里，确认已经没有日军的影子了，这才赶紧上前关好大门，然后发疯似的冲进儿子的房里、自己的房里、后院里、茅房里……到处寻找丈夫和儿子。她焦急，她害怕，她想呼喊又不敢呼喊，好几次她冲到门边，想打开大门出外寻找，听到外面的枪声和惨叫声，又吓得缩了回来。在这兵荒马乱、杀人如麻的时候，她一个妇道人家独自出门找人，岂不是送肉上门吗？

屋子里乱糟糟的，东西被翻得到处都是，坛坛罐罐打了一地，她也无心收捡，一个人坐在床沿边，不吃不喝，焦急地流着眼泪。中午的时候，她忽然想到，要是丈夫和儿子回来，肚子一定会饿的，于是急忙来到厨房，悄悄弄好午饭，然后又回到堂屋里等候着。好几次风吹门响，她以为丈夫、儿子回来了，急忙跑去开门，却又空无一人，看到巷子里横七竖八躺着的几具尸体，吓得又赶紧缩了回来。

第二天傍晚，她再也按捺不住了，心想这时鬼子兵都回营房了，出去该不会有事吧？于是麻着胆子走出家门，去寻找她的丈夫和儿子。她小心翼翼地在巷子里拐来拐去，偏偏冤家路窄，迎面碰上了几个鬼子兵，想躲也来不及了。鬼子兵见是一名中国妇女，如获至宝，急忙抓住拖着就走。阿花拼命挣扎着，又哭又骂，但一个弱女子又有何用？日本兵把她拖到砂珠巷小学，按倒在课桌上，在这个人类传道、授业、解惑的神圣而庄严的处所，干起了人类最卑鄙无耻的勾当。中岛部队一个排的士兵，酒足饭饱之后，轮流上阵，扑向课桌，肆意蹂躏着这位善良的中国妇女。阿花先是拼命挣扎哭骂着，后来变成了痛苦的呻吟，最后渐渐失去了知觉……

第二天黎明，阿花从昏迷中醒过来，首先刺激她醒来的是手中紧紧攥着的一串钥匙。她猛然坐起，摊开手掌，仔细端详着手中的钥匙，渐渐地记起，她是锁了门出来的，出来是为了寻找丈夫和儿子。可现在丈夫在哪里？儿子在哪里？他们已经两天两夜没有归家了啊，她茫然四顾，然后焦急地奔出了教室。她忘记了自己是赤身裸体，披头散发，忘记了饥饿和寒冷，在熹微的晨光中一边奔走，一边痛苦地呼号："阿毛，回来啊！……"

惨痛的呼号声被凛冽的寒风吹送着，使人听到浑身发憷。女人奔走累了，便坐在一处青石碾上，手中不停地数着钥匙，嘴里喃喃地叫着："儿呀，你到哪里去了啊，妈在等你，快点回来呀！……"

附近一个16岁的青年，清早起来打扫庭院，看到了这幕悲惨的情景，吓得不知所措，赶紧去找邻居韩伯伯。韩伯伯是庙里香火，70多岁，见的世事多，一看便知道这女人是被日本鬼子淫疯了，便把她扶进屋里来，送水给她洗干净身子，换上衣服，吃了两碗热粥，问清情况以后，绕着小巷把她送回了家中。

阿花回家之后，渐渐平静了一些，但还是日夜惦念着她的丈夫和儿子，病情时好时坏。两个月以后，不断传来的许多坏消息，使她对丈夫和儿子的回归终于绝望。一天，她来到协桥河边，一边流泪一边喃喃独语："老大，阿毛，你们回不来了，我好想念你们，只有到阴间和你们见面了。"说完纵身一跳。

无情的河水卷走了这位善良的中国妇女，卷不走的，却是阿花和她一家三口悲惨的故事。

58年以后，当年16岁的那位救她的少年，已经74岁高龄的融通法师，在1995年4月20日的《扬子晚报》上，以目击者的身份，撰文揭露了日军这桩惨无人道的暴行。

受害的不仅仅是一两个家庭，整个南京沉浸在血泪和恐怖之中。在部队长官的唆使和纵容之下，失去控制的日军像无数凶猛的野兽，疯狂地扑向南京的每一个家庭。在这里演出了由大和魂和武士道精神编织的人类历史上最丑恶、残忍的暴行。

劫掠与焚烧

日军攻陷南京，作为趾高气扬的胜利者，劫财掠物，乘机大捞一把，也是官兵们认为理所当然而又不可错过的极好机会。自最高司令官松井石根以下，成千上万的日军官兵，都加入了疯狂劫掠中国财富的行列之中。

还在苏州指挥南京战役的时候，松井石根作为研究中国文化世家出身的"中国通"，就已经设法搞到了南京中国文物字画展览的展品表，进入南京以后，立即光顾几个文物书画部门，按图索骥，把许多珍贵的文物字画签名盖章，据为己有，托人运回日本家中。日军中许多爱好文物的军官，也带着士兵专拣官宦富户"搜查中国军人"，把那些来不及带走的瓷器古

马车、独轮车和童车，都成为日军运载抢劫物资的工具

董、名人字画，像仇英的山水画、赵子昂的马、岳飞的《满江红》亲笔字、郑板桥的竹枝、八大山人的字画等等，许许多多的中国文化精品，无不一一搜刮，进入囊中。

至于成千上万的日本普通士兵，当然不会有那么多闲情逸致，他们感兴趣的是金银饰品、钞票大洋，手表、钢笔、毛衣之类，当然也都成为战利品，一一缴获归已了。日军劫掠财物毫无军纪，毫无顾虑，没有一点羞耻之心，光天化日之下照样进行。甚至各城门口站岗的士兵，在搜查进出行人的时候，搜到钞票也毫无顾忌地塞进自己腰包之中。

疯狂的劫掠在南京各处进行着，躲在安全区难民收容所的同胞也照样遭到洗劫，甚至各国驻华大使馆也未能幸免。按照国际公约，外国使馆是不能随便闯入的，但日本人毫不理会这些。12月14日，一个排的日军闯入英国大使馆，翻箱倒柜洗劫一番之后扬长而去。随后美国大使馆不仅遭到洗劫，四个看门的中国同胞也被日军开枪打死，插在门头上的星条旗被扯下来撕得粉碎。

意大利和德意志是日本盟友，按理应当客气一点吧，但搜刮和劫掠却照样进行。日军士兵光顾意大利使馆前后达十几次之多，大使馆的汽车被日军抢走了，躲在馆里的几十名难友手表也全被搜走了。德国大使馆的大门紧闭着，日军便从门头上翻墙入内，皮箱抽屉撒了一地，玻璃、瓷器摔得到处都是，德国人被劫掠后凌乱不堪的场景气晕了，拔出手枪指着日本士兵大骂："你们是士兵还是土匪？！"只有苏俄大使馆没有遭到洗劫，原来他们在门前堆起工事，架上机枪，不许任何兽兵入内搜查。这一招果然灵验，日本士兵非但不敢入内劫掠，连经过苏俄大使馆门前都要快步通过，唯恐枪弹呼啸而来。看来日本士兵虽然贪财爱物，但更怕为此而送掉自己的小命。

日军攻陷南京以后，除了屠杀、奸淫、劫掠之外，带给南京人民的又一"亲善礼物"便是纵火焚烧。日军是胜利者，他们自然可以随意纵火，焚烧逞威。日军纵火往往是在军官指挥下进行的，劫掠之后，军官认为可烧的房屋，便在门上画一记号，然后士兵手执火把，按记号向门窗倾泼化学液体药品，点火之后，顷刻烈焰冲天，巨室层楼，转瞬化为乌有。

英国记者田伯烈在《外人目睹中之日军暴行》一书中记载，1938年1月10

日，一位美侨给友人信中写道："现在每天还有几次火警，许多住宅给日本兵故意焚毁，日本兵放火用化学的引火物，我们有几种样品，就是他们放火的步骤，我们也一一目睹。"同一书中记载1937年12月20日，一位外侨的日记："城内最重要的商业区太平路一带，烈焰冲天。向南行，我们看见日本人在店铺内放火。……夜间我从窗口眺望，14处的火舌向天空飞腾。"

大火绵延数十天不绝，每天均有数起，国民政府惨淡经营十年之久的首都南京，被烧得到处是断垣残壁，满目疮痍。

南京最热闹的街市当数太平路与中华路，两边都是崭新漂亮的建筑，笔直的柏油马路，宽敞明亮光洁，白天行人如云，车水马龙；夜晚霓虹闪闪，彩光四溢。站在内桥放眼望去，笔直可达中华门，尽是一派繁华美丽的景象。如今，这一切都被日军摧残殆尽。大火从夫子庙一直烧到太平路，又在南京各处蔓延。交通部大厦是南京标志性建筑，花300万巨款建成，五天五夜的大火，烧得只剩断垣残壁，惨不忍睹。大华、新都、中央商场等高层漂亮建筑，也没有逃过劫难。南京下关在定都南京之前，比市内还要繁华热闹，大火焚烧之后，连一家完整的店铺也没有了，偌大的街市上，竟没有一块招牌能分辨出是某家的商号。叫人看了揪心地痛，想哭已无泪可流了。军医蒋公谷躲在安全区内，亲历这场浩劫，他在《陷京三月记》中是这样描述的："近来晚间火烧的处所，仍不稍减。站在后院的小丘上向新街口一带望去，几乎是一片瓦砾场。断墙颓垣发出一阵阵枯焦的气味，没有一所完整的屋脊可以看到。"（1938年1月13日）"出新街口，经太平路，夫子庙，转中山路，沿途房舍，百无一存，屋已烧成灰烬。"（1938年1月15日）

侵华日军纵火焚烧南京的惨景，可见一斑。

杀人比赛狂

柳川平助在率兵侵华的战争中，说过很多谎话欺骗日本士兵和人民，但是关于"我敢说攻占南京的日军所有部队都是这样杀人的"这一论断，倒是刽子手在得意之时，脱口泄露天机说出的一句大实话。

柳川平助所说斩杀中国人的比赛，指的是十六师团中岛今朝吾司令部下的两名青年军官举行的比赛。这两名青年军官，一人是片桐部队炮兵少尉小队长向井敏明，一人是片桐部队少尉副官野田岩。他们于11月上旬在上海西北7公里处的白茆口登陆作战时认识。在向南京进军时相约进行"友谊的杀人比赛"，即在完全占领南京以前，能亲自杀死100人者夺得锦标。12月4日，两人在句容城外作战时相遇，互报杀人数字，向井敏明已杀死89人，野田岩则杀死78人，这一消息被日本《东京日日新闻》特派记者浅海、铃木二人获悉，立即前往采访并赶写了一篇"杀人比赛"的新闻报道，刊登在12月6日的《东京日日新闻》上。

12月12日，中岛部队在南京城外与守军教导总队激战后，向井与野田在紫金山麓再度相遇了。野田作为步兵，在前线疯狂地砍杀中国士兵之后来到山麓小憩，而向井则是在后面残酷地屠杀了许多中国的俘虏和百姓之后兴冲冲地赶来。两头野兽见面之后，自然离不开嗜血的本性，立即互相炫耀他们斩杀中国人的辉煌战功。

野田说："喂，我是105人，你呢？"

向井说："我是106人……"

两人相视哈哈大笑起来。

于是两名刽子手商量，姑且不论何人于何时先斩杀100人，作为以往的事，暂时不分胜负。从现在开始，改为斩杀150人的比赛，再决一雌雄。

向井敏明高兴地说："我们于不知不觉中，就已经超过了斩杀100人的纪录，这是多么愉快的事情啊！……"

两名刽子手在紫金山麓见面时，对他们进行跟踪报道的浅海、铃木两记者来到前线，再度采访了他们，并且提出要给两名皇军的英雄拍一张照片。

于是，两头野兽威风凛凛地站到了一起，高傲地叉开双腿，一色的黄军装、深筒靴子、一字胡须，肩膀挨着肩膀，军刀对着军刀。向井敏明双手拄刀放在胸前；比他稍矮的野田岩则用左手拄着军刀，右手弯在身后。姿势虽有所不同，表情却都是一样：两人眉宇间都露着征服者的高傲和腾腾的杀机；两人眼睛里都射出趾高气扬不可一世的兽性的光芒。

拍完照片，目送着两名记者离开山麓，向井敏明感叹地说："野田君，我们这次斩杀支那人的比赛，原只是当做一回玩意儿，没想到竟上了国内的大报，你看，多有意思啊！"

野田岩深有同感地说："是啊，我也没把这当做一回事，我斩杀支那人，就像在我家乡鹿儿岛劈柴火那样，寻开心啊！"

向井敏明说："不，更像我们在东京劈甘蔗一样，甜滋滋的！"

两头野兽说得高兴，席地而坐，抽出军刀仔细地审视着。

向井得意地说："我把一个家伙连钢盔一劈两边，你看，军刀都砍缺损了！"

野田岩深有同感："是啊，我的军刀也有了缺损，依我看，我们日本的

日本报纸《东京日日新闻》对进攻南京的日本下级军官向井敏明、野田岩，举行『杀人比赛』的残酷行为进行连续报道，捧为英雄

军刀还需要改良！"

两人在草地上兴奋地交谈着，直到部队集合，两人相约在南京城内再见之后，才各自回到了队伍。

12月13日，日本《东京日日新闻》再度刊登了特派记者浅海、铃木从南京紫金山麓发来的报道：

> 向井少尉与野田少尉举行杀死100个中国人的竞赛，其锦标现尚未能决定，向井少尉已杀死106人，野田少尉已杀死105人，但不能决定谁先杀死100人。现两人同意不以100人为标准，而以150人为标准。

在刊登这篇报道的同时，配发了两名举行"杀人竞赛"的刽子手在紫金山麓合影的照片。

这一支绵延的长队，押解着大批解除武装的军警、无辜的平民百姓，正走向汉中门外，等待他们的，将是机枪的扫射，汽油的焚烧

12月14日，刊登"杀人比赛"消息的《东京日日新闻》报纸空运到南京。十六师团司令官中岛今朝吾看了以后，十分高兴地说："很好，很好，支那人不管多少，统统都要杀掉，对妇女、儿童也不能留情！"

于是，在日本报纸的煽动下，在日军高级将领的支持、纵容下，侵占南京的日本士兵，掀起了有形和无形的"杀人比赛"高潮。究竟有多少日军士兵参与了"杀人比赛"，没有准确的统计数字，但有一点是可以肯定的，当年攻陷南京的日军进行"杀人比赛"，决不是个别现象，也绝不仅仅是田中军吉、向井敏明、野田岩这3头野兽。

汉中门外大屠杀

12月14日，南京，日军十六师团司令部。

兼任南京警备司令的日军十六师团长中岛今朝吾进入南京以后，把司令部设在南京中央饭店，还没安顿好，便频频接到各部打来的电话：

"报告！在南京难民区四周，发现中国兵丢弃的大量军衣、军毯、绑腿、公文箱……"

"报告！在中国最高法院搜出一仓库枪支……"

"报告！在金陵大学外面发现大批的武器、弹药……"

……

中岛今朝吾一面将这一情况迅速报告华中方面军司令官松井石根，一面在电话中严厉地命令部下：

"必须坚决将躲藏的中国军人统统搜捕出来！"

"要毫不留情地执行上级'杀掉全部俘虏'的命令，将抓到的中国军人统统集中起来，坚决处理掉！"

杀气腾腾地下达命令之后，兴奋不已的中岛今朝吾从藤椅上站了起来，整理好黄呢子将军服，来到警备司令部门前，双脚叉开，右手叉腰，左手挂着军刀放在胸前，昂首挺胸地站着，要副官给他拍了一张攻占支那首都南京的纪念照片。

拍完照片，中岛今朝吾回到办公室，拿出日记本，郑重记下进入南京第一天发生的重大事情。日记中特别提到，俘虏了大批中国官兵，并且写道："由于方针是大体上不保留俘虏，故决定赶至一隅全部解决之。"写完，他又看了一遍，这才满意地合上日记本。

"杀掉全部俘虏"的命令在攻占南京的日军中全面贯彻执行，清查中国军人便成为日军肆意屠杀中国人的最好借口。日军清查中国军人的方法一般是这样：首先，由上到下，由外到里地查看。先看头上有没有蓄发，有没有钢盔或军帽的印痕，再看手上有没有持枪磨起的硬趼，然后叫你解开裤子，看看腰间有没有扎皮带的痕迹。且不说这些标准是多么的不准确，实际上很多日军根本不作检查，看见青壮年就抓。一时，南京城到处是搜捕中国军人的日军队伍；到处是被日军抓捕的中国平民百姓；到处是屠杀中国人的枪声刀影；到处是中国死难同胞的血河尸山；到处是悲惨的哭号和呼喊……秦淮河呜咽，紫金山垂首，雨花台挥洒泪雨，扬子江痛声悲鸣，南京城笼罩在血腥和恐怖之中，成了一座真正的活地狱！

南京新街口附近有一家豆腐店，店主人儿子叫伍长德，29岁，祖籍山东。伍长德一边帮父母做豆腐，一边在外面当警察。1937年12月，日本鬼子逼近南京，伍长德父母、妻子、儿子都疏散到苏北去了，只留下他一人在南京看家。

12月13日，日军攻破南京的时候，伍长德躲进了南京国际委员会设立的司法院难民所里。本想躲过灾祸，然而劫难依然降临了。

12月15日，早饭后，司法院门外突然响起了汽车声，接着一辆卡车戛然停在门口，从车上跳下十几个凶神恶煞的日本士兵。日本兵如临大敌般冲进大院，一个小队长模样的日军，用生硬的中国话大声叫喊着："中国兵统统的出来！"

看见日本兵冲了进来，许多难民吓得慌作一团，年轻的女人们拼命往里面挤，孩子们纷纷钻进老人的怀里，许多人用惊恐不安的目光默默地注视着，一声也不敢吭。

看看难民们没有反应，那名日军又用生硬的中国话大声喊叫了一遍。接着十几个日军便分别冲进人群里，有的查看头，有的检查手，有的日军什么也不看，只看青壮年就往外拉。一个日本兵朝着伍长德走来，拉着他用力往外一拽，嘴里叽里哇啦地嚷着："你的中国兵出来！"

伍长德和几十名青壮年一起被赶到司法院门前的马路上，那里已经集中了许多被日军抓来的人，全部坐在冰凉的马路上。有人把头埋在膝盖里，有人一口口吸着苦涩的香烟，有人用惊惶的眼光四处打量……伍长德看了一下人群，发现他的许多当警察的同事都被抓来了，其中许多人都换了便装，还有100多人仍穿着黑色警服，但都没有逃脱厄运。心想：糟糕，这下可能凶多吉少了。坐在冰凉的马路上，伍长德默默惦念着苏北的父母、老婆和儿子，不知道以后还能不能见到他们。

马路上被抓来的人越来越多，伍长德个子高大，他伸直身子望了一望，马路两头密密麻麻尽是人，粗略一估算，大约2000多人，除了几百名警察之外，大部分是青壮年平民百姓。11点多钟，一个日本军官走到人群前面，命令大家起立排队朝前走，四人一排，穿制服的警察走在前面，前后左右都有日本士兵押着。队伍走到首都电影院门口时，伍长德忽然又听见隆隆的汽车声，回头一望，看见队伍后面开来了几辆卡车，车上架着机关枪，站满了日本士兵。汽车开到队伍前面开路，从驾驶室里又下来一个挂着照相机的日本军官，也许是为了显示皇军的武威和战果吧。那军官站在路边，给这支队伍接连拍了好几张照片。

下午1点多钟，队伍来到汉中门，日本军官又命令大家停止前进，就地坐下。几辆卡车却开出了城外，伍长德从门洞里看到，日军如临大敌般纷纷从车上跳了下来，端着步枪、机枪散开奔向护城河边，心想，不好了，日本鬼子要搞大屠杀了！果然，紧接着便来了两名日本士兵，一人一头拿着一根长长的绳子，往人群里一圈，圈出一、两百人，在众多日军的押解下，走向汉中门外。不一会儿，河岸上便响起了"哒、哒、哒"的机枪扫射声，紧接着又传来一声声凄厉的惨叫和哀号。伍长德知道，大屠杀已经开始了，他的心里顿时涌起一股强烈的愤怒和仇恨，不禁暗暗骂道："奶奶个熊！老子要是手中有枪，就跟你们拼了，死也要死得像个人样！"然而，他手中什么也没有，只能悲哀地坐在那里，等待着死亡的来临。

两个日本兵又一次来到人群中，圈出一两百人，有一名中国同胞吓得手脚发软，走不动路，日军士兵看见，上去就是一刀，把他刺死在路边。过了一会儿，又有一名中国同胞要起身解手，向日军报告以后，刚走了两步，日军"啪"地就是一枪，那名同胞摇晃了几步，栽倒在地上。伍长德看到这些，深切感受到日本鬼子的凶暴残忍，感受到被敌人蹂躏屠杀的悲哀。

天空阴沉沉的，到处是灰暗的云层。寒风一阵阵吹来，使人不禁战栗。同胞们一圈圈地被敌人赶上了屠场，有人怒骂，有人悔恨，有人哭泣。看到这些，伍长德很是难受。想到自己这次也是在劫难逃，再也见不到父母、老婆和儿子了，心中不禁也涌起一阵痛苦和悲哀。

冬季的阴天暗得早，下午5点多钟，天已经灰暗了，城门边还剩下五六百人。这时两名日本兵又拿着绳子过来圈人，伍长德被绳子圈了进去，跟着日本兵走出城门登上了河堤。他抬头一望，只见河堤两侧架着两挺机枪，河堤下、河水中尽是横七竖八的尸体。伍长德急了，在被赶下河堤的时候，情不自禁往前跑了几步，纵身一扑，扑倒在乱尸堆里。

正在这时，机关枪响了。

日本鬼子的机关枪向着人群猛烈地扫射，同胞们接二连三地倒了下来，伍长德却被埋在别人的尸体下面。一阵昏眩之后，伍长德清醒过来，他发现自己并没有死，便一动不动地趴着。这时机关枪扫射停止了，接着响起了步枪的单发声，步枪声音停止以后，伍长德感到有许多人在尸堆中走动，心想不好了，日本鬼子来尸堆中清查活人了，便抱着头在尸堆下趴着，一动也不敢动。一个日本兵走到他的身边，冷不防伸手就是一刀，刺刀穿过上面的尸体捅到伍长德背上，火辣辣地痛得难熬，伍长德咬紧牙不敢吭一声气。随后又屠杀了两批同胞，天已经完全漆黑了，堤坡上又响起鬼子兵杂乱的脚步声，接着是一阵泼水的声音，同时传来浓烈的汽油味。伍长德心想，糟了！鬼子兵要放火烧尸了！果然不出所料，一会儿，一片烈火腾空而起，烧着尸体嗞嗞直响，一阵阵的焦臭味扑鼻而来。伍长德被浓烟烈火烤得实在受不住了，便趁着天黑，冒着危险，悄悄爬出尸堆，钻进了秦淮河中，一动不动地躲在秦淮河里。

数九寒冬，秦淮河水冰凉刺骨，伍长德蹲在水里，冷得浑身发抖。堤上，日本兵却一群群围在那里烤火，寒风中不时传来他们一阵阵狰狞的笑声。过了很久，日本兵撤走了，伍长德沿着河岸逃到水西门，躲藏在瓦厂街9号一个宅院的厨房里，这才从尸堆中逃得了性命。

烈女血仇录

这是发生在南京的又一个极其悲惨的故事，一位刚烈的少妇抗拒奸污，日本士兵竟在她身上刺了37刀。

1937年12月19日，上海路小学。又小又潮湿的地下室里，躲藏着二十几个惊慌不安的难民。天下着濛濛细雨，西北风一阵紧一阵地刮着，寒气透进地下室里，刺得人浑身瑟瑟发抖。但人们还是挤在这沉闷、窒息的小屋里，甚至都不敢伸出头向外张望一下。

然而灾难依然降临。

上午9点多钟，门"咣"的一声被踢开了，六个日本士兵端着枪冲了进来。难民们吓得都往屋角里躲，妇女们瑟缩着躲在最里面。一个日本兵用生硬的中国话吆喝："花姑娘的统统的出来！"

没有人做声，也没有人出来。恼怒的日本士兵提着枪挤进人群，开始把男人推向一边，同时大声吆喝："你的花姑娘出来！"一边把女人往外拉。

两名无辜的南京青年，被捆绑在木柱上，成为日军练习刺杀的活靶子

有个女人赖着不肯出来，日本士兵上去就是一枪杆，那女人痛得连声惨叫，脸色苍白，最终还是被拉了出来。

李秀英已经怀孕七个月了，当鬼子兵来拉她的时候，她指了指挺起的肚子，示意自己是孕妇，希望能放过她。那日本士兵非但没有理会，反而重重把她往外一推，李秀英踉跄几步差点摔倒在地上。性格刚烈的李秀英站定以后，狠狠瞪了那鬼子兵一眼，然后暗暗骂了一句：畜生！李秀英心想，这些野兽想奸污我，我宁死也不能受这帮畜生侮辱，不如一死以示抗争吧。拿定主意以后，李秀英向周围看了一下，发现自己站的地方离地下室墙壁不远，于是乘鬼子兵没有注意，咬紧牙闭上眼睛一头朝墙上撞去，顿觉天旋地转倒在了地上。

鬼子兵正在拉"花姑娘"的时候，忽然听见砰的一声，转头看时，只见一个中国女人昏死在墙边的地上，额头上血流如注，流得满脸都是。几个日本兵叽里哇啦了一阵，便抛下李秀英，赶着上十个中国妇女离开了地下室。

鬼子兵一走，李秀英的父亲便扑了上去，急忙抱起女儿，一边急切地呼

这名年轻的妇女，用痛苦、愤懑而又无奈的眼神，诉说着无数南京妇女所蒙受的屈辱和灾难

喊着："秀英！秀英！"难友们也围了上来，七手八脚地帮秀英止血并包扎好伤口，然后把李秀英抬到帆布床上，慢慢地李秀英才醒了过来。

躺在帆布床上的李秀英陷入了长久的沉思之中，想到自己刚才的行为时，渐渐又萌发了新的想法。她想自己这样白白撞死太不值得，自己从小跟父亲学过武术，练过功，为什么不和日本鬼子拼一拼呢？拼死他一个够本，拼死他两个赚一个，反正是死，拼死总比白白死去强！想到这里浑身充满了勇气，便把这想法告诉了父亲，她悲怆地说："爸！我反正不会让鬼子侮辱，要是万一被日本鬼子杀死了，请你告诉我丈夫和弟弟，我没有受侮辱，要他们为我报仇！"

父亲也是一条烈性汉子，他赞成女儿的选择，又为女儿的处境感到难过和痛心，他没有做声，只是默默地点了点头。

上午十一点多钟的时候，果然又来了3个日本兵，日本兵闯进地下室以后，一手提着枪，一手挥动着不停地吆喝："男人们统统的出去！"

累累尸骨盈原野，血雨腥风遍金陵，南京沦为人间地狱

　　人们一看就知道日本兵想做什么了，赤手空拳的男人们尽管心头愤恨不已，一个个还是被迫从地下室走了出来。剩下几个妇女，被日本兵吆喝着赶到另外一间房里。

　　李秀英受伤躺在床上，她微闭着眼睛故意不走，心想，看你鬼子兵怎么办？不一会儿便听见隔壁房里传来妇女反抗的挣扎声和惨叫声。正在这时，一个鬼子兵提着枪跑了过来，一边嬉皮笑脸地说："中国姑娘不要害怕！"一边弯腰把手伸了过来。李秀英这天穿着旗袍，当日本鬼子伸手解旗袍纽扣的时候，她一眼便瞄见了鬼子兵腰间挂着的一把刺刀。李秀英乘敌人不注意的时候，突然把手伸了过去，打开壳上的锁扣，握住刀柄，从床上一跃而起，要拔出刺刀和鬼子兵拼了。日本鬼子大吃一惊，慌忙伸手过来按住李秀英的手，不让她拔出刺刀，于是两人便为了抢这把刺刀搏斗起来。

　　李秀英早把生死置之度外，两只脚拼命往鬼子兵身上蹬，然后又用头朝鬼子兵胸前猛力一撞，看看仍然没有效果，便乘敌人不注意的时候，突然俯下身子，抓住鬼子兵的手狠狠咬了起来，鬼子兵痛得嗷嗷直叫。隔壁房里的两个鬼子兵听见后，慌忙赶了过来，看见他们的同伴和中国妇女厮打在一起，为争夺一把刺刀在地上滚来滚去，连忙端起枪来，往中国妇女身上乱捅乱刺，隔壁房里被抓的中国妇女乘机全跑了出去。李秀英脸上、手上、脚上到处都中了刺刀，浑身鲜血直冒，但她早已把生死置之度外，也忘记了疼痛，死死抓住刀柄不放。日本鬼子着急了，一个日本士兵端起刺刀朝她肚子猛地一刺。李秀英本能地将肚子往后一缩，随着一阵剧烈的疼痛，她只觉得天旋地转，两眼发花，立刻昏了过去。

　　鬼子兵从地上爬了起来，一边拍去身上的灰尘，一边小声嘟囔着："中国姑娘大大的厉害！"

　　三个日本兵扫兴地离开了地下室。

　　日本鬼子离开之后，难民们渐渐回到地下室里。李秀英父亲看见女儿死在地上，伤心不已，他把女儿抱上帆布床，然后守在旁边，一个人默默地流泪，难友们围在旁边不停地劝慰着他。

　　傍晚的时候，父亲和难友们一道在五台山旁边挖了一个泥坑。回到地下室，人们七手八脚找了一块门板，一床草席，把李秀英抬到门板上。父亲流着泪对死去的女儿说:"秀英啊,这兵荒马乱的年月,连棺木也没法找,只好用草席把你安葬了。实在是没法啊!"

人们乘着傍晚,鬼子们收兵了,把李秀英抬了出去。走出地下室不远,寒风中忽然听见了轻微的呻吟声,父亲立即停下脚步,急忙喊道:"秀英!秀英!"

喊过几声之后,果然看见秀英渐渐睁开了眼睛,用极细微的声音说:"爸!我没有死……"

"啊!秀英没有死!她还活着!"悲喜交集的父亲大声叫了起来。"秀英没死!送鼓楼医院,快点送鼓楼医院!"几个难友也七嘴八舌地叫嚷着。

乘着黄昏朦胧的暮色,一行人七弯八拐把李秀英抬到了鼓楼医院。

鼓楼医院,值班医师美国人威尔逊刚处理完两个病人,一个头部、肩部被汽油严重烧伤,另一个后颈部被日本兵狠狠砍了一刀,颈脖被日军砍断一半多。回到值班室刚坐下,门外又抬进来一个年轻的中国女人,威尔逊医师立即对她进行检查,只见这女人脸肿得像个血盆,头发结成了血饼,浑身到处都是血斑,已经奄奄一息。威尔逊连忙叫护士沈文发、高安华过来给她打了一针,并且迅速清洗伤口,进行治疗。医护人员数了一数,李秀英身上一共被刺了37刀。

威尔逊医师连连摇头:"奇迹!简直不可思议!她被日本士兵刺了37刀,居然还能够活下来!"

若干天之后,圣公会梅奇牧师来到医院,威尔逊医师向他讲述了这个被日本士兵刺了37刀的中国女人死而复生的故事,梅奇牧师愤慨地说:"这太残忍了,我要把她拍摄下来,告诉全美国的人民!"

威尔逊把梅奇牧师领进病房,这位正直的牧师举起摄像机,摄下了日本法西斯侵略者屠杀中国人民的又一铁的罪证!

1946年,南京军事法庭审判"南京大屠杀"主犯谷寿夫的时候,在中央医院检验室任职的高安华女士和居住在洪武路30号的沈文发女士均提供了证明,而受害人李秀英女士,更出庭当众控诉了日军的暴行。

至于梅奇牧师拍摄的录像带物件,也于1991年8月在美国发现,在梅奇牧师去世38年之后,是他的次子大尉马吉清理遗物时,在地下室发现的。那是一卷16毫米的原胶片拷贝，录像带的内容，则早已通过各种渠道公之于众。在南京"侵华日军南京大屠杀遇难同胞纪念馆"放映的资料片中，就有李秀英被日军刺伤后在鼓楼医院治疗的镜头，它以不可辩驳的事实，向参观者讲述着昨天发生的，亵渎人类文明与尊严的耻辱故事。

金诵盘沦京历险

这是又一个从地狱南京逃出来的军人的故事。

第二战区后勤部野战救护处科长军医蒋公谷，在南京陷落以后，和处长金诵盘、司机王万山一起，化装躲入美国驻华大使馆，经历近3个月的艰险，才得以逃离南京。脱险以后他写有《陷京三月记》一书，记述了他耳闻目睹的日军大屠杀罪行。

在南京危急的时候，一位好友曾再三邀请金诵盘和他一道撤退到汉口

日军在南京南门外大街劫掠之后，复加以纵火焚烧

去，但金诵盘断然谢绝了。他说："我是担负有重要责任的人，断不能自由自在地随便出走。要是现在跟你一同到武汉去，这就叫临阵脱逃！逃的人生命是苟全了，但将来有何面目见人？现在正是国家存亡的紧要关头，我个人早已将生死置之度外，请你再不要为我着急了。但你的好意，我是很感激了。"一席话说得大家都肃然起敬。

金诵盘一直坚持在南京坐镇指挥救护工作，处理了很多重要问题。直到12日下午五点钟，中华门一带传来密集的枪声，大批军人、难民纷纷向北奔去，他从乱军中得知撤退的消息以后，不得已和蒋公谷、王万山一起躲入了美国大使馆。

大使馆里乱哄哄的，300多位难民在这里簇拥着，怀着惊悸不安的心情，等待着灾难的来临。使馆的美国人员已经撤离，只有两名新闻记者留下来没走，馆内事务由一名姓邓的华人负责处理。

13日上午九时，蒋公谷从使馆窗口看到，一辆汽车满载日军经上海路向北驶去，随后，敌人便潮水般填塞进来了。大使馆外面，日本士兵成群地蹀躞着，随意向平民开枪射击。安全区外面的情况就更悲惨了，白天枪声不断，夜晚火光冲天，照耀如同白昼。火光中不时夹杂房屋的倒塌声、爆炸声和凄惨的呼叫声，令人毛骨悚然。

一天下午，突然传来隔壁难友老朱的哀号痛哭之声，金诵盘和蒋公谷连忙过去探望，老朱泪流满面，哀伤不已地诉说着。原来他的老父70多岁了，因年纪大留在家里死活不肯离开，谁知日本鬼子一来就把他杀死了。老朱来到安全区以后，天天惦念着父亲，终于听到了父亲被日本鬼子杀死的消息，不得已，他只好恳请金陵女大美籍教员魏特琳小姐陪同前往探视。来到家附近，远远地只见一群日本兵正在他家中高歌狂欢，父亲的尸体横陈在屋檐下。看到日本兵一个个狰狞恶煞的样子，老朱不敢近前去殓尸，只好饮痛而归。老朱哭诉说："人已经死了，还不能收殓，这是什么世道啊！"金诵盘他们劝慰了一阵，这才回到自己房间。

没过几天，另一边又传来邻居全家号啕痛哭的声音，金诵盘和蒋公谷连忙走了过去。这一家难民男的因为面色特别黑，大家都叫他黑子。黑子的弟弟流着泪告诉说，今天早上他和哥哥一道回家拿东西，在路上碰到日本鬼子，鬼子兵立即抓住黑子不放，一口咬定黑子是中国兵，捆绑起来放倒在地上，然后举起刀来乱砍。黑子痛极了号叫着蹦跳躲避，一跃好远，跃到路边的塘里淹死了，他自己侥幸逃得性命回家报信。家里一听便像开了锅的粥，母亲哭得昏死过去，嫂子哭得在地上翻来覆去打滚，不停地用双手捶打着自己的胸脯，说是千万不该让黑子回去，否则就不会有此惨祸。一岁多的侄女也跟着大声号哭，景象惨不忍睹！金诵盘他们听了，连连叹息不已。

大使馆内原来是住有两名美国人的，但美国大使馆撤离人员乘坐的"巴奈号"兵舰在芜湖被日本飞机炸了，不少人受了伤，接到消息，大使馆的两名新闻记者匆匆赶往芜湖探望。美国人一走，难民们都好像失去了保障似的，空气愈加紧张了。日本兵是三天两天进来洗劫，窗外每天都可以看到一队队被捆绑的中国人被押往屠场。最残酷的杀戮是活埋，那凄厉悲惨的哀号——人类生命中最后挣扎出来的一种尖锐、绝望的呼唤，抖散、波动在瑟瑟的寒风里，时不时地从窗外隐隐地传来，叫人骨寒心碎，终身难忘。

一天下午，美国大使馆侍役崔品三神情紧张地来到金诵盘房里说，有人向大使馆公事房报告，说你们几位是军人，恐怕是有奸人告了密，若传到敌兵耳朵里，那就太危险了，你们还是赶快离开这里为好。大家听罢，仓促间也来不及多加考虑，便匆匆离开了美国大使馆，踏着凄凉的脚步，在寒风凛冽的街头瑟缩，踯躅，寻找着一方可以求生避难的地方。在街头正好又遇见美国大使馆厨役何海清，双方擦肩而过，何海清也紧张地说："使馆已在调查你们，千万不能回去了！"说完便匆匆走开，好像敌人就跟在他身后似的，可见事态已相当严重了。

金诵盘3人再也不敢回美国大使馆，只得在街头奔走、流浪。作为中国人，竟然在中国自己的土地上找不到一隅安身之所，不禁悲愤交加，百感丛集。直到夜幕将临的时候，才在惊惶中侥幸于金陵女大收容所友人徐子良先生处找到一个暂时避难的场所。第二天又经朋友帮助，在汉口路9号住了下来，这才得以稍稍安息。

日子就这样在血腥的恐怖中一天天地度过，天天都有坏消息从外面传来。电厂、自来水厂的工人都被敌人杀光了，水电一时也难以恢复，所有的水塘里都浸着忠魂，大家也只有饮用这样的塘水。到一月中旬，子良告诉他们说，红十字会已着手掩埋尸体多日了，就在金银巷金大农场，挖了很深的狭壕，把尸体重叠着埋入，掩土了事，听说编号登记的，已经有12万具了。大家听罢，嗟叹不已，深深感受到做亡国奴的灾难、痛苦和悲哀。

一天，金诵盘和蒋公谷外出时，意外遇见了野战医院尤院长，问起沦陷以后的情况，尤院长说他现在已化名叫洪少文，就住在附近颐和路。大家来到尤院长住处，这是一座漂亮的楼房，里面陈设华丽，一点也没有日寇洗劫的痕迹。大家正感诧异的时候，尤院长却告诉他们，他现在和自治会孙会长住在一起，且有两位女友同居，一点也没有受到日军的威胁，说着，露出颇为得意的样子。

金处长一听，脸色骤变，当即告辞回来，并约他以后到自己住宅再见。过了几天，尤院长来到金诵盘处所，又谈起沦陷以后，孙淑荣如何卫护着他、帮助他脱离险境，他内心是如何地感激，现在孙淑荣又如何要他到自治会当卫生组长等等，洋洋洒洒说了一大套，毫无羞耻之感。

金诵盘一直脸色严峻地听着，待他说完，便两眼投去锐利的目光，声色俱厉地问道："那你是准备去当汉奸啰？！"

尤院长一愣，知道自己得意忘形，说走了嘴，便一声不响地待着，既不承认，也不否认。

金诵盘继续斥责道："我们都是中国人，你可不要忘了本，因为一点小惠而乱了大节，造成终身的遗恨啊！"

尤院长支支吾吾地应着，稍顷，告辞离去。蒋公谷望着他的背影，叹息说："这个人贪生怕死，见利忘义，我料他汉奸是做定了的！"

金诵盘也叹息说："疾风知劲草，我们中华民族历来注重气节。沦陷以后，我们救护处许多弟兄惨死在敌人屠刀下面，没想到却出了这么一个败类！"

转瞬到了1938年2月下旬，敌人的血腥屠杀渐渐缓和，金诵盘、蒋公谷经过打听，知道许多难友已脱险离开南京，所走路线大概有三条：一、托人花钱买到敌特务机关或兵站的通行证，可以乘敌人兵车，直达上海，但盘查极严，到了上海，也不容易进到租界；二、出通济门路行，可以到苏州、无锡一带，再搭船赴上海，但中途时遭抢劫，也很危险；三、由上新河渡江到北岸，经和县、含山等处可以到达汉口，但其间也有红枪会等组织盘查或劫掠，要有熟人带路才能通过。

打听清楚以后，金诵盘、蒋公谷就开始商量逃离南京的具体步骤，首先与教导总队南京便衣人员联系，准备走过江去武汉的路线，但几经周折，没有走成。正在这时又出现了一件危险的事情，一天中午，一个名叫中山的日本便衣突然来到他们住处，徐子良赶紧出来和他周旋。那中山两眼不停地往屋内打量，一边不怀好意地问道："你们中国军官留在南京的很多，你有认识的吗？你可以指出来告诉我吗？"

徐子良只装听不懂，磨蹭半天，才慢慢听明白他的意思，于是回答说："我是一向在上海做生意的，因为战争才回到无锡老家，后来又携带家属逃到南京来的，哪里认得什么军队的人啊！你问的事，我可是一点也不明白。"说着徐子良又连忙把妻子和儿子叫出来，以表示自己是普通的经商人家。中山看捞不到什么，这才悻悻地走了。

中山一走，大家都捏着一把汗说，这匹狼狗既然已经嗅到了味道，决不会就此罢休，这里是万万不可再住下去了，必须尽快离开，三十六计，走为上计。

2月25日，终于托人弄到了敌人兵站乘车证九张，金诵盘一行九人决定分两批离开南京。27日凌晨五时，金诵盘等四人来到车站，站内敌兵罗列，气氛紧张，每一棚车内由四名敌兵把守，荷枪实弹，如同押解囚犯一般，把他们押出了南京。沿途断垣残壁，人烟绝迹，一片凄凉！

下午到达无锡，又经过一番盘查才得以下车离站，沿江行约半里路，竟没有一幢完整的房屋。在江边雇了一只小船，过黄婆墩，又经过敌人关卡的搜查，于下午四点多钟到达曹家桥徐子良家中，登堂拜母，合家欢欣。

这里是敌我交接区，已处于无政府状态，白天日军常常下来掠取财物，夜间又有土匪抢劫。大家都提心吊胆，故稍事休息两日后，便开始设法觅船离开。3月4日凌晨三时上船，同行的已达20余人，因沿途多处驻有敌兵，船只绕道而行，不仅耽误时间，而且造成搁浅。至下午三时方过旸岐，突然两岸出现许多持枪的便衣，大声吆喝停船。大家一看不好，遇上劫匪了，于是频频催着摇船的拼命前进，岸上人见不肯停船，枪声大作。行不及半里，至钱木桥，江面一排枪虎视眈眈地架着，不得已，只好停船上岸接受检查。相互询问这才知道拦路的并不是劫匪，而是地方游击队，大家方才松下气来。当晚到达长寿，又经过几日艰苦的行程，于3月8日到达上海，在上海租界区休整了半个月。24日，由金处长率领蒋公谷、徐子良等一行人搭乘荷兰轮船"芝沙丹妮号"南下，经香港绕道于4月9日回到武汉，这才完全恢复自由，重新走上反对日本帝国主义侵略，捍卫中华民族生存的伟大战场。

拉贝的愤怒

15日夜晚，大批日军士兵闯入金陵大学校舍，当场强奸妇女30人，有几名妇女甚至被六人轮奸，在安全区其他一些地方，当晚也发生同样的事情。

另一支日军来到一个收容所，宣称有6000名解除了武装的中国军人进入了安全区，必须把他们搜索出来。于是青壮年人人过关，穿军服的，当过兵的，自是在劫难逃。即使是平民百姓，只要手上有茧，肩上有跰，也难逃厄运。日本兵把他们从人群中抓出来，甩绳子缚着，每100人圈在一起。国际委员会的委员们正在煤油灯下召开会议，听

德国西门子洋行中国总行南京分行经理拉贝，由于他正直的品格和德国国籍且又是纳粹党员这一特殊身份，被公推为南京安全区国际委员会主席

到报告，拉贝带着委员们急忙赶了过来。他气喘吁吁地向日本军官交涉、争辩着，但是无济于事。费区在队伍中急忙地穿来穿去，他想寻找到昨天向他交枪的四个小个子广东士兵，他们是怀着满腔报国之志来到抗日前线的，壮志未酬，实在不愿意放下武器，说话时眼睛里还燃着熊熊的火焰。还有一个大个子的北方军官，他曾满怀惆怅地向费区倾诉了战败后的痛苦和遗憾，那一双深深凹陷的失望的眼睛，令他毕生难忘。他想找到他们，哪怕再看上一眼，哪怕稍稍表示一下自己无能为力的痛苦和遗憾。但是他找不到他们，也许他们早已被圈进被缚的人群中间去了，等待着他们的，将是死神的咆哮和狰狞。

1300多人被全部捆绑完毕，日本人命令他们排着长队向马路上走去。刺刀的寒光在星月下闪耀着，没有叹息，没有哭泣，1300多人在马路上缓缓地移动，只有痛苦和悲哀深深地压在人们的心底。

费区突然拔腿向前奔去，不顾日军的吆喝和阻拦，拼命往前挤。朦胧中眼睛倏然一亮，他终于看到了那几个熟悉的影子，是的，是他们，就是他们！那几个小个子广东兵！费区挨了过去，并且大声嚷叫起来，向着日本士兵拼命打手势，试图解救他们。日本士兵不但没有理睬，而且把他往外推。

几个小个子广东兵被费区的声音惊动了，他们转过头来，费区明显地感到，他们的目光是那样地绝望和痛苦，不觉心中涌上一阵深深的痛楚，他在路边愣愣地站着，悲痛难言。

一会儿，不远处突然传来急促的机枪扫射声，夹杂着人们的呻吟、惨叫和怒骂声。拉贝气得浑身发抖，觉得自己受了欺骗和愚弄，而他又欺骗了别人。下午的许诺还在耳边回响，晚间的安全区却充满血腥、屠杀和狰狞。他气得右手握拳在空中拼命地挥动，一边大声地吼叫着："骗子！可耻的屠夫和骗子！"

12月16日，情况愈趋恶化，大批日军涌入安全区内，四处搜捕和屠杀解除武装的中国军人和平民百姓。

鼓楼五条巷4号难民区内，中国军民石岩、陈肇委、胡瑞卿、王克林等数百人，被日军搜捕驱集在大方巷广场上，以机枪射杀；

在傅佐路12号，平民谢来福、李小二等200余人，被日军押往大方巷塘边枪杀；

在中山北路前法官训练所旧址，平民吕发林、吕启云、张德智、张德亮、张德海等100余人，被日军捆绑拖至四条巷塘边，用机枪集体射杀。

……

安全区内，到处是机枪疯狂的吼叫，屠刀罪恶的血腥；到处是妇孺悲惨的呼号，老人痛苦的哀鸣。刽子手狞笑着，肆意宰杀着国际的准则，人类的公理、道义和良心。

大胖子拉贝带领国际委员会的委员们，四处奔走交涉，但日军当局的答复却是：难民区内隐藏着两万名解除武装的中国军人，皇军必须统统将他们搜捕出来。

六千名上升到两万名，这意味着更大的搜捕和屠杀将接踵而来！

傍晚，拉贝拖着沉重而疲惫不堪的身体，回到广州路小桃源10号的住宅。这里收容了几百个难民，住宅的屋顶上，纳粹党旗帜高高地飘扬；宅院的大门上，日本军方的布告写着赫然的禁令。然而，这一切都无济于事，当他跨进院门之后，两个日本士兵的丑态立即闯入了他的眼帘：一个正在洗劫财物；另一个解开裤子正压倒在一个姑娘的身上。拉贝感到热血往头上直涌，脸孔涨得通红，他大声吼叫着："滚出去！给我滚出去！"一边挥动着粗大的手臂。

日本士兵慌忙回过头来，看见手臂上那威严的国社党图案的臂章，赶紧爬了起来，提起裤子光着屁股往门外逃窜。拉贝挡在大门口，愤怒地指点着："从哪里进来的，你们从哪里出去！"日本士兵乖乖转过身子，从围墙上爬出了院子。

回到房间，拉贝正准备坐下来休息，侍役进来报告说，白天来了几个日军，劫走了一辆汽车，留下一张条子，上面写着："谢君厚礼，日军佐藤。"

余怒未息的拉贝，怔怔地望着这张条子，金丝眼镜后面，那蓝色的眼睛蕴含着无尽的疑惑、忧虑、愤怒和惋惜，良久，发出一声长长的叹息。短短几天，他对自己祖国的盟友日本的军队，已经是彻底地失望了，这哪里像一支军队啊，简直是一群强盗和土匪！

安全区内，日军暴行不断，国际委员会逐日进行记录，拉贝便每天带着国际委员会的公函和暴行记录，前往日本大使馆和日军司令部，进行交涉和抗议，但收效甚微。

一天，有人来报告说，古平岗发现两个军用仓库，是中央军撤退时丢下的，里面尽是些硝磺、子弹还没处理，该怎么办？拉贝一听急了，对一个大个子临时工招了招手。那个工人立即走了过来。

"你叫什么名字？"拉贝问道。

"我叫袁存荣。"

"袁存荣，你是中国人，有一件对你们中国人很重要的事情，叫你干，你敢不敢干？"

"什么事情，你讲吧！"袁存荣点点头。

拉贝神情严肃地说："在古平岗发现了两个军用仓库，是中央军撤退时丢下的，全是硝磺、子弹，要是给日本人拉去了，又要杀死你们多少中国人啊！你敢去把它破坏掉吗？"

袁存荣连声说："去，去，我这就去！"

拉贝又问："你知道怎样破坏它吗？"

袁存荣摇了摇

参与南京大屠杀的原侵华日军士兵东史郎，在侵华日军南京大屠杀遇难同胞纪念馆痛苦地忏悔

头。

拉贝拍了拍袁存荣身上的大褂，告诉他说："你要用褂子兜上一兜硝磺，然后用手在地上撒一条长线，记住，线要撒得长长的，然后点上火柴。"

晚上，袁存荣乘着夜幕，七弯八拐，绕过日军岗哨，来到古平岗公园。摸进仓库，借着窗外朦胧的月色，他看到两个仓库满满的全是硝磺和子弹。袁存荣按照拉贝教授的方法，用大褂兜上许多硝磺，撒了一条长线，然后小心翼翼地点上火柴。人还没动就听见轰然一声，屋顶起来了，砖瓦、木板炸飞了，火苗往上直冲，袁存荣爬起身拔腿就跑，身后传来了子弹噼里啪啦的爆响声。

拉贝那沉重而焦虑的脸上，露出了短暂而难得的微笑。

白骨上立起纪念碑

"南京大屠杀"事件过去将近半个世纪。

1983年12月13日，在当年大屠杀现场之一江东门，举行了庄严、肃穆、简朴的"侵华日军南京大屠杀遇难同胞纪念馆"建馆、立碑奠基仪式。1985年2月，纪念馆正式动工兴建。半年之后，中国人民抗日战争胜利50周年之际，纪念馆如期建成对外开放。

中顾委主任邓小平慨然提笔，为这一极富意义的历史性建筑题写了馆名。

这是在白骨上立起的纪念碑。

白骨上立起的纪念碑，将是对死难同胞最深沉的悼念；

白骨上立起的纪念碑，将是对侵略者罪行最有力的控诉；

白骨上立起的纪念碑，将是对人类正义、和平事业最深切的呼唤。

这是一座棺墓式的大型纪念场馆，庄严、沉重的棺墓正面石壁上，刻着凝重的馆名，馆名下一排青翠的松柏，寄托着人们的哀思，象征遇难者的英灵将永远活在后人的心里。

沿着石阶徐步而上，一幅大屠杀浩劫过后的惨景立即扑入参观者的眼帘：白骨盈野，寸草不生，断垣残壁，枯树寒鸦……在被侵略者纵火焚烧过后的枯树边，挺立着一位张开双臂呼唤儿女、宁死不屈的伟大母亲……

眼前的场景，立刻把参观者带向了当年血雨腥风的悲惨年代。

沿着水泥通道继续向前，一块块大屠杀遇难同胞纪念碑向你缓步走来，每一块碑石都会向你讲述一个发生在昨天的，惨绝人寰的大屠杀残忍故事，令你心灵震颤，血火燃烧。

在悲愤难抑的气氛中，穿过白骨累累的地下通道，渐渐来到了纪念馆的陈列室，无数的文字、图片和实物，把血与火交织的镜头，一组组展现在人们眼前：街道上横七竖八的死者，烈火中轰然倒塌的房屋，江滩上绵延不绝的尸体，路边上肚破肠流的女人，遭轮奸后痛不欲生的少女，抢劫后驮着财物的日本士兵……

"南京大屠杀"幸存者夏淑琴、李秀英、伍长德、陈德贵……

——走过来了，他们以劫后余生幸存者的亲身经历，讲述着昨天发生的，日本侵略者肆意屠杀和平人民的血泪斑斑的往事。

日本友人来到南京大屠杀遇难同胞纪念馆，悼念大屠杀死难者，祈祷中日人民和平友好相处，人类世界持久和平

南京安全区的国际朋友拉贝、梅奇、魏特琳、威尔逊⋯⋯

——走过来了，他们站在公理和人道的立场，讲述他们亲眼目睹的，侵华日军亵渎人类文明与尊严的耻辱故事。

审判日本战犯的法官梅汝璈、向哲浚、石美瑜、叶在增⋯⋯

——走过来了，他们以亲身经历讲述当年如何以死相搏把"南京大屠杀"罪魁祸首送上断头台的惊心动魄的历程。面对日本右翼势力的翻案活动，当年的军法官叶在增高举正义的法槌庄严宣告："我可以为历史作证！"

然而，人类社会总是在正义与邪恶的不断抗争、较量中曲折前进的。自上个世纪八十年代以来，日本朝野潜滋暗长的一股逆流逐渐公开蔓延，甚至泛滥成灾。篡改教科书事件，参拜靖国神社事件，东史郎诉讼案事件⋯⋯层出不断。进入21世纪，日本首相小泉纯一郎更是连年参拜供奉着甲级战犯灵位的靖国神社。在日本高层人士的带动、支持、纵容下，日本右翼势力活动日益猖獗，肆无忌惮。他们甚至公开建造大东亚"圣战碑"，举行隆重的大东亚"圣战祭"，日本一些政要和作家、学者频频发表言论，著书立说，大放厥词，诬蔑南京大屠杀幸存者夏淑琴、李秀英是"假证人"，南京大屠杀是"虚构的"，是"幻象"，是"20世纪最大的谎言"⋯⋯

这些，都是我们不能答应的。

长白山森林里吃过树皮草根的抗联队员不会答应，"南京大屠杀"血河尸山中逃出的幸存者不会答应，受尽凌辱血泪斑斑的中国慰安妇不会答应，穿越野人山九死一生的中国远征军战士不会答应。

我们没有忘记，我们不会忘记，日本法西斯军国主义发动的那场侵略战争，给我们国家民族带来了多么深重的痛苦和灾难！

我们不忘过去，不是为了纠缠昨日的恩怨，而是为了珍视今天反思历史的镜鉴；

我们铭记历史，不是为了重复过去的仇恨，而是为了创造未来的和平！

还在第二次世界大战尚未结束的时候，意大利人民就自发行动起来，把法西斯头子墨索里尼送上了断头台；

二战结束以后，德国举国上下形成了压倒一切的共识："如果不公开反省并对1933至1945年的极其可怕的行为采取行动，就无法保证国家的前途。"

德国政府制定法律，严厉禁止纳粹主义复活。

德国总理勃兰特来到奥斯维辛集中营，在犹太遇难者纪念碑前长跪谢罪。

而我们的邻国日本，至今对他们发动的那场侵略战争，缺乏清醒的认识和足够的反省！

每年12月13日，南京城里警报拉响，汽笛齐鸣，侵华日军南京大屠杀遇难同胞纪念馆里，和平大钟庄严而沉重地敲响，那是300000遇难者在呼唤正义！呼唤和平！

为了让南京大屠杀悲剧不再重演，为了让邪恶的战争不再发生，侵华日军南京大屠杀遇难同胞纪念馆巍然地屹立着，把法西斯恶魔的罪行，长久地钉在人类的耻辱柱上！

也许，将来会有那么一天，日本的高层领导人也会来到南京大屠杀遇难同胞纪念馆里，表达真诚的忏悔，诚恳地谢罪！

也许，将来会有那么一天，中日两国高层领导人都来到南京大屠杀遇难同胞纪念馆里，共同悼念大屠杀遇难者，祝愿中日两国人民世代友好相处，祈祷人类世界和平永驻，幸福长存！

这将掀开中日两国关系史上崭新的一页！

这将谱写人类世界和平共处美好的新篇！

不管人类社会风云如何变幻，不管世界历史前进怎样曲折，和平终究会要来临，因为人类社会最终必将走向博爱，和平，大同。

我们期待这样的一天早日降临；

我们相信这样的一天终究会要来临。

我与同学管谟业

——从莫言获诺贝尔奖谈起

朱向前

引言 "莫奖大成 朱言不虚"

上个世纪20年代初，青年胡适从美国哥伦比亚大学读博归来，学贯中西的学问底子和"海归"身份，再加上新文化运动的领袖地位，一时间雄姿英发，名动海内，"粉丝"无数，尤学界中人无不以胡适为荣，认识的不认识的，开口就是"我的朋友胡适之"。今日我也借此套得一个题目："我与同学管谟业"。

不过，我与莫言（本名管谟业）可是货真价实的同学，不光同学，我还是他最早的鼓吹者和诺奖的预言者。但当孙均桥编辑约我为第12期《军营文化天地》封面人物莫言写一篇文章时，却被我婉拒了。因为自2012年10月11日晚7：20开始，我被一个"莫言获诺奖了！你预言成功了！"的短信振奋以后，随即就被《新民晚报》《解放军报》《江南都市报》《江西日报》等多家媒体的电话和现场采访折腾至深夜。其实，谈的都是一个问题：莫言获奖了，元芳，你怎么看？是呀，作为老同学，你有何见解？我说呀，此事并无蹊跷，二十年前我早已料到！连日来，疲于应付，烦并兴奋着。——虽然二十年前我预言莫言必获诺奖，但他得奖后会出现如此的捎带反应，却大大出乎我的意料。好不容易清静下来，这又来了。能不烦吗？但思来想去，也还是因为这三重身份，最初各种媒体为了博眼球的第一时间采访特别是电话访谈，张冠李戴、移花接木、时空错乱、似是而非者多了去了，次日见报后，连我自己看了都啼笑皆非，这采访的是我吗？然后就更加以讹传讹，搞大发了。常言说，一言既出，驷马难追。今天《军营文化天地》抬举你，给你一个追一追的机会，何不"追追"？好，那就沉下心来认认真真地将一捋我和莫言的交往，从而把我所认识的莫言给大家一个真实、准确的版本。对了，11日当晚在接受访谈之间隙，我给莫言发去的祝贺短信是：莫奖大成，朱言不虚【亦可拼读为：诚（成）祝（朱）莫言大奖】！

一、莫言把我涮了

那是1984年秋天，解放军艺术学院首届文学系招生，从全军各军兵种、各大军区共招收了三十五个学员。我当时从福州军区的矮子里面拔将军，捡了一个"大漏"，稀里糊涂就考进来了。结果一报名，方知与当时的大偶像李存葆等一干当红作家成了同学甚至"同居"（宿舍），庆幸之余又不免自卑气短。开学第二日中午去食堂的路上与莫言偶遇，便不免相互打探。我问他姓甚名谁，来自什么单位，写过什么作品，他腼腆一笑，说他叫管谟业，也没写过啥，总参没人，让我顶替来了。当时一听，我心中不免略感安慰，觉得我虽然差，竟然还有比我更差的。遂

童年莫言（左）与堂姐

心生"同病相怜"之感,对他投以怜悯之目光。殊不料,第三天我就发现上当了。在第一次全系会议上,系主任徐怀中先生向大家简略介绍了开办文学系的背景、动机和设想之后,就谈到了生源之雄厚,——举例说明,其中尤为满意的一例竟是管谟业,笔名莫言!说他的报考作品短篇小说《民间音乐》为著名前辈孙犁先生赏识,认为有点"艺术至上的味道",其中的主人公"小瞎子"写得"空灵缥缈"。结论说,如果当年的全国短篇小说评奖遇到了它,我一定要投他一票!此语一出,全场皆惊,都不免用目光来追逐莫言,只有我惭愧地低下了头,心想,什么"同病相怜",那纯属美丽误会,其实他没"病",是我有"病"。这小子挖了个坑,把我装进去了!

从此,同学们都对管谟业刮目相看,但管谟业坚持沉默是金的信条,一般场合极少开口,真正开始像他的笔名一样,只写而"莫言"了。而一旦开言,就不得了。

开学不久,徐怀中主任主持一位著名同学的著名作品的讨论会,不期然莫言跳出来放了一炮,对其作品语言大加挞伐,不留情面,语词犀利得连徐主任都大感意外,不得不宣布中途休会。同学们说,莫言莫言,不言则已,一言惊人。也因此,莫言给自己施加以巨大的压力:你说如此公认的作品都如此不堪,那你写一个好的给我看看。莫言真把自己逼到了绝境。那时文学系的写作浪潮是一浪高过一浪,每个屋子四个人,一到晚上都点灯熬油地干。翌日早餐时就等于是作品发布会,说谁谁谁昨晚又写了一个短篇,谁谁谁又写完了一个中篇,然后又是《收获》《昆仑》哪里哪里要发头条!直听得我辈心惊肉跳。此间,莫言不动声色,每晚悄悄溜进阶梯教室里埋头笔耕。待到年终,终于"爆料":莫言写出一个中篇小说,徐主任如获至宝,亲自将题目《金色的

莫言(原名管谟业)的作业本

红萝卜》改为《透明的红萝卜》，并推荐给文坛泰斗、《中国作家》主编冯牧先生了！随后就是这棵小小的"红萝卜"轻轻地撼动了中国文坛！

青年莫言

二、我为莫言改了行

今天回过头来看，坦白地说，当时我们只觉得《透明的红萝卜》好，清新，灵异，空濛，缥缈，诗意，但要从理论上说个一二三也都晕菜。当时也就《中国作家》为此召开了座谈会，会后发了个纪要而已。待到1985年秋，我从老家度完暑假返校一看，出大事啦！因为我一下子读到了莫言集束手榴弹般抛出的短篇《秋千架》《枯河》《秋水》，中篇《球状闪电》《金发婴儿》等一批作品，彻底把我征服了。我当即作出两个判断：1.这是新中国成立以来写农村题材最好的小说；2.我遇到了在创作之路上永远不可能逾越的高峰！第一个判断我兴高采烈地到处宣讲，与同学们分享。结果却遭到不少质疑，甚至抵制。大意是，莫言写得有这么好吗？这么年纪轻轻地就超越了柳青、周立波、浩然？你朱向前算老几，凭什么敢如此放言？这下子，无疑等于我也给自己施了个压，逼上了绝境。怎么办？说不清、辩不明，那就写，写出个甲乙丙丁、子丑寅卯！而且，这又正好暗合了我心底里的第二个判断，既然认定碰到了不可逾越的高峰，咱不越了不行吗，咱改行。咱不搞创作了，咱改写评论，咱不攀越高峰，咱赞美高峰！一下子柳暗花明，豁然开朗。

1985年金秋的一天，我到隔壁莫言宿舍，对着正埋头写作的莫言一拍肩膀，他转头问我，干吗？我说，你能否将你目前发表的所有作品借我一套？莫言再问，你要干吗？我说，我要研究你！

今天，为作此文，我查阅了一下，我关于莫言的第一篇创作论《天马行空——莫言小说艺术评点》，一万五千余字，写于1985年10月10日至25日，刊发于1986年第2期《小说评论》。应该说，这是我主动迈出的文学评论的第一步，也是当时中国文坛上关于莫言小说最早的比较全面、系统的作品论之一。从此一发不可收拾，我深知近水楼台先得月，身在福中要惜福的道理。密切跟踪阅读、研究莫言新作，仅在1986年前后就陆续发出了《红高粱：穿越历史的悠长召唤——兼谈历史战争题材创作中的当代意识》（《解放军报》1986年7月23日）、《在传统堤岸与现代潮流之间构筑自己的世界——莫言小说"写意"散论》（《当代作家评论》1986年第4期）、《莫言莫可言》（1987年《昆仑》第1期）、《马、猫头鹰、牛犊——为"莫言游戏"作注》（《作家生活报》1987年1月25日）以及《莫言："五老峰"上种"高粱"》（1988年1月《长河》创刊号）等长长短短一批文章，共约五万字，基本上都成为刊发报刊最早的莫言评论。其间，影响较大的是为《人民日报》写的《深情于他那方小小的"邮票"——莫言小说漫谈》，载于1986年12月8日，通栏标题，占了大半个版。据说，当时《人民日报》为此文颇慎重，因为莫言的与众不同或者离经叛道，作为党报的《人民日报》一直未发文章表态，但此时电影《红高粱》已捧得柏林国际电影节的金熊大奖，莫言的影响也一下子溢出了文学界乃至国界，《人民日报》实在难以继续沉默了。为此拉了一张十几个评论家的名字来甄选，最终选中了我。所以，我得以在1986年短短的一年中摇身一变为青年批评家，确实是因为搭上了莫言的快车道。事后莫言回忆道："我大概可以惭愧地说，朱向前的文学批评是从批评莫言起步的。"（见《部长·教授·批评家》，载《中国文化报》2001年12月13日），此话真不假，我要感谢他。

三、"三剑客"的"风波"

正当我准备趁胜前进，在莫言研究上大展拳脚、再露几手的时候，莫言的突然变化、转向和加速都使我跟不上趟。具体来说，就是自《红高粱》之后，从1987年开始，莫言连续地抛出中篇小说《欢乐》《红蝗》《白棉花》《父亲在民夫连里》，长篇小说《食草家族》《十三步》《天堂蒜薹之歌》《酒国》等多部作品，大都让我读得大费周章或大失所望，从渐失阅读快感到难以卒读，直至两条平行线交叉而过，渐行渐远。也因此，我放弃了"话语权"。一是他的艰深、晦涩、诡异难以破解,我也无意破解;二是要么批评,要么无话可说,可是批评又何苦来呢? 所以,自1987年后的几年中,我对大红大紫、毁誉参半的莫言未置一词。直到1993年,当我做《新军旅作家"三剑客"——莫言、周涛、朱苏进平行比较论纲》时,才不得不下决心写下了一章近八千字的批评意见《莫言:"极地"上的颠覆与徘徊》。文章开宗明义地指出:"我再也不能保留我的看法了,我必须直率地说出我对近年莫言创作的批评意见:'成也萧何,败也萧何'——成在以极端化的风格独标叛帜,败在极端化的道路上过犹不及;因此,他在创作状态巅峰的极地上和艺术风格的极限上颠覆了自己,也迷失了自己,至今陷入一种失落美学目标的躁动与徘徊之中。"(见《朱向前文学理论批评选》人民文学出版社2003年版,第41页)该文企图对莫言的"超极端化写作"思路做出清理,并探究其根源与失误。判断主观、出语激烈是难免的,但坦诚相见、与人为善也是肯定的。该文最后一段还纠结地写道:"老实说,作为莫言的同学和最早的热烈鼓吹者,我在如实地描述完我对近年莫言创作嬗变的真切感受后,心境颇为复杂。但是无论如何,我的全部的批评并不意味着我对莫言产生了江郎才尽之感。我对莫言巨大才力的信服至今没有动摇。短短几年之内,他能先后成为批评界惊叹和诘难的焦点并以此构成新时期文学进程中的特殊景观,正是因为他的才气太大而不是相反。我不苟同他近年的创作路向也

中年莫言

仅仅是出于这样一种比较：比较他曾经达到的高度，比较他表现出来的天纵才情和人们对他的深厚期望。甚至我一边写着这些文字还一边禁不住地想，也许是我的判断失误，如果时间将作出这样的证明，我倒情愿如此。"（同上第50页）

《三剑客》以它宏大的篇幅和给"三剑客"阶段性总结性"定位"的野心以及诚恳和勇气，特别是对莫言的尖利批评，在1993年第9期《解放军文艺》一经发表，便引起了强烈反响。作为我和莫言共同的恩师徐怀中看后不无感慨地说："既深入剖析了作家的优势及创作个性，也尖锐指出了局限性。称颂作家的成就和艺术才华，唯恐遣词不够重量；触及其病症，又出语激烈，不留余地。所持论点是否有当，大可讨论。但如此坦诚相见，直言不讳，足以显示了一个批评家应有的品格。"（见徐怀中《两个车轮一起转——序<军旅文学史论>》，载《解放军报》1999年1月5日）资深的前辈批评家陈骏涛先生则读出忧虑来了："当我读到这些批评的时候，一方面觉得痛快淋漓，一方面却又不无担心：会不会因此造成莫言的反感，甚至莫言与向前的反目呢？"（见《在理论和创作之间——朱向前和他的〈黑与白〉》，载《当代作家评论》1994年第1期）陈先生过虑了。此间虽然我与莫言有一年多未见面，时或也有种种传言，其一说莫言发了一篇文章在哪里哪里，题目就叫《随他说去》，其中语多不屑与轻慢，还有好事者要找来送我看看，是否也回应一下，都被我一笑拒之。幸好流言止于智者。1994年冬天的一次全军长篇研讨会上，我记得我提前到，头天下午去报到。正

青年尉官莫言

好进了院子就见莫言独自一人在百米外散步，我一下车，他就看见了我，我们双方几乎是小跑着趋前握手，气氛略为夸张但并无芥蒂之感，只是没有触及"三剑客"这个话题。交谈中，他委婉地作了一点解释，就是说这几年作品在国内不被看好，但在美国、英国、法国、德国等西方大国翻译不少，颇受欢迎。我听出的话外之音是"求仁得仁"，他有他的预设目标，他也成功了。

　　多年以后，莫言在写我的文章《部长·教授·批评家》里面，首次提及该文："后来，他的那篇长达四万字的《新军旅作家"三剑客"》的大块文章发表，在批评界乃至文学界引起了很大的反响，因为这篇文章中涉及我，所以认真地阅读了。在军旅文学领域内，从作家的出身入手来研究作家的创作，以作家的出身为依据来比较作家的创作，是朱向前的一大发明。尽管文中诸多观点在我看来有点牵强，尽管把我和另外两个作家拉到一起进行比较有点勉强。但我还是被这篇皇皇大文的语言勇气所折服。这篇文章又一次让我想起朱向前的辩才无碍和他热衷的出语惊人的姿态。其实，文学界无所谓

莫言（中）与他的父母

对错，只要能自圆其说就是对的。我只能辨别出有无才气的批评文章，分辨不出、也不愿分辨正确与否的批评文章。毫无疑问，朱向前的这篇宏文是才气横溢的，是有胆识有灵魂，当然也是对我有启发有教益的，当然也是我赞赏的。"显然，莫言对我的观点多有保留，但他能包容、不排斥，这就足以显示了他的雅量高致和大家风范。

四、我看莫言创作的"三个阶段"

虽然我在"三剑客"中猛批莫言，但这恰恰是因为"爱之深，责之严"，我就是以一个天才大师的标准来看他的。文中动辄称他为"天马行空"、"天纵才情"、"天之骄子"（均见《三剑客》），这在我至今三十年的批评生涯中是绝无仅有的，并在当时的课堂上结合讲授"三剑客"时多次声称：中国今后如有作家获得诺贝尔文学奖，那第一个非莫言莫属。尤其是1994年诺奖颁给了日本作家大江健三郎，他在授奖词中坦言：如果让我推荐一个亚洲作家，那就是莫言。这就是大江的胸襟与慧眼所在，也是他的自知之明和知人之明所在。在我看来，莫言比大江就写得好多了（当然也包括其他不少诺奖得主，就更别提高行健了）。由此也更加坚定了我对莫言获诺奖的信心，觉得只是个时间问题了。

我再次赏心悦目、心潮澎湃甚至拍案惊奇地阅读莫言，已经到了世纪之交了。这时候我虽因俗务缠身，阅读量大为减少，但因为从第四届茅盾文学奖开始连续介入初评委、评委工作，几乎届届都遭遇莫言，从《檀香刑》到《四十一炮》到《生死疲劳》到《蛙》，我又成了莫言作品的坚定拥趸和忠实粉丝，以至2006年借莫言获亚洲福冈文化奖之机还组织研究生专题讨论了《生死疲劳》。在讨论会上，我首先讲了如下一段主持词：

亚洲福冈文化大奖旨在表彰"在保存与创造亚洲独特多样性文化方面"取得杰出成就的个人。授予莫言的理由是，莫言以独特的写实手法和丰富的想象力，描写了中国城市与农村的真实现状。颁奖词高度称赞莫言说，"他不仅是当代中国文学的旗手，也是亚洲和世界文学的旗手，他的作品引导亚洲文学走向未来"。恰巧，大江健三郎最近也在中国访问，在几个场合都表示，不久的将来，中国一定会有人获诺贝尔文学奖，而莫言就是非常有力的候选者。种种迹象表明我早在十年前对莫言终将获得诺贝尔文学奖的预言正在一步步接近现实。（见《横看成岭侧成峰——关于莫言<生死疲劳>的对话》，载《艺术广角》2007年第1期）

以至2011年第八届茅盾文学奖评委会上，在讨论《蛙》发生一点歧见时，我作为大组主持人不无意气地说道：如果这次再不评给莫言，万一他明年得了诺贝尔文学奖，我们这些评委情何以堪？！

通观莫言的创作，近三十年来，他在东方与西方、传统与现代、民族与世界的道路选择上，也走过了一条螺旋式的发展轨迹，粗略看来，大体可分为三个阶段。第一阶段，从20世纪80年代中期的《透明的红萝卜》《枯河》《白狗秋千架》《老枪》《大水》《金发婴儿》《球状闪电》一直到《红高粱》《爆炸》。可以说，莫言在瞬间找到了自己，凭着悟性、天分和激情迅速进入了爆发期。他的表达风格基本上是民族的，同时又受到马尔克斯的魔幻现实主义、福克纳的"邮票意识"和克洛德西蒙感觉开放等外来影响，始终在"审美图式"的边缘进行创新与突破，若即若离，掌握分寸并拿捏到位。作品内容是民间乡村故事，尤其是莫言自己的刻骨铭心的体验。《透明的红萝卜》出自天然，《红高粱》走向极致，从想象方式到语言方式初步形成莫言风格，以中国气派为中国农民写意造型。我对他这个阶段是高度肯定的，甚至前几天与老主任徐怀中先生通电话，他还不无怀念地坚持认为，莫言至今写得最好的作品，仍然是《透明的红萝卜》。那种质朴、纯净和诗意，一派天籁之音，不可复制。我亦深有同感。

莫言第二阶段的创作就是继《红高粱》之后到90年代后期大约十年间，莫言开始进入长篇并剑走偏锋，在追随西方化的道路上过犹不及。主要作品有中篇《欢乐》《红蝗》，长篇《食草家族》《十三步》《酒国》《天堂蒜薹之歌》等。特点是有点刻意追求形式的现代与西化，比如叙述方式和角度的求新逐异，又比如不分段落，不加标点的外在模仿，加之感觉的泛滥和语言的膨胀，以及想象的重复等等，造成了作品阅读中一定的紊乱感和晦涩感，作品开始疏离读者，也遭到了批评界包括我在内的严肃批评。但也许在莫言看来，这些作品虽然在国内没有市场、没有读者，甚至大学生也不看、批评家也不待见，但是在国外却颇受欢迎。言外之意是求仁得仁。如果作为一种策略，这倒也不失为明智之举。事实上，从视角到结构到修辞，这些偏西化的作品更得西方的青睐，帮莫言大规模进军西方起到了重要作用，对最后得诺奖也功不可没。但我也并不因为他今天获得了诺奖就收回当年的批评。

第三阶段，从世纪之交的《檀香刑》开始，莫言又回归了传统。那个很熟悉、很亲切的莫言又回来了，回到了本土、回到民族、回到了民间、回到了说唱艺术，就像莫言在《檀香刑》后记里所宣布："我要大踏步后退"。我不敢说这是我们的批评对他起了作用，但我敢说，这是莫言在新世纪寻找中国文学发展道路所做出的一种很宝贵的调整和修正，就是要走一条民族的道路、民间的道路、本土化的道路，在最传统的形式（比如章回体）中表达最当代的理念，讲述最中国化的故事和经验，包括《四十一炮》《生死疲劳》《蛙》等都属于第三个阶段。

尽管读者对莫言的作品褒贬不一，尤其在他获诺奖以后，对他作品的评价更是出现两极分化，但这正说明了莫言的丰富性。而且据我看来，作家其实无所谓对错，很难说正确的作家或错误的作家。我情愿说一个有没有深度的作家，或者说越是复杂的作家，越是有争议、有矛盾、有阐释性的作家，便越是有价值的作家。从去年《蛙》获中国文学最高奖茅盾文学奖到今年折桂诺奖，恰恰说明了莫言的广阔。

五、我猜莫言获奖的五个理由

第一，一个伟大的作家必须是恢宏的，长江大河式的，如巴尔扎克、托尔斯泰、肖洛霍夫等等。莫言的创作对20世纪中国农村的历史变迁、风土人情、人物命运等等作出了全景式的描摹，创作内容丰繁而全面，显示出宏大的史诗气象。首先是体量庞大，成果丰厚：11部长篇小说、100多部中短篇小说，若干部散文集、评论集、演讲集和话剧、影视剧本创作，作品总量多达800万字，文集可出到二十卷。而且在长、中、短篇小说，散文，话剧，电影各个门类中都有精品、经典，甚至是顶尖之作。比如中篇《透明的红萝卜》

《红高粱》《球状闪电》《爆炸》，长篇《檀香刑》《蛙》《生死疲劳》，短篇《枯河》《白狗秋千架》《奇遇》《倒立》等等，都是杰作。散文《忘不了吃》是我迄今见过的写饥饿写得最为传神的文章。他参与的电影《红高粱》《太阳有耳》，分获柏林国际电影节金熊奖和银熊奖；根据小说《白狗秋千架》改编的《暖》获东京国际电影节金麒麟奖。如此大体量、高品质，并且这么全面，恐怕自有中国新文学百年以来，罕有其匹。

　　第二，就是作家超常的人生记忆力和想象力。光有经验，易拘于死板；光有想象，易流于虚飘。具有经验与想象的完美结合，才是一个优秀小说家的先决条件，二者缺一不可。莫言的书写得深入扎实，力透纸背而又天马行空，神幻奇诡，融入了自己深刻的生命体验，显示了他超乎常人的人生记忆力和想象力。我阅读莫言的乡村小说，从早期的《透明的红萝卜》到中期的《丰乳肥臀》，直至晚近的《生死疲劳》等，无论是天、地、人、畜，还是乡风民俗，无论是节气更迭还是四季景观，无论是农事稼穑还是邻里纠纷，从一草一木到一花一叶，从大牲口到小青蛙，乃至一只夏日黄昏的蜻蜓停留

电影《红高粱》拍摄期间，由左至右为巩俐、莫言、姜文、张艺谋

在荷叶上眼睛转动时折射出夕阳的反光，都栩栩如生，国色天香，传神写意，纤毫毕现。浑厚多彩如油画，细致精微似工笔，直让人叹为观止。那简直就是中国北方农村生活的教科书，加高密东北乡的芥子园画谱。按说，有过莫言这样乡村出身和生活经历的人何止千万，成为作家的恐怕也不下四位数，但能从笔下呈现出如此斑斓多姿的中国北方农村原生态图景的却凤毛麟角。这当然关涉到一个作家才华禀赋的高下，而这才华禀赋的重要标志就是人生记忆力和想象力。

第三，就是塑造出大量的独特的人物形象，并在人物的塑造中探究人性的深度。纵观莫言作品，已经为我们拉出了一个长长的中国北方农村的人物画廊，其中喧腾着、活跃着数百个命运迥异、性格卓异的各色人物，像"黑孩"、"我爷爷"、"我奶奶"、"上官金童"、"母亲"、"蓝脸"、"姑姑"等等，都成了中国农村人物的经典。同时，莫言又始终是站在人的角度上来写人。他写出了20世纪中国北方农村农民的苦难、悲惨，更写出了他们在苦难悲惨下面蕴藏的勃勃生机和顽强坚韧的生命伟力，写出了一种中国民间的英雄主义和理想主义。同时，莫言又注重对人性探究的深度，几乎每一部小说都着力揭示了人性的光明与阴暗，始终在以一种清醒的姿态拷问着故乡土地上生存着的灵魂，且生动而完满地表达了对置身于大环境之中人的苦难与挣扎及对人性的拷问、关怀和悲悯。

第四是独步天下的语言风格和意象营造。以莫言超常的记忆力、想象力和奇异的感觉为基础的莫言语言，具有一种汪洋恣肆、披头散发、璀璨炫目的"焰火"效果。读他的作品，就像观赏一场场创意独特的语言焰火，具有强烈鲜明的个人标识。同时，他又能在不同风格的叙述中呈现出不同的面貌，即便朴实如二踢脚，它的沉郁顿挫、猛烈、宏大仍然不同凡响，让你一眼就看出这是莫言。与此相同的是，他的每一部作品的意象也大都具有原创性、突破性和不可复制性。从早期《透明的红萝卜》中的黑孩，以及金色的红萝卜，到汪洋血海般的"红高粱"，到《丰乳肥臀》的母亲与大地，到《檀香刑》，再到《生死疲劳》的"六道轮回"……可以说，莫言的多数小说所选取的意象都能够覆盖主题，而且这个意象是丰富和复杂的，且在作品中得到完整而丰满的表达。像这样一部一个样，始终不重复自己的作家，在当代中国文坛也属个案。

　　第五是善于借鉴，中西合璧。莫言是一个有着深厚文化根系的作家，但他又极善于学习和借鉴西方文学的手法：在文学领地的构建上吸收福克纳的"邮票说"，在高密东北乡建构自己的文学王国；而"魔幻现实主义"的手法则来自马尔克斯，又与中国神魔大师蒲松龄等相嫁接；同时，他还接受克洛德西蒙的影响，开放身体感官的写作，打通了五官的全方位感知，即融合了听觉、视觉、触觉、嗅觉、味觉的立体体验，超越了许多传统作家视觉和听觉的二维描写，如此等等。虽然新时期以来，国门洞开，学习借鉴甚至模仿成为当代中国文坛一大景观，但纵观下来，借鉴成功得法甚至超越者寥寥。要么一味模仿，最后丢了自己，如部分先锋派；要么一味固守，不免显出老旧，如少数乡土派。而莫言虽然主要是描写中国农村，但却又把土得

2012年12月8日，莫言在斯德哥尔摩发表演讲后接受献花

掉渣的农村题材处理得相当洋气，也就是说他现代的叙事方式和结构的奇妙独特，狂放的想象力以及个性鲜明的语言特质，等等，都容易被西方的翻译家、汉学家及广大读者所接受。这种风格在其他同样书写农村题材的作家当中是罕见的，也是独树一帜的。因此，莫言不仅超越了同时期的本土作家，还超越了同时代的许多外国优秀作家，甚至包括部分诺奖得主，这也正是我敢在20年前断言莫言必获诺奖的重要依据。

六、莫言获诺奖的三点意义或启示

1.莫言一小步，中国一大步。虽然诺奖也不完美，甚至有重大遗漏，比如：托尔斯泰、高尔基、左拉、瓦雷利、易卜生、契诃夫、卡夫卡、茨威格、乔伊斯、普鲁斯特、芥川龙之介、三岛由纪夫、劳伦斯、哈代、博尔赫斯、卡尔维诺、里尔克、纳博科夫、庞德，等等。这显示诺奖一定的局限性和政治或文化偏见。但总体来看，诺奖还是涵盖了20世纪很多世界级优秀作家。而且他们逐步接纳了拉美及东方，包括这次的莫言，也说明他们也在不断克服自己的歧见和局限，显示出更广阔的包容性。同时，诺奖毕竟是百年老字号，一个奖项的权威性和影响力，除了公正、精准外，还需要稳定性和连续性，所以诺奖还是具有相当的公信力和影响力的。这次诺奖颁给莫言，对他个人而言，也许是一小步，但对于当代中国文学乃至文化而言，却是一大步。也就是从一定意义上说，以莫言为标高的当代中国文学得到了世界文坛的认可，更多引起全世界对莫言、对当代中国文学乃至当代中国甚至中华文明的刮目相看或重新考量。事实也确是如此，莫言的成功，往远里说，有五千年中华文明的浸淫；往近里说，有一百年中国新文学的传承发展，还有若干被提名作家如林语堂、老舍、沈从文等前辈的托举。再加上30年来中国的整体崛起，谁也不能忽略中国的存在，真是天时地利人和，莫言想不得也不行啊！

2.对中国当代文学的自我提振和对中华民族传统（含民间文化）文化的重新认知。不可否认，随着读图乃至网络时代的到来，加上商品社会的效率原则，造成浅阅读的流行和文学的边缘化。文学界部分人士的自轻自贱再加上部分国外汉学家的歧见（如德国汉学家顾彬关于中国当代文学的"垃圾论"），一段时期以来，当代中国文学被弄得灰头土脸，不少好小说家也纷纷下海"触电"了。当此之际，抗击商潮、几十年坚持纯文学写作的莫言获奖，不仅让中国当代文学的作家们和理论批评家们为之一振，更让人们重新认识全球化背景下的中华文明软实力的力量和威力，以及重新寻找我们每个人自己的历史方位和目标设定。同时，吸引（哪怕是暂时的）国人关注莫言、莫言作品（目前全部脱销即是明证）乃至整个当代文学，甚至思考"文学是一切艺术之母"的命题的当下意义（如根据莫言小说《红高粱》《白狗秋千架》等小说改编的电影分获柏林国际电影节金熊奖、银熊奖，东京国际电影节金麒麟奖等等）。据手机报调查，有59%的人为莫言获奖感到自豪，这是一个客观、理性的，同时也是令人鼓舞的比例，它释放的是正能量。就像我在1996年撰文，提出"四不主义"，其二即是"中华文化不必妄自菲薄"，其三即是"世界文学不能缺少中国"。（见《文学生长点：世纪之交的寻找与定位》，载《文学评论》1997年第2期）今日回望，信然。

3.加大"走出去"文化战略的实施力度，进一步向世界展示中华文化的软实力。虽然近年来，中国的电影、绘画、摄影、音乐、舞蹈、戏剧等种种艺术门类频频走向世界并且摘金夺银，但文学因为跨语言沟通的翻译局限，情形颇为纠结。众所周知，中华文明之所以能维系五千年不堕，就与汉字、汉字思维关系极大。如"明"字，左日右月，加起来大放光明，这种象形文字的一字多义现象在拼音文字中是不可想象的。所以，一百多年前，美国语言学家范尼诺萨就撰文力挺汉字，认为因其象形的具象性，更能记录和反映人的思维过程，因而也最适合用于文学创作。但是又如张承志所言：美文不可译！更何况文言文、唐诗宋词、《红楼梦》！把《菩萨蛮》翻成野蛮的菩萨，这是哪跟哪，八竿子都打不着嘛。古典诗词一翻出去，除了基本意思还在，其言简意赅、精简传神、音韵、节奏、对仗、平仄等等妙处全完，真是"妙处难与君说"。所以，也有人说，莫言能得奖是因为葛浩文和陈安娜等人翻译得好，此说有一定道理。但现在好的双语翻译何其少啊。即便有（如2009年我随中国作家代表团访匈牙利，有一个匈籍华裔作家余泽民就翻了不少当代中国小说），却又苦于没处出版。所以，国家要在这一块加大投入，宏观调控和扶持。当然，真正要让全世界懂得中国文化的博大精深、精妙、精微，接受者必须达到汉语的高中水平，如大山、朱利安、郝歌，到那时候，中华文化必将化成天下。这个时间，我估计五十年。所以，三三归一，还回到莫言的诺奖，我的结论是——

结语：是莫言的荣幸，更是诺奖的荣幸

近三十年前，我说莫言"天马行空"；近二十年前，我说莫言终将获得诺奖；今天我要说，莫言不是一个精致的作家，但是是一个丰富的作家；莫言不是一个理性的作家，但是是一个深邃的作家；莫言不是一个完美的作家（"不完美"不仅仅指他某个阶段的偏执与极端，也包括他的特长即特短，如感觉泛滥，语言缺乏节制等等），但是是一个伟大的作家。而且由于翻译的局限（美文翻译的损耗和翻译量甚少，如莫著译者陈安娜撰文称，瑞典只翻了《红高粱家族》《天堂蒜薹之歌》《生死疲劳》三本书，除诺奖评委外，一般读者完全不了解莫言；而除日文外，其他语种所翻译的莫言作品恐怕加起来还不到其总量的二分之一），所以当今世界文坛对莫言的认识还远远不够。因为，还很少有哪一个作家能像莫言这样，一颗天才的种子在最苦难也是最丰饶的土地上生根发芽，饱受着五千年东方古老文明的浸淫（莫言以他中国农民之子或代言人的身份，明显区别于欧美很多学院派和教授型作家，因此也更具广度和深度），又经受着20世纪末欧风美雨的洗礼，终于长成一棵花繁叶茂、硕果累累的参天大树。这是一个不可复制的奇迹。因此，我相信，随着时间的推移，随着莫著翻译质量的提升，再过十年、二十年、三十年，莫言的意义和价值将会逐步彰显出来。那时候，也许人们才会发现，2012年的诺贝尔文学奖颁给莫言，是莫言的荣幸，更是诺贝尔文学奖的荣幸。因为时间终将证明，莫言不仅是21世纪初全世界最好的作家，他还必将成为诺贝尔文学历史上最重要的伟大作家之一！

指　模

冯六一

水会流走
还有我的泪滴
有些夜晚
总被苦难咬住
　　　　——题记

一

唐爹说，日本人非常迷信。自"九·一八事变"后，他们就认为9与8这样的数字能给他们带来好运，所以池田也选择了农历9月9日。

是夜，月色微明，好像谁人怀揣着遮掩的目的。

岳阳楼下城西门边的木板岗哨亭，黑暗中时不时晃过黄色的身影和刺刀的白光。洞庭湖水在几盏黯淡的渔火里，不倦地舔舐着岸石，恍惚要在时空中舔出一个窟窿来，才会归于平静。岳阳城里大街小巷哨音急促，身影重重，到处是马蹄和脚步的踢踏声。东面城墙外枫桥湖边，黑漆漆的樟树林里，一只栖息在深处的老鸹，被响声惊动，发出几声凄厉的鸣叫，纠结着不安和诡谲。

吴民安赶紧扎好绑腿——这次是临时集结，很多人不知道晚上去清乡，他们会到热闹地方溜达，或者到百香园去看巴陵戏了——扣上大檐帽，顺手提起墙边的歪把子机枪，扛在左肩上，带着一班人马，刚穿过昏暗的麻石板小巷，看到一中队长顾正洪，已经站在茶巷子口边那棵高大的苦楝树下催促，快快快，跟上！听着温软的江浙声调，砸出了几粒硬硬的小石子，溅落在树叶漏下的斑驳暗光里。

1942年岳阳城很小，小得像一艘搁浅岸滩的铲子船，遭遇了狂风恶浪，已经破烂不堪。从城内桃花井、洗马池、鱼巷子、竹荫街、羊叉街各条街巷里涌出的人影和三八大盖上的刀丛，陆陆续续地很快在县府操场上列出一行行队伍，黑压压一片，暗自激荡一股股漩流。

围着操场，几盏洋油灯的光团，绽开几朵吱吱作响的白菊，冒出黑烟，上蹿下跳，比夜色更浓。那些莫名兴奋的面孔，一边脸色火光下显出活跃的油脂，一边脸色黑暗里近似虚无。池田在几个日军军官的陪同下从远处青砖瓦屋里走出来，站在集结的队伍前，影子被灯火拉出一根长长的光秃木棍，斜在地上。池田眼睛在灯火跳跃的瞬息，像凝滞的猫眼，发出几丝幽幽绿光。他阴森地扫过鸦雀无声的队伍，语句简短地训示一番。翻译官想使自己声音高亢一些，附和池田话语的腔调，终因底气不足，低了几度。池田从上衣口袋掏出白铜壳挂表，斜睨一眼，又轻轻塞回，然后左手扶在垂下红色穗子的刀柄上，腰板一挺，右手奋力朝虚空一挥：出发！

当时的岳阳城街景

　　黑色背景上，池田那白色手套很刺眼，像孤悬的断掌。

　　得到指令，日军宪兵队长福田、情报指挥官仲山、保安团团长李瑞臻、保安团第二大队长章世杰，分别率领所属日本宪兵、伪保安团、伪警察所、伪青年团宣传队，在流淌灰色汁液的夜月里出发，从上观音阁街出东城门，横过粤汉铁路道口，走五里牌，过白石岭后，一路汇合驻扎别处的人马，形成一支一千二百多人的队伍，兵分四路气势汹汹朝洪山方向扑来。

二

　　时令初夏，气温却骤然升至三十几度。黑色丰田锐志，车内空调吹出一丝丝冷风，使身上充满凉意，感觉车窗外透进来的阳光，柔和了许多。唐爹从一个老式黑提袋里慢慢拿出一摞复印资料，我生怕散落，小心翼翼接了过来。

　　这是一些五十余年前的审讯笔录和法院判决书，原件存在县法院档案

1940年代的新墙河（图片由邓建龙提供）

室。卷面是古黄的牛皮纸，有些灰暗，字迹应该是那种在砚台里研磨的墨汁写出来的，汁液渗得很酽实，历经五十余年漫漶风尘，这些端庄字体，还凸出了一种厚厚的青黑。卷内夹着的审讯笔录是红色直条格材料纸，已经干而脆。当年审讯人员可能用的那种蓝墨水粉泡制的墨水，边蘸水边记录，很多字迹耐不住南方潮湿岁月的侵蚀，模糊不清了。

复印件是黑白两色，除了油墨留下的痕迹，就是纸张的白。复印过来的材料，有的页面字迹完整，有的部分清晰；而大部分字上半部残留些许模糊墨迹，下半部连影子都没有，根本无法辨识，简直等同于一张废纸——一张历史遗存的废纸。

我草草浏览了一下复印件，每件案卷的卷面内容完整无缺，按格式填写，姓名某某某，什么地方人，罪名汉奸，判处死刑或者多少年徒刑，县人民法院；而内存的审讯笔录或各种材料，由于复印墨痕的残缺，几乎没有一个人的还可以完完整整辨识清楚。

我记住了吴民安那份错字连连笔迹歪斜的自供词。他是岳阳麻塘人，一个兵痞，保安团班长兼机枪手。我粗略计算，他自己供述残杀了三百六十多个无辜平民。还有一件魏新民的案卷，夹着一份自白书，特别醒目。从右至左的老式书写，竖行，一手功底深厚的行书，叙述自己职员出身的简历，以及所犯罪行的经过。

这些案卷原来在很多单位之间辗转，收藏的地方不会是阳光朗朗，也许有些黯淡阴湿，还有樟脑丸的味道，甚至霉味，泛黄的纸页很少有人去触动。直到后来档案管理规范了，才将它们移交给县法院。那些纸页上所记叙的旧事，断断续续，零零碎碎，已经无法完整地还原一个人的内心世界，以及每一个细节和场景。

但是，我发现每一个人的案卷，在审判书和审讯笔录末页的下端，罪犯自己签下的名字上，都留下了一个特别清晰的手模。顺势或按习惯，应该是大拇指的。指模印记偶尔有竖直，大多往右倾斜，还可以看出五十余年前那些手指摁下时的力度。一个装红印泥的盒子，审讯人员轻轻扣开盖子后，放在木板裂出细小条纹的桌子上。那些被审讯的人，从椅子上起身，慢慢走来，拇指头微微翘起，黏上一些红印泥，然后移至审讯笔录和审判书上。拇指螺旋中心部位最先触到纸张，摁压下去之后，指模成了一个平面，纸上印下细密繁复的纹路，像一幅神秘莫测的微型八卦图。这些独异的回环线纹，真隐匿着性格和命运吗？

我能感到五十余年前那个时刻，审讯人员犀利的目光，以及罪犯阴森的眼神，在不大的审讯室里碰撞。我看到过几张汉奸的照片，他们躲躲闪闪的眼睛里透出的就是这种冷冷的阴沉和凶残，夹杂着内心深处的狡诈、不甘、无奈、猥琐、惊恐。

唐爹收集的资料显示，日本人在入侵中国之前，派出了许多间谍，利用熟悉地理的中国人，已经秘密绘制了军事地图，新墙河流域许多地方的山岭、港汊，道路、建筑都标记在上面。一个弹丸小国，隐藏如此之大的谋略，他们绝对不是一只扑火的飞蛾。从参与制造"洪山血案"的日本宪兵、伪保安团、伪警察所、伪青年团宣传队几股武装的名称可以看出，当年日本人在战时的统治系统设置得多么严密而实用，且大多是利用中国人制衡中国人。

车似一条黑鱼在岳荣公路上轻巧穿梭，路边青绿树木像一个个站立的无名氏，忽闪过去。透过树木间隙，远处蜿蜒而来的新墙河，像镶嵌在老电影一格一格的胶片中一样。唐爹身材瘦小干瘪，浓缩着年岁；满头银发，恍若独自承受一个冬天。他从市政协文史委退休后，还经常收集整理一些文史资料，这次到县法院，是专门查找收集判决"洪山血案"汉奸的案卷。

车子驶上了八仙桥，这里叫破岚口，是新墙河汇入洞庭大湖的地方。今年雨水稀少，滩头长满绿草，一直蔓延到了大湖的堤岸。此时，我发现唐爹望着波光粼粼的新墙河，头微微往车窗边靠过去了，眼睛里闪过一丝不易察觉的异样。他太熟悉这条河流的历史了，在这荒寂里，他能看

国军高级将领薛岳

到许多人看不到的情境和灵魂，他能听到一些别人听不到的声音。这也许是过多接触历史的人，普遍具有的一种亦真亦幻状态。

三

1938年至1944年，沿湘北新墙河流域一线，纵深几百公里，中国第9战区司令一级陆军上将薛岳统帅24万中国军队据守南岸，日本11军司令陆军大将冈村宁次指挥十多万日军在北岸，展开了惨烈的厮杀。

在一百多公里长的战线上，活跃着一支以胡春台和胡坤为首的地方武装。胡春台是新墙河边康王人氏，这里地富人强，民风剽悍。强悍到什么样子呢？现时流传的一个段子，可管窥一斑。一个本县出去的省公安厅副厅长，回乡探望父母，车子途经此地，不小心轧死一只老母鸡。鸡生蛋，蛋孵鸡，生生不息，纠缠不清，副厅长硬是陪500元钱才了事。父母早亡，胡春台由哥嫂抚养成人。他个子黑瘦、矮小，筋暴暴的，猴精样——这是见过他的老人描述的模样。我很想找到他的影像，哪怕破旧模糊，也可探究弥漫历史烟云的表情，但未能如愿。

争强好胜的胡春台，自幼跟长兄习武，练就了一身好功夫。传闻他攀上树林，可以灵巧踩着叶片，一缕轻风飘忽而去；夜晚在屋脊青瓦上行走，没有丁点儿声息。一次，两只牯牛红着眼在水田里斗得泥水四溅，众人怎么也拉扯不开。胡春台正好路过，牛是农家的宝贝，主人怕伤牛，赶紧喊他帮忙。胡春台挽起裤脚下田，来到两只牛的中间，他把手掌往牛角上一扣，脚桩扎地，双目圆睁，青筋凸起的手臂慢慢伸展，牯牛生生地被他往两边推开了。

哥嫂为了让他知书达理，通些文墨，又送他读了四年私塾。后来他自己开办过袜厂，经营过米行。日军侵入中国后，胡春台放弃了营生，满怀男儿一腔热血，加入国民政府军198师，作战机智勇猛，后升任连长。武汉会战时，在湖北田家镇与日军鏖战三天三夜，部队溃散，胡春台率领十几个同乡，携带枪支弹药退避家乡。这支地方武装的另一部分人马是一支游击队，一度失去领导后，各自归隐，散落民间，正好被胡春台和胡坤收容。

　　比胡春台小十来岁的胡坤，孔武有力，石塔一般，是与康王相邻的昆山人，也是与胡春台同祠堂的宗族。胡坤5岁时母亲病逝，十几岁就外出闯荡。他父亲是县衙小职员，帮他在警察局谋了个差事混日子，经常和官府和江湖上的人物交往，是打得开场面的硬角色。胡坤与胡春台有着类似的生活经历，两人都机敏过人，颇具血性，志趣相投。

　　这支地方武装，熟悉地理，知道哪里是山坳，哪里是水流，十里八乡不是亲戚就是乡邻，像洞庭大湖中的鱼儿，处处是路，来去自如。他们经常伏击日军，炸毁军火，挖断铁路，夺取军需，侵扰得驻扎岳阳的日军不敢以小股部队出城了。对卖国求荣的汉奸他们也是恨之入骨，一旦发现地方谁人主动为日军效力，捉拿后一律严惩。

　　日军想出毒招，通过熟悉胡春台的汉奸，把他哥嫂一索子绑到城里，然后传话给他，只要投靠日军，既往不咎，还许以官职，赏以黄金。

　　但胡春台铁了心要打日本鬼子，没有答应。“兄可为国家正义死，弟不能因骨肉私情降。”这大义凛然荡气回肠的语句，是胡春台写给被日军羁押的兄长的家书，任何时候读来，都铁骨铮铮，焕发异彩。长兄为父，长嫂为母，几十年之后，我们仍然可以从字里行间触摸到胡春台抉择时内心的伤痛和异于常人的清醒与坚毅。

　　见如此决断之字，长兄一声仰天浩叹：吾弟明智！

　　日军没有达到劝降的目的，一个星期后，将胡春台哥嫂在岳阳楼下西城门口枪杀，抛入了洞庭湖。

　　胡春台的人马旺盛时期达到一千多，他们要吃要穿，要在地方活动，除了夺取日军的武器和军需，免不了惊扰富家和乡邻，有时借粮草，有时霸蛮要银两，由此也结怨颇多。生存环境如此险恶，胡春台和胡坤十分警觉，从来不与队伍一起夜宿，两人也是单独歇息。他们各自带着一个贴身卫士，睡在特制的一根宽扁担上，一是怕遭暗算；二是一旦遇到紧急状况，一个鹞子翻身，箭矢一般射将出去……

　　靠在后座的唐爹摘掉白边眼镜，在车轻微的震颤中揉了揉鼻梁上压出的印痕，慢条斯理道：据整理的资料，胡春台、胡坤他们在湘北会战的几年时间里，打死了六百多日伪军呢！

1950年4月处于新旧政权交替之际，胡春台和胡坤因农村实行土地改革没收了自家的田地，残杀了10名共产党干部，9月在岳阳县被判处死刑。

他们的名字和散落民间已经隐入时间深处的轶事，湘北人还在用一种方言流传。甚至为了一些不可考的枝枝叶叶，在茶余饭后争吵得脸红起来，但话语中掺夹太多复杂的言说不清的慨叹。

我有一个舅爷，为了讨生活，出去闯荡，先是投奔了共产党的队伍，大革命失败后，又加入了国民党的军队，祖母说他是团级官衔。因为不愿意离开故土，1949年没有去台湾，回乡后被新政权处决了，就打在村子前的稻田里。

当年那些穿着粗糙布衫，挽着蓝条格头巾，行走在丘陵田地，尘土飞溅土路上的乡村人，他们到底是信奉什么，还是一种盲从，抑或仅仅是为了生存？如果有一双天眼，或者一种更加接近精准的人生评判，上苍会惋惜，还是会厌恶，或者发笑？查拉斯图拉有一句话：人类是一个尝试。这股乱世潮水裹挟着人的命运往前奔涌，去尝试一个个未解的谜团，泛出浪花或泡沫。

胡春台他们原来活动过的地方，有些我很熟悉。炸毁日军军火库的簧口，离父亲老家黎冯湾只有几里地远，那里是古糜子国的遗址，地下曾出土过青铜礼器和陶器。还有伏击日军的乌江桥，我去过，是一座麻石板垒砌的古桥，桥头竖立几尊雕刻精细的石狮子；桥下清澈的河水弯过几道弯，就流入了新墙河。

1942年农历八月间，胡春台和胡坤的部下周玉川，奉命带人在三眼桥袭击了日军一队运输车辆，打死10个日本兵和1个联队长。三眼桥是明朝户部尚书方钝告老桑梓后修筑的，一条古驿道，横跨洞庭湖一条小支流——北港河之上，也是岳阳通往长沙唯一的大道。三个桥孔被阳光照射的弧线，在水面上切割出明暗的分界。桥面凿刻粗略纹路的青石板上，隐约可以闻见久远的独轮车吱吱呀呀的声响，马蹄嘚嘚疾驰而过的身影。方尚书就葬在桥北对面螺丝山上，墓地边有石人石马。

驻扎蒲圻的日军师团长神田中将知道这次袭击事件后十分恼怒，立即指令交际股长魏新民、情报组长李永寿带领一批密缉队员，来到三眼桥一带进行侦察。

秋天的湘北大地，空朗、沉静、芬芳。如果70多年前在螺丝山上的树林里远距离观望，可以看到魏新民穿着一件藏青色竖领装，戴黑色礼帽，身板挺直，貌似儒雅。而李永寿目露凶光，白布对襟衣衫敞开，露出腰间别着的毛瑟驳壳枪，两人一黑一白的服饰特别醒目。另外一些密缉队员，没有姓名，在史料中晃动一副副空白面孔。一群人聚在三眼桥上比比划划，指指点点，有人划着小船在北港河里打捞着什么。

折腾了一天，魏新民和李永寿他们躲避实地跟踪侦探的风险，只在日军遇袭的地方大体了解了一些情况，连夜从粤汉铁路乘车赶回蒲圻。为了邀功请赏，魏新民和李永寿故意夸大胡春台武装的武器和人数，并诬控胡春台和胡坤的老家洪山、昆山、三旗港等地为"游匪老巢"。

情报是战争系统中重要的一环。由于经常遭受胡春台武装来无影去无踪的突袭，日军心里早就窝了一肚子火，而魏新民和李永寿可能自己也没有想到，这些虚构的一线情报数字，埋下了引爆震惊世界的"洪山血案"的导火索。

神田接报后，命令驻扎岳阳的日军旅团司令池田少将所部和临近的临

指挥新墙河线第二师师长赵公武

湘、城陵矶、新开塘、龙湾一带的日伪军，对密缉队所呈报的地方进行一次清乡大扫荡，一定要拔除胡春台武装这棵使其心头疼痛不已的肉刺。

为了防备新墙河南岸的中国军队赶来增援，日军一方面保持行动的机密，另一方面命令驻扎城郊的炮兵第6联队，将炮口对准昆山一线，同时准备必要时请求空军支援。

四

其实汉奸里有一些是国民政府军在湘北会战期间跑过去的。唐爹说他们熟悉双方情况，又是军人，做起事来更凶残。

章世杰身体结实得像樟树干，马脸上刀刃一样扁平的眼睛，透出一股飕飕寒气。我在资料上见过他的照片，穿着一件短竖领黑棉袄，可能是棉袄稍小，第一粒布扣没有扣上，露了脖颈，下巴上胡茬伸出一根根针刺，仿佛要扎破边缘的虚空，从囚禁他的照片中挣脱出来。这可能是1956年他36岁被枪毙前审讯时留下的。他在家乡湖北天门时，吞符念咒，诵经拜神，练功习武，是会道门徒，"红兴正义会寨主"。时局纷攘，章世杰投入国民政府军，在学员队受训了大半年，湘北战役开始，他在国民政府第4军90师当便衣队长，负责岳阳和临湘两县的前线情报事务。

章世杰独自带领便衣队驻扎在树木繁茂、幽静僻远的黄莲寺，主要活动在昆山罗坳、三家店、廖家桥、方家铺子、梅溪、北港等地。便衣队都是些艺高胆大的人，平时乔装打扮成耕种村民挑担商贩悬壶郎中，走乡串村，耳闻眼观，心神默记，侦探日伪军的布防和行踪。有时深入敌军营地，捕捉俘虏，带回来讯问情报。

这些对峙胶着的中间地带，是国军便衣队和地方武装与日伪军密缉队相互争夺相互渗透的地盘。有的乡民两边得罪不起，暗中今天为便衣队游击队递送日军的动向，明日为密缉队刺探国军的行踪，经常出现你中有我、我中有你的状况。

1940年早春，风里渗着清寒，削刮人。桃花树的红晕，染上了屋场的脸颊。弹坑累累的新墙河，流淌的春水清清亮亮，哗哗啦啦。岸边一丛丛残存的柳树，主干抽出的枝条缀上了扁长绿刀片，在水面划出细密波纹。大片荒田里的燕子花，远远望过去，像天际飘落了谁家女人的花衣裳。被炮火掀翻泥土的丘岭，枯焦的树枝、山竹、杜鹃、丝茅草、蒿草冒出新绿，显得悲壮而倔强。

　　湘北第一次战役后，日伪军退回新墙河北岸，经过一段时间休整，补给装备，活动逐渐频繁起来。章世杰奉命带着顾正洪和几个便衣队员来到了梅溪，打探敌军动向。面色白皙的顾正洪，看着像个教书匠，如若与他对视，没有犹疑的眼神，凸显出了内心的凶险和强硬。他是江苏阜宁人，章世杰的铁杆心腹。年少时父亲带他到上海学木匠，后因为战乱，他到处流浪，沿途靠帮人家做些木器过活。在安徽遇到国民政府军，先是替长官挑运行李，后被正式编为90师师部炊事员。顾正洪做事利落，脑子转得快，和章世杰一道经过半年训练，90师调防湘北新墙河时，被提升为便衣队情报员。

　　转过几道山坳，翻越几座山岭，他们身上渗出了微微热汗，路过农民易舜华家，歇脚讨口茶水。章世杰一脚迈进堂屋，眼睛一亮，一个丰腴颇具姿色的农妇正在天井边洗洗刷刷。他盯着农妇扭动的腰肢，慢慢走过去，搭讪几句，得知农妇叫张连云。

　　第二天，章世杰派顾正洪又来到梅溪，以通敌罪名威胁易舜华，然后强行把张连云带回了黄莲寺，与他以夫妻名义同居。章世杰在1956年的反省材料里自述："在这里搞了两个皮绊，一个叫张连云，一个是庙坡里的我忘了名字。"

　　抗战时期国军军费极度匮乏，章世杰的便衣队独自在外行动，全队本来不多的军饷他自己留着，常常欺压勒索乡民，要米要柴，要油要盐，稍有不从，便作汉奸缉办。张鸡桥的乡绅沈立人说了公道话，章世杰当晚带人闪进沈家，几声爆豆般的声响，沈立人倒在血泊之中了。

　　一天中午，太阳的白光撒下一片炙热灰烬，地面都有些烫脚。5个贩运布匹赶路的平江人，额头上汗珠子粘满风尘，刚在风车口的大枫树下歇息，用土布毛巾揩着脸面，便衣队出现了。章世杰凶狠地打量着惊慌的贩子们，眼珠子在眼眶里骨碌一下，诬陷他们贩卖仇货，不但将布匹没收，还命令手下把人带到后山上，枪毙后就地掩埋了。

便衣队经常擅自外出打掳，一次在王公坡，村民王宝清见几个人手里提着枪，沿着田塍朝自己家奔来，吓得往对门山上跑，章世杰扬起手枪，眼睛一乜，把王宝清撂倒在墈边一堆刺蓬里。战争年月里，生命如此卑贱，恍若那不是从娘肚子里十月怀胎而来的血肉之躯，而是路边山野一丛草芥，轻易可以刈割。

便衣队在章世杰的带领下为非作歹，当地民众纷纷向县长黎自格控诉。县府在岳阳失守前，已经临时搬迁到新墙河南岸的杨林街，自身政务一团乱麻，更何况是军队的人事。黎自格无可奈何，只得向章世杰的长官报告。师长陆荣机闻听，怒不可遏，在黎自格报呈的材料上浓墨一挥：严厉查办！

章世杰是做情报的，有人很快泄露了这个消息。他知道在这国家存亡的危难之时，自己作恶多端，罪孽深重，长官不会饶恕，马上带领心腹顾正洪等8人，潜入岳阳城，投靠了日军情报官仲山。

由于事发突然，友邻部队和章世杰有联络的便衣队员不知道。章世杰、顾正洪带着日军仲山的情报部队，连夜出城，翻丘越岭，袭击多处便衣队驻地。章世杰和顾正洪把被俘的便衣队员一个个拉到屋墙边，耐着性子劝其投靠日军密缉队，以壮大自己的势力。几个软弱怕死的很快答应了，但大多数便衣队员怒骂章世杰叛国投敌，横目相向，宁死不从。仲山面对那些激愤不已的便衣队员，牙根一咬，狠狠吐出一颗钢镚子：杀！连暗中帮助过便衣队的乡民也不放过——杀人、烧房。

为取得日

日军神田中将在前线督战

军信任，章世杰把张连云作为眷属带到了岳阳城，在临近洞庭湖边的茶巷子安下家。章世杰熟悉国军便衣队的活动地点和习惯，经常和顾正洪领着仲山的情报部队到白石岭、徐家凉亭、罗坳、三旗港、张鸡桥、龙家桥等处，围捕国军便衣队和胡春台的地方武装。每到一地，他们带头烧杀抢掠，奸淫妇女，以示效忠日军。

一次清乡扫荡，把二十几个与国军或地方游击队人员沾亲带故的村民押在一块稻田里。章世杰在仲山面前，掏出王八盒子顶住两个村民头部，二话不说，扣动了扳机。黏稠血浆，飘出来的瞬间像撕裂的红绸缎。他们是一群嗜血动物，嗅到浓烈腥味，感到特别亢奋。仲山抽出东洋刀，一声大吼，机枪一阵扫射，哒哒哒，急敲鼓点般的声响里，站着的人好像成排稻谷，被收割后堆积在田里。章世杰上前查看，发现还有人动弹，从士兵手里拿过步枪，用刺刀乱捅。仲山看溅满血渍的章世杰，像一头才撕咬过猎物的山豹，赞许地竖起了大拇指：哟西！

章世杰被身边一个日军三八大盖刺刀上挑起的太阳旗笼罩。仲山心里明白，这是战争机器上的一个部件，也是自己手上的一样活工具，他的血脉和精神已经异化，无法回头了。

章世杰住在茶巷子，离竹荫街邮局不远，他时常在巷口那棵枝叶浓密的苦楝树下，看见一个年轻貌美女子飘然而过。经打听，是邮局刘震寰之女刘国风。他托人到刘家送上厚礼说媒，同时威逼利诱。刘家在城里是望族，也无奈莫测乱世，只得应允。由于深得宠爱，章世杰结婚时，仲山给予汽车、黄金、手枪作为贺礼，轰动岳阳全城。

顾正洪跟随章世杰投靠日军后，先分配在伪岳阳县公所菜务股，专在洞庭湖边的鱼巷子收菜市场税费。章世杰当上保安团二大队长，马上提拔他为一中队长。

为了笼络保安团，池田给保安团的军官从武汉弄来一批精良的东洋刀。看着才出鞘雪晃晃的新刀，顾正洪喜形于色，用手轻轻抚过锋面。

大队长，都说东洋刀硬度和韧性兼备，可劈可刺，我们试一试如何？

好啊！

章世杰和顾正洪喊上保安团的祝清海、董玉桂、任勇、鲁仕云，在牢房里牵出6个五花大绑的东乡农民，带到大队部花园外面。跪下的农民还不知道怎么回事，白光一闪之后血光一闪，头颅已经飞出一米开外，身子却跪立着。

好刀！他们几个赞叹之际换下了溅满血渍的衣服，丢给勤务兵。顾正洪又叫士兵何湘冲把人的肝脏挖出来，交给了老婆王长生。

顾正洪说，吃什么补什么，中午就在家里喝酒。顾正洪特意叮嘱老婆和孩子：胆子大点，吃什么补什么，多吃些，身子好。

保安团是地头蛇，他们利用日军不熟悉乡情，贩卖鸦片，私自设立关卡，摊派榨取各种苛捐杂税，大肆搜刮民财。顾正洪在东洞庭湖二洲子驻防时，遇到熟悉的棉花商贩夏昌林。他鼓动夏昌林到江北棉花产区做棉花生意，贩卖到未沦陷的地区去，拍着胸脯担保，路上岗哨自己负责，只从每担棉花中抽些份子钱。

夏昌林望着顾正洪一脸诚挚，信了他。筹集一笔资金，忙碌半月，夏昌林在监利收购了120担皮花，雇上一艘风帆船，准备走水路贩运新墙。趁着黑夜，夏昌林叫船老板起锚。风儿在湖谷吹出一条长线，鼓荡在百衲衣般的风帆上，船老板和伙计摇着大橹，船很快驶过七里山岗哨。夏昌林正喜天助人也，芦絮湾湖面上扫来一束长喇叭筒样的刺眼白光。顾正洪事先派吴民安带着十多人在此等候，上船搜查，一船棉花全部扣留。

第二天大清早，章世杰从北门渡口坐船过来，把瑟瑟发抖的夏昌林和船老板拉到芦苇荡中，拔出东洋刀，架在他们脖颈上：你们把棉花送给中央军，私通便衣队。

顾正洪赶紧笑迎上前，在一旁假惺惺替夏昌林说情：夏老板是老朋友了，也只是想挣几两银子而已，大队长海涵啊！

章世杰眨巴一条缝隙眼，望望顾正洪，把刀慢慢收入刀鞘：看顾队长脸面，免你们一死。但棉花全部充公，另外给保安团做80套衣服，买一条牛给兄弟们打牙祭。

五

　　从岳阳城到洪山，只有将近20公里路程，坐车几十分钟就到了。1942年没有公路，阻隔着丘岭、田地、树林、荷塘、河流。一千二百多人的队伍，虽然其中有不少熟悉地形的本乡人，但还是像一条条尘土中左右摇晃的土皮蛇，在若明若暗的月光下蹿行了一夜。

　　农历9月，湘北的天气渐渐起了凉意。10日拂晓，山岭上缠绕轻薄白雾，被屋场里的雄鸡抖动血红冠子，一声声划破，滴下湿气，留下了无形伤口。黄山雀仔在树杈竹枝上蹦蹦跳跳，微微震动局部的画面，摇晃光与影的痕迹。被镰刀切割后，田地里禾茬的褐色，涂抹枯朽笔墨；随意堆撒的稻草，沤出了腐烂气息。屋场前满池塘秋荷，耷拉的叶片从边缘开始凋败，灰色烂泥上镶嵌浅水的镜子。水牛一副古老模样，在田塍上嚼着慢时光和湿润的草儿，时不时抬起头，漫无目的张望一下，随之吐出低沉而浑厚、泛着白沫的哞哞声。不知屋场的哪个地方，早起的人，从青砖瓦屋走出，木板门在石臼里吱呀，透出乡村谣曲简明的音韵。村民大多还躺在木床上，接近梦的尾声了。

　　这样宁静的拂晓，我在祖母的黎冯湾经历过，那里离洪山不过二十来里路程，除了时空的转换，景物、声响、地气、人脉几乎复制一般。

　　这次日伪军行动诡秘，又有熟悉地形的汉奸带路，很快封堵了罗坳、昆山、杨氏祠、土马坳、大屋陈

「洪山血案」幸存者在现场讲述当年惨绝人寰的一幕

家、大屋苏家、湖港畈、胡家坡、丁家畈、擂鼓墩、向家坡、廖家桥、方庙屋、荷叶墩、三家店、白竹桥等进出屋场的路口，许多民众来不及逃避。

那些伪青年团宣传队员，应该还是些青皮后生，挨家挨户敲门，将揉搓睡眼的村民从床上喊起来，集中到地坪里。地坪是村民平时摊晒稻谷、豆子、棉花，积聚议事，或者红白喜事搭台唱花鼓戏的地方。此时被赶来的村民像快要干水的鱼塘里的鱼儿一样，惊恐地挤成一团。

章世杰斜挎着王八盒子，像一只灰公鸡轻巧跃上地坪一块磨盘，努力撑开扁平的眼睛，嘴角扯起荷叶边，干干地笑着：皇军这次来是围剿胡春台的游击队，不伤害良民百姓。只要你们把躲进山里的人都喊回来，准备一些好吃的东西，慰劳一下皇军和保安团，就没有事了。看得出，他极力想缓和现场刀枪林立的紧张气氛。但没有水分的笑，明显是一团诱饵，暗藏尖利钩子。

章世杰跳下磨盘，抖抖宽袖，转过身去，命令垂立一旁的伪保长刘正华，把躲进山里的乡民喊回来。胆小怕事的刘正华，只得戴上维持会的黄袖章，敲着一面旧铜锣，深一脚浅一脚沿周边山岭喊。铜锣"咚"的一声，飘远的余音都碎了，在空旷山里有些瘆人。刘正华熟悉山岭，大体猜测村民躲藏的地方，点着名字喊。刘正华平日只是应付些差事，也不是个恶人。湘北土话，尾子总是拖曳里音，如果是好言语，听起来绵绵的，天然亲近人。在一种危机四伏心神慌乱的时刻，乡音更像一块吸铁磁石。

没事的，就是搞餐饭，吃完饭他们就会去找胡春台和胡坤。一些胆小的村民陆陆续续从山上回到了屋场。

上午，章世杰和顾正洪把十几个村民带到一间堂屋里。天井里的光从木窗里劈进来，穿透了阴暗，溅落地上。仲山坐在四条扒腿的长条凳上，双手扶住胸前撑在地上的军刀，镜片后的凶光直直逼视那些不知所措的面孔，要他们说出被打死的日军尸体埋在哪里，胡春台游击队的去向。

村民一无所知，提供不出任何线索。

窗外椒子树上栗色的麻雀，似乎感受到了凝滞的气息，停止了聒噪，飞走了。屋梁上牵扯的蛛网，中间蛰伏的黑蜘蛛像一个通灵的巫者，一动不动，窥视着。

几个小时在僵持的空气中过去了。

盯着墙角懵懂、卑怯、惶惑、惊慌的脸孔，仲山嘴唇翻卷，露出了上下紧咬的牙齿。他猛地站起来，发出一声撕裂般的吼叫。屋里屋外的日本兵和伪军狼狗一般敏捷地扑上去……

六

1970年代，岳阳城里很多学校经常组织学生去"洪山惨案"发生地，接受革命传统教育，我也是其中一个。去的时候，穿统一的服装，蓝裤子白衬衣，一路上唱斗志昂扬的歌曲。在地坪里，我们围着一个瘦骨嶙峋当年幸存的老人。他坐在一把靠背木椅上，秋天的阳光流失了浓烈，影子显得单薄。老人叙说的声音有时颤抖得厉害，要停顿一会儿再接上来，激愤的话语，有火的颜色。不断重复，才愈合的伤口，又被撕裂，我不知道当时老人是一种什么样的心境。

沿着屋场后面山上的一条小路，每棵树上都绑着一个男人，日伪军用刺刀一个个来捅，像东乡过年节时杀猪，号称"放血"，直至流尽而亡。这个老人当时被刺了7刀，有一刀甚至穿过肋骨的间隙，在背脊露出了尖锋。他被丢入死人堆，随后上面又被压上了几具尸体。日伪军走后，家人回来收殓尸体，发现他的鼻孔还有微微气息，赶紧用水帮他清洗伤口，请来郎中敷上草药，才救下一命。老人撩起蓝色的衣衫，那衰老身躯上的刀疤，有的凹陷，有的像一条条蜷缩的蜈蚣。一个大屠杀的受害者，他身体的疤痕无法复原，他灵肉的记忆也无法掏空。

这是一个切口，从现实进入历史的切口。我更真实地嗅到了话语里空气中弥漫的浓稠的血腥味。

仲山、日军甲乙丙丁，章世杰、保安团甲乙丙丁，关在堂屋里的十几个村民被他们——

冷水加辣椒粉、胡椒粉灌入口腔，身躯在五花大绑的绳索中鼓胀扭曲。

倒绑在梯子上，下面烧起火来烘烤，头皮散发出刺鼻的焦糊味。

龇牙咧嘴的狼狗撕咬，一块块皮肉耷拉下来。

挖掉眼睛、割下鼻子、切下耳朵，脸上淌出血水的瀑布。

用尖刀掏出心肝，逼着村妇拿到厨房爆炒，黏稠的腥味从空气中跌落下来。

第二天，日伪军搜遍了洪山、昆山、三旗港大大小小几十个屋场，没有寻到胡春台武装一丁点儿蛛丝马迹。他们彻底恼怒，疯狂，一场惨绝人寰的大屠杀全面开始了。

屋场里的房屋燃起红火焰，冲上去，舔舐天光，飘出无数灰烬的黑蝶。

一批批被麻绳缚住的乡民，拉到塘边、山上、地头，或用刺刀捅，或用东洋刀砍，或用机枪扫射。

粉嘟嘟的婴儿，从母亲怀里抢夺过去后，或被抛向高处摔下，或被丢入火中，或被挑在枪刺上。

被强奸过的妇女，裸露的乳房，划出了刀痕，甚至阴部被插入了竹片和木棒……

《吴民安审讯笔录》："顾正洪带着我们踩山，我把机枪架在山包上，眼睛老（一直）瞄着，赶出八、九十人，这些人都往空边卡子上跑。我拿着机枪架在卡子上进行扫射，打死了五、六十人，活捉了二、三十人。"

"后由大队部押出两百多人，集中在罗坳的两块田里，一、二中队各围一块，我们一中队围住的有一百二三十人，顾正洪指挥我将机枪架在田塍上，他首先用东洋刀砍了一个，就喊开始，我用机枪将这一百多人全部扫杀而死。

"我们保安团放火烧屋，是董玉贵划的火柴，我参加了搬木柴和点火。

"问：你用步枪在洪山清乡中打死过人吗？

"答：步枪冇打过，都是用刺刀戳，机枪扫。当时有这样的说法，当官的杀人，喊切东（冬）瓜，当兵人的杀人喊戳豆腐。我们中队杀人积极的，就是我们四个人，刘全得、赵清吉、贺龙根。我是积极的人，他们三个人，比较我还要积极。

"把老百姓家里能吃的，都吃光了，所有家具、瓷器、大挂屏、图画都搬走了，由日本仲山带回了岳阳茶巷子。"

亲历过二次世界大战的奥地利作家罗伯特·穆齐尔，用这样一种眼光看羊："羊是胆怯和笨拙的，它们尝过傲慢的责打和投掷石子的滋味。它们有殉道者长长的脸和小小的脑袋，它们的白色皮毛上的黑色短袜和风帽让人想起死亡兄弟……"

中国的乡民像羊吗？

屋场上空的太阳，像一个血色窟窿，也像一个彤红疤痕。空气中弥漫着浑浊的血腥味和焦糊味。屋场、田地、山野到处横陈的残缺尸骸，酷似乡下道士做道场时悬挂的恐怖的阴间十八层地狱图。

那些痉挛的手指，有的深深抠进了泥土，有的在墙面和石板上抓出血痕。冒着血泡的尸体边上，瑟瑟地开着小小的黄菊花；湿润的泥土，浸染成了凝重的暗红色块。到处是枪弹啸叫，妇婴凄惨哭喊，日伪军恶魔般狞笑；到处是焚烧房屋的熊熊烈火滚滚浓烟。那些平日守着一亩三分地过日子憨厚淳朴的乡民，谁能料到，在自家的木门旁，在家族的宗祠前，在耕种的田地上，会看到自己的血迸溅出来，会看到自己身体内灼热的某些器脏，裸露在天光里。自己的眼睛会变成一面镜子，看到人怎样蜕变成魔鬼，看到死神笼

审讯进行得很艰难，汉奸们不会轻易承认自己所犯下的罪孽。他们内心在一种强大的道义面前胆怯了，互相抵赖，避重就轻，装聋卖傻

罩巨大的阴影一步一步降临。

《岳阳县志》记载，自农历9月10日到16日的7天时间内，洪山一带被杀害的无辜民众达一千八百多人，其中全家被杀绝的有72户，被强奸妇女达六百多人，被烧毁房屋达两千一百八十多间，被抢走耕牛996头，被抢走生猪四千四百多头。

由于以前没有深入接触这段历史，我一直觉得新墙河水的流淌是温顺的细碎的沉寂的轻快的安宁的，恍如乡下老祖母絮絮叨叨的声音；而此刻，它变得锋利了，像一把雪亮的刀子在大地的皮肤上划过，充满了高亢、惊颤、苦难、血性。这是一个巨大的阴影，一个巨大的疼痛，太深了，太重了，一直在湘北大地的血脉和神经里痉挛，强迫人们去记忆。

这么庞大的一个数字，都曾是鲜活的生命，不是疾病的死亡，也不是自然灾害的死亡，而是人为的死亡，历史性的死亡。面对史料和记忆中涌现出的那些血腥场景，以及被时间湮灭了痕迹所归于的遗忘和沉寂，我想起了约翰·伯格定格的一幅画面——这里没有显眼的纪念碑，没有绝望的陵墓。当嫩草生长的时候，它长在所有的墓前。

七

日军投降后，战俘营里缺少食物。母亲亲眼见过，他们不少人到乡民家里打短工，换口饭吃；实在饿得不行了，跑到猪圈里偷猪食。有的乡民看见了，把他们赶走；有的上前狠狠地扇一巴掌；有的看他们可怜，舀上一碗红薯米饭。那些参与"洪山血案"屠戮平民的日军，在战俘营待上一段时间后，从粤汉铁路岳州车站乘车回去了。轰隆隆的蒸汽机车吐出一股浓浓的烟雾，就消失在远方，只留下被他们蹂躏得伤痕累累的人们和残破不堪的土地，留下一堆四处逃匿垃圾般的汉奸。

一千多万字的敌伪档案，眼睛在上面搜寻，捕捉每一个字所隐藏的信息；走访知情者和幸存者，最后锁定需要审查的汉奸331人——其中31人自然死亡，19人因其他罪行被处决。"洪山血案"发生近二十年后，来自湘、鄂、川、黔、鲁、皖、沪等地的汉奸，四散逃匿。有的混入了新政权，有的改名换姓，有的到处流窜。《顾正洪供词》，日军投降后，"我跑到武昌一个小庙边做香烟生意，生意亏本又搬往汉口刘家庙经营豆腐生意。民国三十五年4月间到汉阳轮船厂做木工，一直到9月间，我父亲从上海来汉，带我去上海，在上海做木匠到民国三十六年。因上海失业人多，无工做，又来汉阳轮船厂。民国三十八年解放时，该厂负责人宣称工厂迁往重庆，但到长沙以后即行解散。我又回到岳阳五里牌一个小屋里种田，到1950年9（月）麻塘乡把我抓去。随后我于夜间偷跑到路口铺开石头。到1951年5月份因该处解雇，我又去上海。住在闸北区通济路17号，一直做木匠"。由于新政权从战乱中走出，时局刚刚稳定，清浊难辨，抓捕工作进行了一年多，至1959年，最后一名凶犯顾正洪在上海被缉捕归案。

审讯进行得很艰难，汉奸们不会轻易承认自己所犯下的罪孽。他们内心在一种强大的道义面前胆怯了，互相抵赖，避重就轻，装聋卖傻。为了还原事实真相，有的汉奸提审达三十多次，并根据敌伪档案和汉奸们相互指证的材料，反复走访证人，坐实证据。整个案件的审讯笔录和调查材料有一百多万字。那些熬红了的眼睛和心血，不仅仅是为了伸张凛然道义，也是为了慰藉那些消亡的魂灵。

1960年5月9日，岳阳县人民法院（60）专刑字114号判决书，对97名汉奸进行宣判。14日在新墙河边的洪山、西塘、荣家湾，召开了宣判大会，处决了顾正洪、吴安民、董玉桂等14名汉奸凶犯。

唐爹复印的资料里，就有这些人在审讯笔录和判决书上摁下的指模。在苍茫大地上，每一缕尘埃，都会有一个归处。在时间长河里，每一个历史事件，都会有一个剧终。

一个"汉"字叠加一个"奸"字，消弭的是人的血性，增殖的是人的奴性。我听说过汉奸的几种情形。挨近老家黎冯湾的一个村庄，驻扎着日军。他们那里有一个人留学过日本，会日语，正好给日军当翻译，父亲说日军没有杀过那个村子的人。那次到新墙河南岸祖母娘家燕岩陈家收集湘北会战的资料，父亲的舅老表说北岸一些村子，有些人害怕日军杀害本地村民，为了讨好，夜晚主动给日军带路，从水浅的地方涉过新墙河，偷袭中国军队。而参与制造"洪山血案"的汉奸，唐爹认定：他们是恶人。照片上他们眼睛里露出的是阴险、狡诈、凶残。

上海辞书出版社1979年5月第1版《辞海（语词分册）》954页"汉奸"的注释："原指汉族的败类。现泛指投靠帝国主义和国外反动派，充当其走狗，出卖祖国利益的中华民族的叛徒。"

汉奸，一个无法摆脱的名词，在一个民族历史深处纠结着，疼痛着。历史偶尔还会睁开眼，我们应该警觉自己的肌体，内部的溃烂，比外部的力量更容易打倒自己，但愿……

八

由于日本在国内历史教科书上，从来不言及侵占中国国土，滥杀中国平民，致使年轻人对这一段历史毫不知情。而在太平洋上树深林密风光旖旎的帕劳，日本青年经常去祭奠二战期间在此阵亡的日军，感受先人的英勇。唐爹讲起一件事，1980年代，他在刊物上发表一篇日军屠杀中国平民的文字后，曾接到过一个来自日本的国际长途电话。电话里的人用不连贯的汉语，指责他说谎，说日本人不会这样没有人性。

这就是铁证！唐爹挥挥手中的复印资料。复印纸的白色和车窗外透进来的光斑一起跳跃。唐爹声音有些颤抖："洪山血案"已经查证有名有姓的死者九百多人，甚至一些死者当时穿的衣裳，戴的头巾，杀死在什么地方，都有文字记述。中国军队很多战死的士兵都没有留下名字，更何况无辜被屠戮的老百姓呢。

唐爹认识一个战争时期为军事服务的日本在华企业的女职员，她在被遣送回国之前，得了一场重病留下来了，后来嫁给了一个军工厂的工人。1980年代，她回去找到了日本亲人，并促成了中日两个城市缔结为友好城市，但最终还是回到了生活了几十年的地方。她两个儿子，一个留在中国，一个加入了日本国籍，这也许是她在内心世界求得一份情感的平衡。唐爹常去她家坐坐，对中日之间的国事，她都谦逊地表示：自己不懂。而她做中日贸易的儿子，比较关注时局，钓鱼岛是一个聚焦点，他怕影响自己的生意。

日本明治维新后，军方开始推行大陆政策，向外拓展生存空间。东条英机曾说过：我们需要满洲，要在那里开设工厂，开采资源。四面环水的日本，他们很清楚上苍赐予的处于时常震动的自然环境，也非常清楚自己需要什么。遭遇任何灾难——原子弹、地震、海啸，他们爬起来，舔舔自己的血渍，又开始顽强前行。

1986年，我原来所在的工厂，引进了一套日本设备，来了三个日本技术员，指导设备安装和技术培训。上班前，三个日本技术员面对面指着对方大声喊叫：戴好你的安全帽，系好你的工作鞋。然后开始紧张工作。

我们厂工人站成队列，扯开嗓门高喊：振兴中华，振兴工厂。也许这样振奋的口号是喊给日本人听，他们一回国，我们上班前就不喊口号了。没过几年，1990年代，厂长被抓，我们的工厂破产了。

坐在疾驰的丰田车上，我暗自思量，与这样一个务实而韧性的民族依水相邻，我们知道自己需要什么吗？

历史，通俗说法，记录曾经历过的真实事情。它像神灵游荡心空，一个民族最应该牢记的也许是历史。良善不是懦弱，懦弱也不是良善。现实与历史仅仅一步之遥，很多历史性事物会不经意来到眼前。汉奸看似很过去，很厌恶，如若缺失民族的血性，气节的硬度，道义的担当，思考的清醒，还是有人会以同样面目滑进这个肮脏而罪恶的深潭。

丰田车从洞庭湖边南津港大堤驶入了城市耸立的楼群里。喧嚣的大街上，广告画五光十色；匆忙的行人，面部呈现各种神情。和唐爹道声再见后，那些用红印泥摁下，像一幅微型八卦图的指模，很长时间，亦真亦幻，在脑海里挥之不去。

我是否也患上了历史后遗症？

我为什么手短

万　夏

跳下去，胆子就有桶那么粗

我至今都有恐高症，一旦梦中有它就必是噩梦。人跳下去了，但灵魂骤然龟缩在心脏里面，被一枚钉子钉在桥栏上，等坠落到水面的一瞬，它才像一颗子弹一样穿过喉咙射回胸膛。水花溅开的时刻，就是我撕裂黑夜的恐怖叫喊。

在七十年代的头四年，我十二三岁，已跳完了锦江上的主要大桥。每次回成都，经过南门大桥（或叫锦江大桥，就在锦江宾馆的旁边），我都要抽空来到桥边，扶摸着乳白色的桥栏向下久久凝望。翻砂工艺的桥栏还像从前那样细润可手，当你抹开浮尘，在成都难得的阳光下面，仍能看到水泥被风雨冲刷后，含在里面几点针尖般的金砂在闪烁。河水已经变了，从深绿色向黑色流去，被下游的拦河坝隔成了几乎静止不动的堰塘，散发着淡淡的刺鼻气味。听说只有在重大节庆日或重要人物来成都时，上游才获令开闸放水，用岷江的新水冲刷河道。

1970年代初，全国人民都在反反复复看两部苏联电影：《列宁在十月》、《列宁在1918》。在后一部片子里，一伙白军特务开会密谋要暗杀列宁，打进敌人内部的红军卫队长为了把这一紧急消息送出去，把生死置之度外，大叫一声"瓦西里"（红军警备部队指挥官），从三楼的窗口跳了下去。这一悲壮的跳楼情节影响了整整一代中国人，好像比当年抗日的琅玡山五壮士跳崖的英雄形象更深入人心。王朔的小说《动物凶猛》中，一个孩子从烟囱上跳下来摔死了。姜文在《阳光灿烂的日子》里就复述了这个情节：夏雨从工厂很高的烟囱上高喊一声"瓦西里"跳了下来，在朋友和恋人宁静面前，以英雄之举证明自己还可以。

我们住家所在的市物资局六层办公楼，为五十年代所建，直到七十年代末都是成都盐市口和东大街一带最高的建筑物。那时的建筑空间都很高，每层都在三米以上，再加上一楼的垫层，二楼一般会离地四米。从办公楼的一层到二层，楼梯拐弯的地方有一扇大窗户，窗台有我们小孩子的胸口那么高。我们一群中大一点的孩子，有彭勇、万里、戴永康、李跃进等，爬上窗台，钻出窗户，每跳下去之前，都学着电影里大喊一声"瓦西里"。完了就是我们小一点的娃儿往下跳。记得刚开始的时候地面有一堆沙子，可能有这样一种保护的东西，大家才有胆子往下跳，可后来这堆沙被拉走了，大家仍冒起胆子往下跳。孩子之间常有人提醒说，强盗被杀死后，把他的胆挖出来，居然有桶那么粗。所以大孩子对我们说，跳吧，跳下去了，你的胆就会长大一点，多跳几次，你的胆子就有桶那么粗了。

我那时十岁，刚上小学三年级，人矮，好不容易翻上窗台，钻出破窗户，战战兢兢站在窗台上。记得那是夏天，热风吹着我脸上的汗珠，我的膝

列宁在一九一八年

1970年代初，全国人民都在反反复复看两部苏联电影：《列宁在十月》、《列宁在1918》

头在微微打抖。我听到心脏就在我的喉咙里跳动，我脑袋里一片空白。窗子下面是一排很老的桉树，树皮皴裂而松柔，树根下面一堆沙子变得很远很小。一群娃儿仰头笑嘻嘻地看着我。

我向毛主席保证，我们每个人都做过同样的梦：从悬崖上跳下去。急剧的坠落感撕扯着我们的肢体和心脏，犹如你被绑在过山车上，从最高处向下猛冲，除了惊声尖叫，我们对自己被控制的命运无可奈何，生命不掌握在自己手中，而任其坠落，这绝对是一种死亡的感觉。这种动物生存的本能反应，深深隐藏在我们的基因中，潜伏在我们梦里。有幸我们每个人在有生之年都体验到了，唯一的拯救方式就是大叫一声从噩梦中醒来，这一声喊叫必将震动黑夜，将更多的人惊醒。

大人们常说，梦见跳崖，一蹬腿把自己惊醒了，说明你身体长高了一截。后来我看了很多动物的片子，群居动物在过河时，不管眼前面临着何等危险，都必须跳下去游过对岸。只有那些虚弱的才被湍流冲走、被鳄鱼吃掉或胆怯地留在了岸边。就像《周易》中的"即济"和"末济"两卦。渡过河的就安然无恙，未渡过的必有大难。

可能只有人类是反自然的生物种类，在六七十年代，可以感受到我们国家也像跳楼的感觉一样，在向深渊急剧下坠，而不知何时能到谷底。面对中国社会这条滔滔大河，为了生存，我们本能地都跳下去了，而那些不跳下去留在岸上的，恰恰不是族群中最虚弱的，而是中国最强硬最睿智的种类，但是他们的命运和那些留在岸上的动物一样，存活率极低，命运大多无善可终。

当屁股猛地摔在沙堆上，两脚陷在沙子里，我从沙堆里爬起来的时候，并没有人为你喝彩。但我十分兴奋，心脏还在狂跳，小蛋蛋还在发痛，满嘴满脸都是沙子，我又和其他的孩子一样，红彤彤着脸，再次跑上了二楼。离地虽然只有两米多高，但顿时觉得自己长了一大截，胆子居然也有汤碗那么大了。迎风站在窗台上，像个英雄。

天鹅湖里的梦奸犯

如果说苏联电影《列宁在1918》里那个舍生跳楼的英勇情节给七十年代初的中国人上了一堂活生生的英雄课的话，它的姊妹电影《列宁在十月》在七十年代影响则更为巨大。电影中，巡洋舰"阿芙诺尔"号用主炮向冬宫开炮射击，导致了"十月革命一声炮响，宣告了社会主义的诞生"。人们像打不死的妖精一样，潮水般冒着枪林弹雨冲向冬宫的大门。这些宏大场面，让我们这代人终生难忘。但这部电影中的另一情节，在当时的影响，完全可以和《列宁在1918》中的跳楼比肩，并表现得更为诡异和心照不宣。她那怪诞的气氛弥漫在整个七十年代里。

从1969年到1974年，我在靠近青年路的南署袜街小学读书，以学校为中心，周围有五家电影院。学校马路对面的省电影公司，我们经常翻墙混进去，那里常有市面上看不到的"内部电影"。七十年代中期，《山本五十六》、《砂器》、《山打根八号妓院》这些当时最禁忌的电影，就是在这里混的。

以此为轴心，附近有工农兵商场（现红旗商场）的人民电影院、文化宫电影院、春熙路的新闻电影院和科甲巷边的青年宫电影院。这五家电影院离学校都不过三五个街口，距离都不超过一刻钟的路程，是我们逃学或放学后在市内最大的精神乐园。每周至少有一两次混迹于此。以至到现在，看电影仍是我人生六大嗜好之四，其他的分别是：聚众喝酒（祸害得差点要离婚）或独酌、在桌上挑剔食物或到灶边谴责厨政、下班、混栽密集型植物、看电影、读书时打瞌睡（实际上患有晕书症）。

我家电影院右墙上收陈了两千多张一百年来世界上最好看的片子，这可能是从小混电影院的结果吧。赵无眠看了，说也要回去把片子一张一张用盒子装起来存列。那天宁浩和太太来了，我从架子上拿了《疯狂的石头》给他说，真的对不起啊，我这里的中国片子没超过三十部，导演没超过十人。

1972年暑假前的一个下午，我和小老七、曾晓东等几个班上的"吠头子"混进了春熙路边的新闻电影院。那时成都刚刚开始放映《列宁在十月》，电影院天天爆满。黑漆漆的影场里正在放映《列宁在十月》。电影放到三分之一，出现了这样一个剧情：在莫斯科的一个豪华剧场里，舞台上正在上演《天鹅湖》第二幕那段王子和白天鹅的双人舞。忧郁的王子高高搂着更为忧伤的公主在柴可夫斯基的小提琴独奏乐曲中翩然起舞，台下是一群干柴烈火般的水兵和桀骜不驯的观众。镜头的特写是一个满脸油汗、嘴唇上有大胡子的胖水兵正握着一只硕大的鸡腿，大啖之时兴趣盎然地看着王子高高托起白天鹅，悠缓地秀过舞台正面。在天鹅的超短纱裙下面，是这个世界上被塑造出来的最美丽角色的双腿，对当时的中国人来说，从足尖到大腿根部，她几乎是赤裸的。当王子将公主高高举起，白天鹅在空中有连续两个大劈叉，在八亿中国人民面前，她的双腿张开到了极限，白色的三角舞裤的一个中心点，圆润而微微凸起。我感觉到全场观众都屏住了呼吸，倒抽着凉气，任由这双大腿洗刷着眼球，沉醉在这梦幻般的一幕中。

电影中这段情节一完，小老七拉着我说："走吧。"我说电影没完呢，他的回答令我很惊奇："我都看五遍了，后面没什么好看的了。"

小老七叫廖品富，家里排行第七，比我大两岁，降了两次级，打架、逃学、偷同学的文具盒和老师的圆珠笔，还敢和老师对打，是我们学校的"头霸王"。许多年后，我在大学毕业后打听过他，都说犯了什么弥天大罪，早被政府枪毙了。

我们几个摸黑走向大门，才发现早有一些人退场了。刚到大门口，前面有几个人被堵在那里吵吵嚷嚷。我们人小，一溜烟就梭到了门口边，我看见两三个戴红袖标的人正抓着一个想出门的男子，一边"啪啪"扇着耳光，一边大骂"老子就是要打死你这流氓"！挨打的男子捂着流血的鼻子嗡嗡争辩道："我怎么了，打我？"打人的红袖标咧着嘴："你龟儿子个人心头晓得。"

新闻电影院的大门就在路边，与我们班上最漂亮的小丫头之一的徐小英家的院子仅一街之隔。这时街上挤满了看热闹的人。那个被打出血的男子被拉到了大门旁边一个有葡萄架的院子里，同样有两个戴红袖标的在把门。那男子被继续盘问："为什么早不出来，晚不出来，看完这段光屁股舞才出来？""是哪个单位的？工作证拿出来！"那男人又被狠狠揍了两下，拉到墙边强行蹲下。我看见墙角已有七八个面色难堪的男人蹲在那里，等着被单位或街道来人领走。

　　后来才知道，《列宁在十月》刚上映的时候，这段啃着鸡腿观赏"光屁股舞"的情节，立即在观众中引起了强烈骚动。七十年代初的中国，交通靠走，通讯靠口，娱乐靠手，全国人民集体性压抑。记得鲍昆对我说过，他们那阵要分辨好人和坏人，只有一个标准：穿细裤腿的、紧绷着屁股的肯定是坏人。那阵民兵和居委会老太婆都随身揣着剪刀，朝那些穿钢管裤和留蜡波头（飞机头）的男女冲上去大开"剪"戒。前几天我读到李少君和韩少功他们编的《天涯》杂志，上面有祝勇的《革命时期的爱情》一文，谈到七十年代的芭蕾舞剧《红色娘子军》，"大腿满台跑，人民群众受不了"。可以想见，一双赤裸的大腿对当时的观众的感官刺激是多么强烈啊！只是剧情有些诡异和怪诞：舞台上这些翩翩起舞的芭蕾女子背后并不是英俊伴郎，而是每人背着一把砍头的大刀，舞台下一片裤裆在蠢蠢欲动。在我看来，《红色娘子军》这舞剧，更像一剂能够填饱肚子的春药，既满足了当时人民的性幻想

上世纪七十年代的成都人民南路

和窥淫癖，又激起了旺盛的革命斗志，真是一石二鸟，何乐而不观赏呢？

听说《列宁在十月》开映以来，成都这边的民兵组织和革委会就自发组织起来，要判定一个人是否是流氓，就拿这段做试金石，只要看完这段就急急跑出来的，就铁板钉钉是坏人，思想肯定是肮脏见不得人的，灵魂注定是丑恶的。

从六十年代到七十年代初期，时兴把犯人押上卡车，胸前挂个大牌子，写上某某罪，被枪毙的人还要打个红×，背上插个标。我亲眼看见有个游街的犯人，牌子上写着"梦奸犯"三个大字。全城人民都搞不懂这新罪名是啥意思，后来告示贴出来才知道，他在梦里和厂里的某女做爱，后来他把这事给同事讲了，最后传到某女耳朵里，某女觉得是奇耻大辱，无法嫁人了，就上吊自杀了。这性质看起来比看"天鹅湖"更恶劣，他成了"梦奸犯"，被判刑游街。

这段"天鹅湖"的情节在七十年代影响之深，以至于我在十多年后，还看到东北长春诗人邵春光诗中有一句"王子托着白天鹅的阴部……"。到了九十年代初，我还看到钟鸣在一篇文章中，对在夜总会当老总的诗人杨黎描述道："在走着模特儿的T型台旁，一手握着大哥大，一手拿着半个卤鸭子。"此情此景，完全是《列宁在十月》中天鹅湖情节的中国版。

《列宁在十月》的情节也可能深深影响到了我，那时我刚十岁，凄美的芭蕾身姿，舞台下的美味鸡腿，以及"阿芙诺尔"号巡洋舰巨粗的主炮。这几乎是人类生存下来的全部意义。食色，性也。炮，火气之出也。直到今天写到这里，我才幡然醒悟过来，为什么我长大后对芭蕾或有体操背景的女孩子情有独钟，为什么变成了"好吃狗"，以美食家之名借着牙齿到处吃喝和挑剔食物。我还变成了一个狂热爱着战列舰的超级军事发烧友，常常幻想着德国王牌"俾斯麦"号上的六门主炮的第一次齐射，在巨大火焰和怒吼中，她的目标不是莫斯科冬宫的大门，而是英国重型战列舰"胡德号"。近一吨重、有井口那么粗的炮弹掠过海浪，穿透了"胡德号"的舰身，瞬间将她炸成两截。这一壮烈景象，在我的梦中不知出现过多少次。这一切搞得我现在真的很困惑，是当年的《列宁在十月》改变了中国人的信仰和命运，还是柴可夫斯基的《天鹅湖》变换了我的人生？

在锦江的沙滩上找金砂

在七十年代初，站在锦江大桥上，突然感觉到有人和你打招呼。你转过身，那是人民南路广场上巨大的毛主席像正在向你招手。你面对的是成都最南边的南门火车站，再近一些是跳伞塔，然后是川医（华西医大），再近是二十五中学。靠近河边是气象学校，桥的右边是我和杨帆幼儿时入托的锦江幼儿园。

大桥的右边，沿锦江而上，远远能看见三站地远的地方是老南门大桥，也就是现在的彩虹桥。现在的人在大桥边弄了个水泥的船型楼房，里面塞满了吃喝。桥洞下面是一个平缓而宽阔的斜坡，像桥洞里伸出了一个巨大的绿舌头，河水从舌头上哗哗流过，在边缘上激起一道白色浪墙。从小就知道只有这桥不能跳，不管你从桥墩还是从桥拱上往下跳，落点都在吐出来的舌头上，这会要了我们的小命。只能像滑滑梯一样从长满青苔的水坝上冲下来，这正是水中游戏最精彩的部分之一，那时候，我们把这叫做"冲滩"。

锦江大桥的左边，沿河而下，仍能远远望见三站地远的地方，是新南门大桥。这是我在小学二三年级时和建娃（戴永建）放学或逃学后最爱来"冲滩"的地方了。

我们把衣服和书包塞到塑料袋里，从老南门下水，把头枕在吹得胀鼓鼓的塑料袋上，躺在清凉的水面上顺水漂流。夏天的阳光晒着我们的肚子和脸蛋，小鸡鸡冲着一朵又一朵飘过的白云。河

上世纪七十年代成都人民公园附近

水一直把我们冲到新南门。回家进门前，必须再用水洗下手臂。那时，家里人看你是否逃学下河洗澡了，只要用指甲在你晒黑的手臂上一刮，如果手臂上出现一道白印，你就非得吃笋子炒肉（用竹尺子打屁股）不可。

河水从老南门流下，穿过南门大桥到新南门，再东到九眼桥，老成都人称这段河水为"锦江"。在七十年代，锦江的两岸，特别是在新南门和南门大桥靠锦江宾馆这段河面，两边都有十几米宽的沙滩。因为河水的上游是岷江的支流，江水穿过青城山脉夹带而下的泥沙里有细微的金砂，夏日骄阳下，远远望去，沙滩上常常有闪烁着的点点金光。等我们走近去搜寻时，金砂却混杂在沙里怎么也找不到。沙滩上还能找到细小的贝壳和螺蛳壳。在冬天和春天的枯水季节里，河水浅而清澈。2002年秋天，我在巴黎塞纳河上看到清澈的河水拍打着秋日的河岸，当时就想起了七十年代的锦江河水。在靠近桥洞的地方，有大量的鳌草，挽着裤腿就可以走到这些鳌草边，拿起簸箕向草丛里一撮，肯定就有小鱼小虾。到了夏天，只要不是洪汛期，水势就很平缓，真是一个天然的游泳场。

我就是在这段河面上学会游泳的。小学一二年级，暑假里常和罗鸿、戴永建来这里游泳。虽然也去游泳场，但都和家里的哥哥姐姐去，被管理得像个龟儿子。这里玩的就是自由啊，撒野啊！把衣裤扔在沙滩上，可以在水里打泌头儿（潜水）、冲仰粉儿（仰泳）、冲滩甚至拉屎、撒尿。我第一次在水里拉便便，一个人站在水里动也不动，脸挣得发青，别人根本不知你在干吗。先是一大串气泡"咕咕咕"地冒出水面，然后一大截黄金居然就从你胸前浮起来了，它像一条吻别妈妈的鱼，依依不舍，顺水缓缓向大桥游去。

双枪李向阳的最后一枪

岷江的支流府河从成都西郊的龙爪堰流过草堂寺的浣花溪，经青羊宫流向锦江大桥。她在青羊宫附近又分开一支，经人民公园的半边桥流向市中心的盐市口。据说这条河因夕阳斜照或沙滩有金砂，人们把这一条河叫金河。金河流向我家旁的古卧龙桥，再过青石桥，经过何小宾家附近的半边街，在新南门附近再汇入锦江。

从人民公园少城的半边桥开始的金河，沿岸留下了源自清代的古老街道和具有川西风格的美丽院落。在整个七十年代，她们还保存完好。在古卧龙桥和青石桥之间，有一条在当时顶顶有名的小街——向阳街。

这条小街的两边都是一些很幽深的青砖砌成的院子。和所有临河而居的街道一样，靠水这边的院子都在河边开了后门。据说这条街上一大半人家的孩子都做了盗贼。最传奇的说法是，这些年轻人中有三分之一在大牢里，三分之一在逃亡，三分之一正在做贼。那些靠水的后门都是遭追捕时的应急通道。

真正让这条街有名的，是这些人之中出了一个当时成都最牛的强盗。因为神出鬼没，和电影《李向阳》一样，提着双枪，都叫他"双枪李向阳"，至于真名叫什么，人们反倒忘了。李向阳这个名字，又和这条街道的名字巧合，因此他在七十年代初的成都家喻户晓。凡是哪里出了重大盗案、抢案，传说都有这个双枪飞盗的身影。好像他行事的作风别出一格，不和一般人作对（那时大家都很穷），专麻烦那些有权势的人家或有钱财的单位。这个飞檐走壁、打家劫舍的家伙成了七十年代我们少年心中的偶像：别着双枪，旁边还有一个像当年色情小说《曼娜日记》中曼娜一样的美丽姑娘，但拿着武器。

在六十年代末和七十年代初的那几年，双枪李向阳的"部队"把成都闹得沸沸扬扬。政府和民兵倾全力围剿搜捕，那时犯人被枪毙前都要游街，被五花大绑押在卡车上，背上插个打了红叉的标牌。卡车扯着嘹亮的警报大张旗鼓地在成都的主要街道上游弋。这时，旁边就有人指着车上说："那个砍脑壳的龟儿子，就是李向阳部队中打前哨的张三娃儿。"每次这样游街，我好像都要听到这样的议论：李向阳在哪里？长得什么模样？这次打死了几个追捕他的人？那个好像怀了儿的女娃子是不是仍旧持枪断后？都不一而足，就像抓捕现在的恐怖分子本·拉登。

七十年代初，文革中的乱搞基本歇台，社会秩序开始恢复，但全国人民仍习惯只用一个脑袋装屎，借一张嘴只回答，不提问，盯紧穿一件衣服十年不洗澡，合用一个屁股想问题。我真的好想不通，在那个如铁桶一般的社会，怎么会产生这样一群天不怕地不怕的人呢？而且言行之巨，居然和一个国家对称。

终于，在1973年的夏天，消息传来，李向阳被打死了。据说很多公安和民兵把他们几个人围在成都郊外一个农民的院子里，激烈对抗后，冲进去的民兵发现在猪圈旁边，李向阳已死，旁边还有一个刚断气的年轻女人，他们俩都拿着武器。女的胸口和肚子上各中了一枪，男的太阳穴被打了一个大洞。几乎所有人都猜测他们是自杀而亡。但是谁开了最后一枪？谁结束了谁的性命？大家众说纷纭，各种版本都有。但李向阳的死，官方讳莫如深。在我的印象中，好像从没有公布过。一个强盗的死，让一个城市最有争议、最具谈资、最具杀伤力的神话消失了。直到今天，虽然成都这个城市先后出现了许许多多的风云人物，但在我的心中，李向阳仍是这个城市最具传奇色彩和威慑力的人物。

七十年代末，人们开始经商。据说向阳街几乎每家都在做生意，那些孩子从牢里和全国各地悄悄回来了。到八十年代初的时候，这条沿河的小街产生了许多万元户。但这些人好像都屏住了呼吸，从不张扬。我在二十一世纪初听过如同当年的传奇说法：今天成都只要是四十层以上的高楼，有三分之一可能都属于这条街上当年那些孩子们的。

上世纪七十年代的锦江大桥　　　　　　　　　现在的锦江大桥

捏着鼻子，捂着鸡鸡：跳桥的四种姿态

在七十年代初的那几年，跳桥的流行姿势依难度而定有四种：入门级是"炸弹"，就是把身体蜷成一团跳进河里，这种姿势会在水面轰然一声炸开巨大的水花。这种姿势危险性最小且适用；初级是"冰棍"，捏着鼻子把硬邦邦挺直的身子插进水里。这个姿势很怪，你得一手捂着脸或捏着鼻，一手捂着鸡鸡往下跳，不然入水的一瞬，河水就像一支高压水枪射得你鼻孔流血，冲着你的蛋蛋，痛得晚上在床上滚来滚去，只有一边默诵毛主席语录"要奋斗就会有牺牲，死人的事情是经常发生的……"一边入睡。

"入水"是难度较大的姿势，比较专业了，就像比赛时发令枪一响，运动员伸臂纵身跳进水里的动作一样，只是不在游泳池边，而是在几米高的桥上。我跳桥的习惯是，用"炸弹"试过几次后，就用"入水"跳。跳这个姿势的诀窍是，一定得把手臂夹紧脑袋，以减轻水面对头顶的冲击力。不然跳两次下来，你的头像被手榴弹炸开了一样金星乱冒，几天后耳朵还嗡嗡轰轰作响。

如果你能跳"飞燕"，就是跑步射向空中，手臂张开，人在空中像一只飞翔的燕子，划一道优美的弧形入水。如果在游泳池边，你的"飞燕"会吸引所有人的眼球。如果在桥上，就会聚拢很多人来观看。

在七十年代初，在很多跳桥的人中，能跳"飞燕"的，好像就那么几个人。我至今都不敢以这种姿势入水。最初在游泳池试过，当双手刚刚张开，便砰的一声胸口撞在水面上，撕心裂肺地痛啊！那胸口红了两天才消。有一次从锦江大桥的桥墩上用"飞燕"跳下，结果身体在空中翻滚，成了一个仰八叉四脚朝天，屁股和后腰着水。很多人在桥上哈哈大笑，我觉得很丢人，从此不跳"飞燕"了。

1976年，我常去成都猛追湾游泳场游泳，那里有十米高的标准跳台，那时全国各地的跳水队刚刚恢复，这里正是成都队的练习场。跳水池常能混进去。当我偷偷爬着栏杆上了十米跳台，站在台沿边朝下一望，不由得倒吸一口凉气，立即退后几步，脚一软坐在了跳台上。天啊，不是害怕高，而是害怕跳到水池外面，因为从十米跳台看下去，池子变得太小了，像一个洗澡盆搁在十米下面接住你。

多么奇怪哦，在几年前十二三岁的时候就把东门大桥和锦江大桥跳完了，怎么长大了胆子还缩小了呢？可能是锦江大桥下面接住你的，是一条宽阔的大河，而跳台下面是硬邦邦的水泥池子。

许多年后，奥运会的跳水赛我几乎都不落下。熊倪和洛加尼斯那场决赛我也看了，看见十四岁瘦小的熊倪站在跳台上，我仿佛看见了十二岁的我在桥上的影子，只不过他把"炸弹"换成了世界上最高难的动作。他的最后一跳，入水的水花最小，但还是输给了肌肉线条绝美的"空中芭蕾王子"老洛。这使我想起当年二十五中学的"舵爷"李晓林和他最好的朋友苏石，在锦江大桥上面的比赛，他们的目标不是金牌，而是为了一个共同爱上的女孩，最后用跳桥的极端方式获取芳心，争夺爱情。那年我十岁，我替这两个小伙子抱衣服，负责看守他们的书包和鞋子。那个女孩就站在我旁边，我认识她，是我同班好朋友外号"奶娃儿"（因皮肤白嫩）林世迥的姐姐。她扶着桥栏，好像并不关心这两个为自己亡命比秀的青春少年，一双细长的丹凤眼茫然地望着更远的水面。这是我第一次看别人跳桥。不久，我也开始学着跳了。

那年我从跳台栏杆上灰溜溜爬下来，从此再也没有跳过一次水，但开始在夜晚做噩梦：从高崖上跳下来。后来我才发现自己患上了很严重的恐高症。只要站在三楼那么高的阳台边上，就觉得马上要掉下去摔死球了。

逃学就是艳遇的反物质

从1970年到1974年，我放学后或逃学后瞎逛的最多的地方可以划成两个圈子。一个是以学校为圆心，其边缘是春熙路、东大街、盐市口、盐道街，在这个圈子里，我们的足迹可能最密集，估计电线杆子上都有咱的脚板印。另一个圈子或一条线路是，从人民南路毛主席招手的广场往南的沿途，锦江大桥边上就是气象学校，隔墙就是第二十五中学，再往南就是小天竹和川医，再往南就是二环（现在的二环路），左边就是翟永明后来上班的科分院，它的斜对面就是欧阳江河的家，省军区，右边是跳伞塔，再往南就是火车南站了。

锦江大桥是我们逃学最集中的目标，是再往南去的前哨阵地。再往南就是川医，当年的华西医科大学。到那里的目标只有一个：看死人解剖。

那时候去川医，印象里好像总是阴天，云很低，像我们惴惴不安的心情。

"川医"这个名字，在我的少年时代，是阴森、诡谲、恐惧的代名词，是许多神神鬼鬼故事传说的发源地。这个有百年历史的老医学院（华西医科大学，以口腔医学著名），由一大群红顶老式的西洋砖木结构的建筑组成，建筑群的中心是一个巨大的钟楼，每隔一小时敲响一回。在夜深人静的时候，住在城中和城南的人都能听见这幽灵般的钟声。在六十年代末，钟声好像停了一段时期，到了七十年代初，钟声在清晨六点便开始奏响，钟声的开头是《东方红》音乐的第一小节，然后才是报时。在我小时候的印象里，很多死人的事、闹鬼的事以及某些得不到合理解释的事情，都和这些古老建筑群里的阴森空气以及那索命催魂的钟声有着紧密联系。

在七十年代初期，川医是我们这些三四年级孩子心目中最具诱惑力的地方之一，就像极喜欢在黑暗中聚在一起听鬼故事，在故事的叙述过程中不停地打抖，在神经就要崩溃时等待结局。传说这些老建筑群的很多教学用的解剖室，里面成天摆放着一排排的床，上面覆盖着白布，遮蔽不严的白布下面会露出一具具尸体。每天晚上12点钟声一过，就会有一个穿白衣的女子推门而入，啃咬每具尸体上的肉。第二天，人们就会发现很多尸体残缺不全。

我第一次认识荨麻（四川叫喝麻）这种有毒植物，就是在川医的外墙下面。那阵子成都的很多公共建筑都是刷上了白石灰的竖条格子墙，远看像是很粗的甜水面条。我的大腿可以穿过砖头隔出的空隙，但脑袋和身子却钻不过去。这种墙很矮，大多不超过2米，而且很多都破旧损坏了。我们这些孩子踩着砖缝就能轻易地翻过去。在人民公园后面，靠近钟鸣老家的那段墙和劳动公园（青羊宫）的一段墙好像都是这样。那次我们班的彭智、崔拐拐、罗鸿、戴永建几个决定下午逃学，到川医去看尸体解剖。我们几个人中先有一个要翻过去，看看有没有巡逻的民兵，都传说如果被民兵抓到，要被捆起来用荨麻条拷打。和荨麻接触过的皮肤会红肿起来，痛痒难忍。建娃翻了过去，确定没有人，我们才先后跳了进去。记得我拿了个纱网子，一个瓶子，准备顺便到川医里面去打点红砂虫喂鱼。我那天就跳进了一丛荨麻里，先是不知道，然后手和脚全完蛋了，又痛又痒，只能用土办法，把手掌往头发里使劲擦，试以缓解症状。

下午四五点钟，天气阴沉，校园里极其安静，为我们准备好了这次看尸体的气氛。我们几人沿路都不说话，提心吊胆地往钟楼摸去。

1972年，川医学校刚复课不久，来的都是各地进修的医务工作者，人员极其稀少。我们悄悄进了钟楼附近的那些老房子里，走廊里阴森森，一股股难闻的腐朽气息和地板的嘎嘎声把我们的心提到了嗓子眼，甚至听得见自己的血在血管里哗哗地响。每个房子的门都关得死死的，从裂开的门缝往里看，里面黑漆漆的，隐隐约约看到有什么东西在走动。

几个人赶紧脚踩脚冲出了房子，沿着房子外墙，再一扇子一扇子地寻找。越是害怕，就越想看到真相。在一座老楼边上，有一排像新搭建出来的宽大平房，一大排窗子，玻璃上都刷着白色油漆，窗下是一条排水沟，边上栽着一圈齐胸高的万年青。

这些窗已经失修了，歪歪斜斜关不严缝。透过油漆剥落的玻璃，房子里一排床就在窗附近，最近的离窗台只有两三尺远。从床上凸起的白布就知道，下面就是我们急于想发现的东西。

我们选了一扇窗子，不太使劲就拉开了。几个人挤成一团，伸长脖子，睁着惊恐的眼睛望着房子里头。在浓烈刺鼻的福尔马林气味里，尸体就在我们面前，盖着一张污渍斑驳的白布。他的双脚跷得高高的，朝向我们。房子里光线昏暗，隐约看得见很多瓶瓶罐罐里面泡着一些发白的东西。房子里的腐朽气味更浓了，煞得人流眼泪。我们几个人中，建娃最胆大，他找来一枝树条，把手伸进窗里，用树条将尸体脚上的白布慢慢挑了起来。

所有人的心跳都停止了。挑起来的白布下面，一只脚露了出来，脚趾甲又脏又长，脚板上的肉干枯、发青，大脚趾背上还有几根黑毛。建娃挑尸布的手停止不动了，僵在了那里。这时——"当"的一声巨响，头上钟楼的大钟炸响了。不知谁大喊一声："鬼来了！"我们"哇"的一声，顿时吓得魂飞魄散，撒开脚不要命地四处逃开了。

在1974年小学毕业前，我还有几个著名的逃学案例，如拉了班上七八个男生到跳伞塔撮鱼被老师告上门来，当着全家和左右邻居的面被妈妈按在凳子上打屁股；到火车南站爬火车差点摔断了腿；等等。但都比不上这次刺激、过瘾，让人终生难忘的逃学。

逃学真的是实践自由之旅，是冒险之旅（老师要告状，妈妈要打屁股），也是一次真正的精神之旅。一个学童离开了每天两个必去的点：家和学校。对他而言，他出走的对象和道路即是心灵中最想探索的地方，是梦想之地。当他离开家，装着要去上课或离开学校假装回家，而心中暗想着将要到达的地方，其心中的快乐和狂喜是一生中最为珍贵的。后果则完全可以忽略不计。

在逃学的路上，你能感觉到天空更湛蓝，能听到很远的火车声，嗅到未曾闻过的花香气息，期盼遇见料想不到的人，发生永生都不再可能发生的事。逃学其实就是艳遇的反物质。

我在七十年代初的多次逃学，为以后大学时代的大逃学（经常从南充逃到重庆或逃回成都，最远一次逃到了二千公里外的海南岛）和再后来的更大规模逃亡或曰流浪打下了坚实的基础。逃亡的真理就是，生命由自己做主，命运不被别人掌控。1984年底，我弃家跑到了北京，住在李六乙的宿舍里。到天津和胡冬瞎混，再到东北和郭力家、吕贵品、徐敬亚喝酒。第二年夏天，搞诗协办刊被停，半年内走完了整个南中国。此刻李亚伟的一句诗在我耳边响起："我在逃亡中深深地感受着自由"。

我为什么手短

如果全民公投允许重活十年，并任意选择，我肯定会毫不犹豫在"七十年代"上打钩。从1969年到1979年，一个人从七岁到十七岁，多么快乐啊！没心没肺地玩完了而又不担责任！干了那么多捣蛋的蠢事，在道德上却没有明显的负罪感。不像我们的爷爷那辈子，从二十世纪初到三四十年代，时代混乱而变迁巨大，因此命运难以定夺，有人穿起了草鞋爬过了雪山草地，有人穿了皮鞋留在了城里，我那爷爷左右为难，留在了湖南衡阳的乡下继续教私塾，最后抱憾终生。我父亲那辈因为自己选择了，穿了布鞋，两兄弟十六岁那年离家朝北远走，先加入国民党军，在两党的大决战前夕选择了共产党军，一路往南打下来，解放了西南。这一变换的选择，从1950年代到1970年代，付出了超乎他们想象的沉重代价，然后抱病猝死了。当然，我们也不像哥哥姐姐那帮，一腔热血洒向了文革，贞洁献给了知青，最后当了工人或嫁给了农民。

1960～1961年的大饥荒饿死很多人后，我才姗姗来迟。我是家里的老五，也是幺儿（1980年代任中国幺儿协会会长），我哥哥姐姐都很惨，靠我最近的哥哥万里1960年生，出生时只有三斤多，脑袋上居然没有一根头发，抱在手里，红扯扯的没有肉，像只刚剥了皮的兔子。睡了一个多月的保温箱后，样子还是像个外星人。那些天妈妈吃了一些胡萝卜和十个臭了的鸡蛋，这还是单位发给的仅有的营养品。相当不错了，要知道当时还有多少人在啃

原成都华西医大的老建筑

树皮、吞观音土、吃死人肉啊！

　　我闪过了这致命的一刀。1962年夏天，我胖乎乎地生出来了。妈妈没有多少奶，那时住在重庆的石板坡，离重庆市看守所只隔几个门牌号（28年后又重归故里）。单位隔壁有个卖花生酱的铺子，家里每天都要打几缸子，几乎没有其他东西可吃。我被这营养品灌得又白又胖。

　　直到长大后才发现自己有很多天生的毛病，可能是那时吃花生酱吃出的问题。比如有早起症（早7点前起床就头晕、拉肚子）、东方午休麻痹症（典型的民族临床症状，那时也是国家型疾病，八亿人民都是病友。主要源于营养不良）、晕书症（读书时想打瞌睡）、多动症。这些毛病变本加厉，以至祸延至今，我坚持认为是出生时营养过剩而消化不良的原因而肥胖的，上帝给予了补偿性惩罚。但我妈妈很久以前告诉我另一个有关我出生的版本，又使我不得不相信，人的来生前世可能是多方位的。

　　1961年下半年，父母发现已怀上了我，决定不要了。因为在一年前生活最艰难的时候刚刚生下了我哥哥万里，母子的身体都很差。兄弟两人离得太近了。我的生命是个意外，不在受邀迎奉之列。刚开始我妈妈并不知道，我有绿豆那么大的时候，有了端倪。妈妈开始有些发烧，以为是感冒，吃了许多感冒药。过了些日子，又开始胃痛，以为是肠胃炎，又吃了乱七八糟的抗生素消炎药，治不好，还让中医大夫扎了几天银针。后来才发现那就是一个我在从中做鬼呢！

　　我妈妈决定打胎了。先是用三七掺酒打，这是打胎的猛药：用一块三七在一只有烈酒的粗碗里使劲磨擦。一次五钱酒，一天三次，连续三天，让我拖着一具全尸出来。几天过后，见没有动静，又用了一招更狠的，从一个从四川马尔康高原转业的骑兵连长那里要来了一个麝香，闻了一天，还吃了指甲盖那么大一块。这虎狼药下去，一棒子非打出来不可了。见又没动静，爸爸心生怜悯，说不定是个女儿呢？那时爸爸可能想要一个幺女来给几弟兄压阵。但所有人都劝，吃了这么多药，折腾了这么久，这孩子受了这么多的罪，早已废了，就是能生出来也是个瓜娃子。那时全家人都很紧张，捏了一把冷汗。

　　我现在已是两个孩子的父亲了，知道了为什么只有人类刚出生的时候才是双拳握着，牙关紧咬，眉目深锁，两腿呈骑马状跨着：每个人呢生下来都是一座西藏密宗的忿怒尊。

这种表情和姿势说明了两样东西：从一个温软的怀抱降临到一个注定要艰辛一生的世界上；另一个则是在降临之前就提前受到了种种磨难和不公平的待遇。我可能属于后者吧。

反正生下来了，全家人失望又担心，又是一个男的，虽四肢齐全，但不知以后有没有后遗症，脑袋瓜不瓜。我真的应该在大夫倒提双脚打屁股让我哇哇大哭时，大声朗读一首骆耕野的成名诗《我不满》，或出示一本张小波、宋强他们弄的《中国不高兴》。我不知道我刚出生时是不是眉头锁得更深，双拳比别人捏得更紧。

这场意外直接导致的后果是：我的眉头长大后怎么也打不开了，天天皱着，好像有国家大事非考虑不可。从小到大，这眉头给我带来了一系列被误解的烦恼。每当别人找我谈话，我这该死的皱得很深的眉头都让别人以为我在表达不满、轻蔑和不屑。结果是双方大吵大闹，如果是太太，则非闹得要离婚不可。最后我非要大吼一声："老子天生长得就这样子，妈的，随你便！"

至于双手，则更是悲惨。可能是紧紧扭住母亲身体不放的原因，把手弄坏了，影响了发育。等长大后才发现，我两支手臂不仅长短不一样，居然还比正常人短了一大截。只要是买了有袖子的衣服，肯定要去裁缝店改短：左手剪2公分，右手剪3.5公分。北京新天地三楼改裁衣裤的店铺里，我成了他们必须认真善待的老顾客。

这双近乎半残的手，肯定是当时在母亲的肚子里，面对那么多汹涌而来的洪水猛兽，只得死死抓住妈妈的身体，怎么也不能松手。这不是十几年后的跳桥啊，下面有水接住。这是跳崖，只要一松手，死亡翻江倒海而来。

由于手短，双臂在肩膀下面哈起，走路或说话激动时两手的挥舞动作，朋友们都说像个大猩猩。由于手短，钱、权、女人、事业等大凡人生主旋律的东西都抓不住，绝大部分都流失了。但我在妈妈肚子里学会了征服人生的一招，只要抓住了，就打死也不松手。

一个伟大的时代，给人以最具杀伤力的武器：思想、工具和基因。从七岁到十七岁，七十年代给了我决心改变不公平世界而发奋努力的抱负，有了这座城市里史地知识前三名的最好头脑，以及一米七八急躁多毛的体魄里面灼烫而可控的精液。

回想整个七十年代，她更像我的父母，我的朋友和兄弟，像日夜暗恋又不知其人是谁的情侣。她就在我的三十年前慢慢长大，离我越来越近。就在我纵身跳下大桥的那一刻。

公刘先生在赣州

阳　春

从一位物理老师说起

　　1957年夏季快来临时，教我们物理的熊老师，忽然兴趣盎然地给我们上了一堂"诗歌欣赏课"。他是南昌人，普通话说不好，他用南昌话先绘声绘色地给我们讲了王勃与滕王阁的故事，然后说："如今，人杰地灵的南昌也出了一个可以与王勃相提并论的诗人，他叫公刘，是我的邻居，青云眼镜钟表店的穷小儿。这个真名叫刘仁勇的小男孩，小学尚未毕业，他家被日本鬼子的飞机炸毁之后，便和我们一道流浪到了赣州，不久我去了西南联大读书，据说这个刘仁勇，被一个有权势的人捡了去，做了抗日宣传队的演员……沧海桑田，如今他竟成了洛阳纸贵的大诗人，口说无凭，我来给大家朗诵几首他的短诗……"

　　熊老师当时朗读的是《致中南海》《运杨柳的骆驼》《夜半，车过黄河》《五月一日的夜晚》《故乡的灯火》。当他朗诵《故乡的灯火》时，这位身高一米八的老师，竟在同学们面前呜呜哭泣起来……

　　这件事不久，"反右"运动开始了，教政治的老师拿了一大叠报纸到我们班里来"消毒"，他说公刘是蒋经国的干儿子，是大"反革命"，大"右派"……

　　晴天霹雳，熊老师知道自己在劫难逃，他找了一个机会，将一册剪贴本交给我，要我代为保管，我翻开一看，里面剪贴的全是公刘的诗歌，那时我是学校幼芽文学社的社长，却不知道它的严重后果。熊老师突然失踪了，一年之后，他不知从哪里被五花大绑抓了回来，宣布他从今以后是受管制的，清扫厕所和猪圈的"右派"分子，是勤杂工。不到两年，熊老师郁郁而逝。

1960年，我也因"不适合在社会上生活"而被送进了"劳动教养大营"。临行时，我把那本《公刘诗歌剪贴本》交给我父亲，告诉他这是一位老师的遗物，等有机会时转交给他的家人。"文化大革命"结束后，我从"劳动教养大营"回到家，父亲将《公刘诗歌剪贴本》完好无损地交还给我。这册剪贴本的主人是熊老师，他去世后他的夫人回南昌去了。我没有能够找到他的夫人，我想，这册《公刘诗歌剪贴本》能转交给公刘本人就好了，可是公刘当年是被宣布为大"反革命"的人，他现在的情况如何？我同样无法得知。

1991年，我去通天岩石窟寺游览，那里正在恢复蒋经国的旧居，一位老方丈在指挥人们摆设一张行军床时说："这张小行军床，当时是蒋经国先生最喜欢的刘仁勇小朋友睡的……"

刘仁勇不就是公刘吗？在老方丈那里了解到更多的历史事实之后，我写了一篇《魂系通天岩》的散文，文章最后，我用那位老方丈的口吻说："刘仁勇小朋友，你现在在哪里？"该文在《中国市容报》发表后，我收到几位读者的来信，他们告诉我，诗人公刘（刘仁勇）现在是安徽文学院的院长……

我和公刘开始通信了，1993年初，他告诉我，他将在5月下旬到南昌开"建筑与文学"的研讨会，希望我能从赣州到南昌去认识他，"你不是编著过一部《古城赣州》吗？我想请你这个赣州通陪同我到赣州去捡拾我'旧日的脚印'。路线该怎么走（便捷，安全，经济），想请你指授……"

客居在赣州郊区的老诗人李一痕得知这一信息后，立即找到我说："公刘到了赣州，就请他住在我这里，吃，住，交通，我全管。"（诗人李一痕，笔名丁东、石羽、青藜，上世纪四十年代著名诗刊《火之源》的主编。他与公刘虽然没有见过面，但他们的名字是上世纪四十年代常常在报刊上"互相见面"的诗友，新中国成立后他同样被打成"右派"，发落在赣南的矿山上改造，"文革"结束，他平反后因为有个"美籍华人"的好爸爸，他在赣州市郊区建了一座"惠园"别墅。）

噩梦，青原山

　　我是5月31日到达南昌的，在诗人李耕家里住了一夜，第二天在南昌宾馆接到公刘后，立即坐昌赣公路的班车到吉安去。公刘说："我之所以要在吉安待一两天，那是因为我的整个少年光阴是在赣州和吉安的青原山度过的，正是这两个地方，决定了我这一生的宿命……"

　　车到吉安，已是华灯初上的傍晚，青原山离吉安十几公里，既没有去青原山的班车，也没有去那儿的出租车。望着大雨倾盆的夜空，公刘说："我有个一直没有见过面的学生在吉安技工学校当校长，他叮嘱我，到了吉安就给他打电话，剩下的一切事情都由他来办。阳春君，你觉得我们能试试看吗？"

　　"师生之间联系一下，应该不算越出了我们这个社会的'规矩'吧？"

　　吴校长很快就开着车来了车站，由于大雨滂沱，激动的吴校长背起公刘便往小车跑……

公刘为阳春书写的墨宝『切莫忘下里巴人』

　　我们在吉州旅社住下之后，公刘对吴校长说："我是私人返乡，请你不要与任何人说我来了吉安。"

　　天蒙蒙亮公刘就起来了，正准备在床前做气功时，突然有人敲门，进来的人自我介绍说："我们是文化局和文联的，我是文化局的刘欧生。"

　　文化局局长刘欧生是著名作家，公刘立即认出了他。文联的张主席、刘秘书长是部队转业的干部，他们当然知道曾经是解放军文化部专业创作员的公刘。一屋子"自己人"，公刘高兴得满脸的胡子都在笑。

"我叮嘱吴校长不要把我私人返乡的事告诉任何人，看，骚扰你们啦！"

"吴校长不说我们还真不知道呢，让工业部门来接待你，那是我们的失职……"

吃过早点，前两天扭歪了腰的文化局长刘欧生无法陪同我们去青原山，他将自己的拐杖递给公刘说，青原山古刹年久失修，带根拐杖，有备无患。

车到青原山净居寺前，一路兴奋的公刘，立时脸色灰青："这儿是青原山吗？我们当年集体背诵总理遗嘱的大礼堂呢？刘天浪（历任中国音乐家协会常务理事、江西省音乐家协会主席、江西省文联副主席、江西省政协常委、江西省人大常委会委员、江西师范大学艺术系主任）老师指挥我们合唱

公刘和阳春在赣州八镜台下谈婚姻、爱情、友情

过抗战歌曲的音乐厅呢？当年是满目青山呀！如今怎么会这样呢？荒草萋萋……满目苍凉……"

　　他孤零零地在荒草丛中来回彳亍，一滴滴眼泪落在荒草上……

　　万籁俱寂。

公刘在通天岩石窟读壁

　　"这里曾经是国立十三中学的校址呀！这个学校专门招收抗日战争中失去了家园的流亡学生。1939年我从赣州考区考入这所学校，从初中一年级一直读到高中毕业，正是在这里，我接受了地下党的领导，与同学们一道和国民党的军事教官作斗争，做了反蒋、反内战、反饥饿的冲锋陷阵者……后来地下党又举荐我去香港做文化工作，直到参加解放军，进军大西南……我是从这里走向社会的……"

　　他用拐杖拨开一人高的荒草，步履蹒跚地觅路前进，终于找到了大雄宝殿。

　　"不错，这就是

当年的大雄宝殿，可如今疮痍满目……嵌在墙壁上的诗碑呢？黄山谷精妙绝
伦的书法呢？四大天王、弥勒、韦驼、观世音、释迦牟尼、阿难、迦叶诸神
的雕像呢？它们不仅是一千多年前的文物，更是中国佛教屈指可数的顶级艺
术品呀……唐开元盛世，这儿是有一千多僧人的江南一大佛场呀，也是宋代
青原书院，清代阳明书院的所在地呀，文天祥、杨万里、刘振翁、解缙等人
都曾在这里求学、讲学……我就曾在这里临摹过黄山谷的书法……可是这一
切，如今却荡然无存……"

他昂昂然，不是在说话，而是在放声呼号，手上的拐棍"笃、笃、笃"
地狠击着地面……

"沧海桑田？不！五十年前我还和它们朝夕相处的呀……"

他气冲牛斗地举起拐杖，指着天空，张开嘴，却说不出话，厚厚的嘴唇
只是战栗着……

静寂，静寂……让人难堪的静寂……

"公刘老师，你有什么话，放声说吧，我们这些后辈聆听着呢。"文化
局的一位同志说。

"这儿原来有文天祥留下的真迹——遒劲、雍正、沉着的'青云山'三
个大字，哪儿去了？"

"'青云山'！偌，'青云山'被那块匾牌遮着呢。"文联的同志回答说。

公刘走过去，用拐杖拨开那块悬挂在壁上的匾额，"青云山"三个石刻
正书果然被这块巨匾遮蔽着……

"'人生自古谁无死，留取丹心照汗青。'民族英雄文天祥是吉安人，
这是吉安的骄傲。他有墨宝留在吉安，是吉安的福气……你们却用一个宗教
头目的涂鸦遮盖着文天祥……"

他的呐喊声和手杖击地的"笃、笃、笃"声在青原山的峡谷里撞来撞
去……

"公刘老师，是这样，这里是卫生部门的地盘，不归我们文化部门
管……"

说话的人伸手拦住公刘："请老师别再往前走了，这里做了精神病院已
经数十年了，前面就是关管病人的病房，他们养了恶狗……"

公刘仰天长叹："兴衰由人事，山川空地形……宋朝、明朝、清朝在这座寺庙里做书院，我们在这里做精神病院……这就是历史……"

静默了一会儿，他接着说："每一个人都有权利评判历史为人们留下的一切……'文化大革命'是一场战争，幸存的人们是这场战争的胜利者，然而最终要看我们能否建立一种新的文明……我们一直生活在荒诞之中，可我们却没有丝毫荒诞的意识感……呵！长的是磨难……长的是磨难……"

文化局的同志给公刘递了一瓶矿泉水。

"人是需要道德、需要宗教、需要信仰的高级动物，而我们恰恰没有这些，这就是我们经历了那样漫长的黑夜的主要原因……"

他时而沉郁，时而愤懑，时而仰天无奈，时而又气势飞扬……

披肝沥胆，凄怆悲壮……

从他的秃顶到他脚上的那双老布鞋，都充满了苍凉之美。

他突然回过头来指着我说："阳春君，你一直在笔记本上记些什么？记我的这些疯话？你知道'文化大革命'时毛泽东为陈毅辩护时怎么说的吗？他说，陈毅是诗人，诗人说的话可以不算数……我公刘也是诗人，你以后把我今天说的疯话写在什么文章上，我会不认账的……好在今天没有人带了照相机、录音机，否则，有照片，有录音佐证，我要赖账也赖不掉！"

大家一阵大笑，原来肃穆的空气被笑声驱散得干干净净。

"我想要清醒，而我的秉性却偏偏让我糊涂……我们回去吧，再待在这里，我恐怕也要进精神病院啦！"

公刘后来在他的《四百里水路捡脚印》一文中写道："青云山之行，完全是一场噩梦！这一天，无论是扫兴还是高兴，自赣州到南昌来接我的阳春先生和吉安文化界的几位名流，都亲眼目睹了我毫无遮掩的情感波澜，我并不为自己缺少城府而害臊……"

蒋经国情愫

第二天上午十点，我们就到了赣州，惠园的园主、诗人李一痕已在门前等候，两位没有见过面的老朋友紧紧地拥抱着，老泪纵横，语不成言。

"……半个世纪了，我们这些相见过或未曾谋面但却相知的昔年老友，唯有在梦中相见，自然都是三十年代或四十年代的模样，没有想到的是，今天的你，竟是个美髯公……"

"……日本投降，抗战结束，我们又投入了解放自己的战争，终于建立了共和国，不料接踵而来的却是一个又一个自己人整自己人的运动……当我被投入地狱时，我总希望别的朋友能安全无恙，谁知道你也是被改造了几十年的'右派'……"

"'文章憎命达，魑魅喜人过'……然而，终于'天若有情天亦老'……"

"……不错！'此身合是诗人未，细雨骑驴入剑门。'我们这些人，从本质上说，是不愿与那种消灭文化的文化生态认同的人，结果遭受到的不仅是政治上的压迫流放，更重要的是人格上的侮辱，多少文化人自尽了，与其说他们死于政治，不如说他们死于一种文化。'文化已死，我们活着还有什么意思呢？'据说，这是老舍投湖之前说的话，而我们这些所谓的幸存者，实际上是残喘地苟活到了今天……"

"不说这些！不说这些！进屋，为你洗尘，喝酒……"

"不！不！我想现在就去赣州公园捡我儿时的脚印……也好！我们先喝酒，洗尘……"

第二天，我们去到赣州公园门口时，公刘兴奋地指着一棵老樟树说："当年抗日宣传队招收演员的海报就贴在这树干上……我走进公园，找到这个宣传队的排练间，正准备闯进去，一个身穿夹克衫，头戴鸭舌帽，腿上打着灰色绑腿的汉子走过来拦着我说：'小孩，你是来乞讨铜钱的吧……我给你开张票，你到西门的难童学校去，那里有饭吃，有书读……'当年赣州到处都能看到向人讨钱的乞丐。他以为我是讨钱的小乞丐。我说：'我不是来讨铜钱的，我是来报考宣传队的。'"

"'你是来报考宣传队的？'这个穿夹克衫的人睁大了眼睛，他双手叉着腰，围着一身脏兮兮的我转了一圈，'真不可思议，我们的海报没有说会招收小孩呀！'"

"我想了想回答说：'可你们的海报也没有说不招收小孩呀！'"

"'唔！好厉害的小嘴！'他听出了我的南昌口音，并且认定我是个孤儿。

"'你是从南昌流浪到赣州的？告诉我，你叫什么名字……哦！叫刘仁勇，仁义道德的仁，勇敢的勇，好，刘仁勇，你给我立正站着，让我仔细看看你……告诉我，你会什么文艺宣传？'

"'我会唱歌。'

"'那好，你就唱个歌给我们听吧。'

"我当时唱的是《松花江上》：

> 我的家，在松花江上……
> 那里有我的同胞
> 还有那衰老的爹娘……

"人们早就屏住了呼吸，可是我却抱着头泣不成声了，我满脑子都是日本飞机炸毁我家时我父母捶胸顿足的恐怖画面。我蹲在地上，号啕大哭。

"那位穿夹克衫的汉子紧紧地将我搂在怀里，然后抱起我，在我脸上亲了又亲。他满脸的泪水全都粘贴到我的小脸上了，又咸又甘……

"'莫哭，莫哭，你考取了！考取了！从现在起，这儿就是你的家……张明老师（宣传队的队长），从今天起你就是他爸爸，只要他愿意，我们大家都是他的爸爸、妈妈……走，我们先上街去，买几尺布，先给你做两套衣服……'"

当年做了抗日宣传队的励志社招待所，现在是赣州市老年宫。

公刘说："当年这位身穿夹克衫的汉子牵着我走出赣州公园往左拐，经过一家小馆子时，我便赖着不走了，那馆子店里飘出来的米粉肉香味，让饥肠辘辘的我岂止是垂涎三尺……牵着我的这位汉子立刻明白了我赖着不走的缘由：'对了！对你来说，填饱肚子比穿新衣服更为紧迫。'他牵着我走进这家馆子店，店伙计们都认识他，全都点头哈腰地问他，公子要吃点什么？

"今天不是我吃，是我请这位小朋友吃，问他想吃什么。

"'米粉肉！'我说完之后，牵着我进店的人又补了一句：'来两

钵。'

"我们俩面对面坐着，他的一双大手放在桌子上，眼睛直愣愣地盯着我，我也目不转睛地看着他，首先引起我注意的是他的耳朵，他嵌着一粒肉珠的耳垂又大又厚，脖子、脸、手臂、皮肤都很粗粝，让我不胜惊讶的是，他的鼻翼至双颊，竟散布着若干不是一眼就能看出来的白麻瘢点……他一直微笑着，那是一种永远不会凋谢的笑容，他的宽厚的下颏，他的略带沙哑的嗓音以及他那双又短又粗、只有劳苦工农才有的手……两钵米粉肉端上来了，赣州的米粉肉是粘了淮山粉之后用文火慢慢蒸烂的，那是神仙吃的佳肴。我狼吞虎咽吃了一钵半，剩下半钵吃不下了。

"'你真的吃不下了？'他问我，'那好，这半钵我来替你吃掉它。'

"他的吃相恰似一头猫，吃完那半钵米粉肉之后，他竟伸出长长的舌头，猫一样地用舌头去舔粘在钵子壁上的油水……他发现我睁大了眼睛望着他，这才放下钵子说，刘仁勇，你小学没读完，知道'锄禾日当午，汗滴禾下土。谁知盘中餐，粒粒皆辛苦'的古诗吗？'谁知盘中餐，粒粒皆辛苦'呀！

"原来这个人称公子的人就是蒋介石的儿子蒋经国呀，那时候他还没有当赣南的督察专员，是江西省新兵督练处的处长大人，督练新兵的营地设在离城区

公刘与阳春在赣州北门炮城

十几里的通天岩山脚下，通天岩山上有蒋经国的一个住处，城里励志社招待所是他的另一个住处。他的老婆儿女还没有跟随他到赣州来，我就像他的跟班，他去哪儿都带着我，当时通天岩山下有三千多新兵在接受训练，他天天早上领着这些人在山道上跑步，然后集中在山脚下的广场上给他们训话。有一天下大雪，跑完步，他突然在那个给大家训话的土台上说：'今天我就不给大家说什么啦，现在大家鼓掌，欢迎刘仁勇小朋友给大家讲话、唱歌！'

"我毫无思想准备，但是他已经将我抱到土台上了，硬着发麻的头皮，我大声地喊道：'亲爱的叔叔们，你们在这儿集训，练好本领，上前线打日本鬼子，我是督练处抗日宣传队的队员，我给大家唱个歌，慰劳大家。'

"我当时唱的是《大刀进行曲》：

大刀——
向鬼子们的头上砍去
全国爱国的同胞们
抗战的一天来到了
前面有工农的子弟兵
后面有全国的老百姓
咱们军民团结勇敢向前进
看准敌人
把他们消灭
把他们消灭
杀——

"激越的歌声和士兵们震耳欲聋的掌声一道在四周回响，山谷里堆满了积雪的树叶被震得飘飘而下。蒋经国又一次抱起我，在我脸上亲了又亲……"

当年的练兵广场现在是停车场，公刘指着山上的大树说："古木依然，那个土台却杳然了……回想往事，仿佛就在昨天，人生苦短……"

我们漫步来到山上的蒋经国旧居，简朴的房间里只有一张桌子和一铺木板床、一张小行军床……公刘忽然脸色煞青，下意识地喊了起来："物是人非事事休……一片冰心在玉壶……滴水之恩，当涌泉相报，可我呢……"

青年时代的公刘

他泪水如注，厚厚的嘴唇不断地战栗着，我伸出手要去扶住他，他推开我说："不！珠玉在侧，觉我形秽，人不可以无耻，无耻之耻，无耻矣，让我的良心在这儿……"

他终究站不稳了，我将他搀到一边坐下，良久，他慢慢地说："记得那天的雪花巴掌一般大，早晨我先醒来，发现我睡的小行军床和他的木板床并放在一起了，我身上盖的是一件厚实的大皮袄，这是他从苏联带回来的，而他自己盖的却是一床小棉被……那是舐犊，是人性的光辉盖在我的身上……可那时，我不知道这是比金子还要宝贵的人性之光……

"正是他，不久便对我说：'刘仁勇，你应该去上学读书，我给你写封信，你拿我的信到赣州中学去住校，我在信上会告诉他们，你的一切费用由我负担……'

"那时候，他已经当了赣南区的督察专员，很忙。当时的赣州中学在乡下，我去到那里不久，他又派人把我接回赣州，告诉我说，吉安建了一座国立十三中学，专门招收沦陷区的失学孤儿，他要我去报考，考取了的话，一切费用全免……我果然考取了，送我去吉安青原山读书的那一天，在建春门码头登船时，我看见他眼眶里盈满了泪水……可我在吉安读了六年书之后，却奉了某些人的旨意，写了好几篇批判他的文章，成了反蒋的急先锋……"

他说不下去了，一脸肃穆。

记得那天到虎岗去拜谒蒋经国旧居时，公刘看见蒋经国书写的"音乐家——张明先生之墓"的墓碑（音乐家张明，是当年抗日宣传队的队长）立时跪在墓碑前，失声痛哭："张明大哥，我——无良心的刘仁勇——来看你啦……"

良久……他在袁清夷先生书写的《新赣南家训》屏风面前，大声朗读：

> 东方发白，大家起床，洗脸刷牙，打扫厅堂，天天运动，身体健康，内外清洁，整齐大方。
>
> 时间宝贵，工作紧张，休息睡觉，反省思量，吃饭吃粥，种田艰难不忘，穿衣穿鞋，要从辛苦作想……

此刻，满脸泪水的公刘，已经站立不住……

他抹干眼泪，在孙中山先生和蒋经国先生肖像前一再鞠躬，他说："蒋经国先生是个心肠非常善的、爱百姓、为百姓着想的政治家，从他所做的大事来衡量，他是中国现代名列前茅的大政治家……

"在政治魔鬼的要弄下，我是一个曾经丢失了人性的人，我做过反对蒋先生的急先锋……

"我被历史捉弄了一番之后……啊！长的是苦难……短的是人生……人性在我们这些人身上是如此脆弱……这个问题我不知思考过多少次了……我本人就是最好的例子……蒋经国先生凭他的善良的心，'溺爱'过我，而我后来在政治面前却丢失了我的人性……我们这些人的人性为什么这样容易丢失？"

他忽然指着我问："阳春，你读到过'文化大革命'时，广东作家欧阳山被押到台上批斗时，他的儿子竟走上台去拳打脚踢他父亲的那张报纸吗？正是读了那张刊有照片的报纸，我忽然醍醐灌顶：是阶级斗争论的学说，使多少人失去了人性，使多少女人失去了母性；阶级斗争论的运用者们将人们的生存环境变成了一种对人性异化与摧残的恶性循环，从而使人们纷纷失去了人的善良本质，让人沦为了某种学说的奴隶……"

我赶忙四周张望，看看有没有人在旁听我们的谈话。

半晌，他仰首自语："不久前看了一部内部放映的台湾新闻纪录片，蒋经国先生在台湾逝世后他的灵柩出殡时，台湾人民沿街悬帐路祭，双膝跪地，泣不成声者数不胜数，而这样的机会，历史却没有给我……"

他潸然而下的眼泪落满了我搀扶着他的双手……

"呵！长的是磨难！短的是人生……长的是磨难！磨难！磨难……"

情爱·婚姻·友谊

"《阿诗玛》的作者到赣州来了"的消息不胫而走，民间的爱诗者纷至沓来络绎不绝，有几位女诗歌爱好者对我说，公刘现在是鳏夫，我们这些女诗歌爱好者中有一位是寡妇，她想毛遂自荐，跟公刘回安徽去，做他的生活伴侣……

我和李一痕老师立即将这个信息转告给了公刘。

"我来赣州是访旧和写文章，等我写完了应该写的文章之后，我们就情爱和婚姻问题各自说说自己的看法吧，到时候不妨请那位女士也一同来讨论。"

6月下旬，公刘写出了《四百里水路捡脚印》和《毕竟东流去》的初稿之后，他要我陪他去八境公园抄录苏东坡当年流放海南从赣州经过时留下的即兴诗。

去到八境台，抄完那组石刻，我们来到古城墙边的柳树丛里，想在那儿坐一会儿，有一对情侣，却突然在我们身边旁若无人地拥抱着热吻起来……

公刘在通天岩蒋经国旧居

那对情侣终于走了，公刘笑着问我："阳春，你有过这样的浪漫吗？对了，我们今天不妨就在这儿来探讨探讨情爱与婚姻问题。"

我赶忙掏出随身携带的笔记本……

"瞧你，又来了不是，今天是我们互相来探讨这个问题。我虽然有过三次婚姻记录，但我一直说不清真正的爱情是怎么一回事。31岁我才结婚，30岁之前一直颠沛流离，进入青春期之后，心事都放在革命事业和写文章的大事业上，再说我也知道自己虽然有点才华，但貌不出众……说我有自卑感吗，也不是。总之，与那些风流才子相比，应该说，我在这方面是没有作为的人，你呢？有什么惊世骇俗的故事？"

我告诉他："我更可怜，四十岁那年我才有幸捡到一个没有饭吃的乡下姑娘……对了，文坛内外都传说你的第一次婚姻极富传奇色彩，是吗？"

"刻骨铭心！不堪回首……"他站起来，仰首闭目，被风吹拂着的柳丝在他的美髯上荡来荡去，"1956年，我的创作欲望如火如荼，这时，我在北京也有了个窝……有一天，我们单位的一位老同志对我说，他夫人那里有一位从昆明师院来京进修的调干生，读了我的诗歌，很想见我一面……就这样，我与这位爱读我作品的湖南妹子相识了，那时候我已经31岁，写了第一首所谓的爱情诗：盛夏已经逝去/在荒芜的花园里/只剩下一朵迟开的蔷薇/摘了去吧，姑娘/别在襟前，让它/贴近你的胸膛枯萎……"

我又一次看见他眼眶里盈满了泪水。

"不久，我们裁了结婚证，她怀孕了，但是我却发现我与她无法相处……我忍让着，痛苦着……更晴天霹雳的是：那年6月，我从青海回到北京，迎接我的是'剥下公刘右派画皮'的批斗大会。正是这其间，她生下了我日后相依为命的女儿，作为母亲，她却拒绝给'右派的女儿'哺乳……

"我背着我女儿到山西去劳改……我没有怨恨我的所谓的妻子，我只责备自己当了'右派'，我写信给她，哀求她寄几块钱给我，好给女儿买件小袄，我得到的回信却是一张写着'公刘，你这个大右派！'的明信片……

"我用茫然的目光盯着所有发生了的不可思议的事情，我一直在反省，我的思维迟迟没有转到对现实的否定上来……一夜之间，人性便被政治砸得片甲不留……不认丈夫，不认女儿……

"我的第二次婚姻是摘掉我的'右派'帽子被放在山西《火花》月刊当编辑时开始的，那时我38岁，对方比我小几岁，她对我不错，但她不尊敬我母亲，把我母亲当做雇来的老妈子。在我的心田里，我的母亲就是我的圣母，岂容他人凌辱。相处了两年，分手了……呵！人世几回伤往事……

公刘在赣州郁孤台

"好不容易'文化大革命'结束了。1979年我与女儿在安徽合肥安了家。1982年我又一次与'婚姻'两个字有了瓜葛，那年我56岁，对方在北京某电影制片厂做导演，每天给我打几次电话，两天给我写一封信，诚心要做我的另一半，我动心了，答应了她，约她定个时间去裁结婚证。你猜她怎么回答我：'裁什么结婚证，亲爱的，现代社会，只有傻瓜才结什么婚，我们是自由的仙鹤……'

"我不同意，她强不过我，结果还是办了手续。可她的工作单位在北京，我们一直两地分居，加上她开放无度的言行我无法适应，我的保守她也不能迁就……1984年我们终于分手了。一个好女人，但我们无法相处做夫妻……"

虽然只有我一个听众，但诗人的倾诉欲望让他激昂的演说好像刚刚才开始。

"这就是我三次失败的婚姻，请你转告那位有意跟我回安徽去的女士，我谢谢她，但是我不想再去品尝婚姻这枚苦果……

"我没有品尝过爱情的蜜汁，我受够了婚姻的折腾……但是我收获过许许多多比金子还要宝贵的友谊，假如说我这一生有过什么温暖的话，那就是友谊。我少年时期落难，有缘遇到了蒋经国先生、徐君虎先生、张明大哥、罗琳大姐、十三中的陈颖珊老师、《新赣南报》的洛汀、浙江的圣野、香港的秦似……他们给予我的亲情与我父母给予我的血肉亲情毫无区别。'文革'之后在我落难的岁月里，又有幸遇到了拯救了我生命的陈根九老人、陈双科老人，还有文化界的长辈夏衍、陈荒煤、冯牧、刻骨铭心的郭小川、两肋插刀的邵燕祥、冰夫、塞风、白榕、柳萌、林希、丛维熙、李耕、柯原、刘章、腾长桥、宫玺、立传玺、陈发仁、冯亦同、李云鹏……还有像李一痕和你这样从未相见却心有灵犀相通的诤友……

"你知道萎靡不振的'右派'分子公刘当年敲开郭小川的家门时，这位大哥是怎么接待我的吗？他紧紧地拥抱着我，我们俩谁也说不出话，半响，他才说：'我现在能为你做什么？'

"我说我想回江西，他立即提笔给当时江西省委的宣传部部长李定坤写信……

"五十年代末，我带着女儿在山西劳动改造时，那里和全国一样，饿殍遍野，有一天我突然收到一包砂糖，原来一位老同学得知我在山西劳改，他在包裹里夹的纸条上说：'我没有其他能力帮助你，给你寄来一点砂糖……'

"……没有这些刻骨铭心的友谊，我与我女儿早不在人间啦。"

我做笔录的圆珠笔，油墨用完了，好在八境台三楼有个小卖部，等我买了笔回到柳林时，公刘却不知去向，好不容易才在八境台的炮城里找到他，这里杂草丛生，我们坐在草地上继续交谈。

"抗战时期，李耕也在赣州待过好几年，李耕说他来赣州访旧时，也是你作陪同，我与他都是诗人，也同样是'右派'，我们与你是两代人，你对我们这些人有些什么感触、感慨、感想？"

我这次到南昌接公刘，住在李耕老师家里，那天夜晚，他与我正好议论了公刘，而此刻我手上的笔记本，正是记录我们当时对话的那册笔记本。于是我照本宣科对他说，李耕老师是这样评价你的："公刘是当代中国文坛中的天才，是诗歌界的李逵，是继鲁迅之后能担当得起'知识分子的中国的智者'。公刘的真诚与痛苦在烈火中反复冶炼、升腾……锥心泣血，以全生命追问历史……清新睿智，大气耿介，坎坷蹇涩，艰辛备至，宁折不弯，黑白分明，大歌大哭，不畏权，不媚俗……是一头浑身长满了剑戟的恐龙……公刘走的是伊索、天问、草叶集的路。公刘不是狂，而是狷，是耿介、犀利与精到！"

公刘仰首大笑："才自清明志自高……夕阳无限好，只是近黄昏。我六十多岁才有所醒悟，这使我很尴尬……我有幸被打入底层，让我看到了我们悲哀的人民的生存状态……"

我们周围已经围了几位听众，看他们的穿戴，好像是星期天出来逛城的大学生，我怕我们的对话会走火入魔……于是我说：

"公刘老师，我们只谈纯文学吧，你早期的作品理想主义色彩鲜明，轻柔，明亮，浪漫……感性多于理性。而你八零年代之后的诗却恰恰相反，凝重，沉郁，反思，追溯，批判……你好像梦醒了，却又隐入了迷惘，你寻求怒海，呼唤危崖、莽林，呼唤搏击……热血仍然在你的血管里奔突……高风亮节，一种屈原、司马迁的精神体现在你的身上……"

他手一挥，制止我说下去，点着我的鼻子说："阳春，你读了些书吗？恭维人也学会了……"

我也不让他说下去，我继续说："李耕老师与你都是当代诗坛的骄子，可他与你恰恰是另一种气度，另一种风貌，虽然他与你一样，文采风流，才名四播，但他经过炼狱之后，已不耐烦嚣，苦恼，他只冥求性灵与完好，他有一种过来人悟透了的豁达、澄明、自由、任性、坦然……看似一位无拘无束的悟禅者，一位精神休憩的道人，似乎没有'思想被主义奸侮后的痛苦'，我与他交谈时，他总是盘腿而坐，一动不动，我甚至能听到他生命的内在音节……我有幸和你们两个都有过近距离的接触……呵！对了，我能问个问题吗？你解脱之后，为什么不留在北京？"

又有几个人围着我们坐了下来，看样子他们也是什么学院的大学生。

"我离开京都，主要是那里没有人收留我这头'浑身长满了剑戟的恐龙'，我也早意识到那里不适宜我生存，无穷无尽的应酬和争论会把你已经形成的人格在不知不觉中异化，会将你陷入种种方圆之中，消耗掉你的生命……

"我想保持我的自傲和自信，那种被豢养的'幸福'就是取消你思考的权利。人的本质在于生命的冲动，高高在上，你会丢失生命的冲动。画了一幅惊世大作《父亲》的那位战士，不久就画了一幅《金秋》，不是给我们上了一课吗……

"我在京都看到一大批曾经呐喊着打倒我们的左撇子们，他们在沦落为精神奴隶之后，如今这批人又沦落成了金钱的娼妓，这是悲剧……

"一千多年前，当杜甫看见民不聊生时写下了'三吏'、'三别'，那些年，我们的人民走投无路，饿殍遍野时，京都里的诗人谁曾出来呐喊过一声……

"整整一个时代否定了我们这些人，可我们这些被否定的人，一个个都是孤忠之相，不断地反省改造自己，竟没有一个人觉悟了，从而出来否定那个时代。应该说，这是我们这个民族的悲哀……

"一个民族被外族的政治强盗逼进一条自毁文化的胡同之后，将会产生怎样的恶果……四零年代我们出了赵丹这样的巨星，出了《义勇军进行曲》这样全民同唱的壮歌……而这几十年，我们产生、创作出了什么？"

围坐在我们周围的陌生人突然鼓起了掌，公刘站起来，双手抱拳，颤颤地向他们致谢。

"人间的温暖……六十年……我的生活中有过多少温暖？温暖在哪儿……人与人之间怎么会这样？想当年，我在抗战宣传队时，大家都像兄弟姐妹，可今天大家都筑起一扇扇篱笆……"

正这时，李一痕老师陪着一位僧人寻到八境台来了，这位僧人是广东佛教协会的悟了法师，他是来接公刘到广州去参加"文学与宗教"研讨会的。

公刘要走了，我们三双手握在一起……

执手相看泪眼，竟无语凝噎……

最后还是公刘说了话：

"长的是磨难，短的是人生！大家保重！保重……保重……"

同一个萧军

刘诚龙

这一个萧军

萧军在中国现当代作家群中是极为特立独行的一个。

萧军曾在其日记里写道："我不能做任何人、任何阶级的主人，我也不能做任何人、任何阶级的弄臣或奴才！——这就是我人生的态度。"在风云变幻的历史时空里，文人中抱持这种人生态度的，不多，萧军洵称异数。

萧军曾两次到延安，第一次是"过客"，第二次则算是"住客"。1938年3月，要凭一身肝胆去灭日寇的萧军，离开山西民族革命大学，在吉县从阎锡山手中拿到通行证，独自一人徒步北上，横渡黄河，翻山越岭，于3月21日到达延安，住进了陕甘宁边区政府招待所。不过他却当延安是过道，他本来要去五台游击区的，却因前方战事受阻，只好在延安短暂逗留。从后方来了一位大才子，而且是鲁迅的"私淑弟子"，这也算是延安文艺生活中的"一件大事"。当丁玲把这个消息告诉毛泽东，毛泽东甚是兴奋，特派办公室秘书和培元前往，邀请萧军一见，丁玲也劝说道："毛泽东这个人很了不起，你应该见见再走。"哪想到萧军不以为然："不见了，他挺忙的，我也住上一两星期就走。"硬是没去。"山不过来，我就过去"，萧军不过来，毛泽东就亲自跑到招待所看望萧军，还与其共进午餐。这给萧军留下难以磨灭的印象。

萧军与毛泽东的交往由此开始，彼此间第一印象都是蛮好的。之后几天，毛泽东在陕北公学的操场上宴请萧军会餐，露天开流水席，大地间"办国宴"。操场上刮的是雄浑的西北风，酒桌上摆的是遒劲的龙门阵，大块吃肉,大碗喝酒,更轮流共喝一个大碗里的酒,意气横生,豪情满怀,毛泽东后来写信给萧军,称他:"你是极坦白豪爽的人,我觉得和你谈得来。"而萧军呢,也把毛泽东当哥们,多次酒酣耳热后宣称:"鲁迅是我的父辈,毛泽东只能算是我的大哥。"

萧军离开延安后辗转两年,于1940年6月再次来到延安,这一次却是长住下来了。这期间,最能体现萧军文人气质的,是他在延安文艺整风运动中的表现。在"王实味事件"中,萧军对处理王实味心有不满。萧军与王实味本不相识,"王实味事件"出来后,萧军的一位朋友,与王实味交好,托萧军去与"哥哥"毛泽东说情说项,萧军仗义,也便去了,但毛泽东告诉他:"这事你不要管,王实味的问题复杂。他不是一般思想意识错误,他有托派和国民党特务嫌疑问题。"虽然从毛泽东那里得知了中央对王实味的态度,但当延安召开对王实味的斗争会,群情激奋,一边倒地批判王实味时,萧军还是挺身而出。斗争会上,王实味每说一句,就会招来一片怒吼和痛斥,萧军坐在会场后边,听不清前边人们说些什么。他便站起来大声喊:"喂,喂,喂,让他(指王实味)说嘛,为什么不让他说话!"会场上的人目光一时间集中到萧军身上,萧军也毫不在乎。

萧军因为在王实味斗争会上的态度,迁怒了一些人,引来不少人对他进行批判。中央研究院派了四名代表到了萧军住处,向他提出抗议,指责他破坏斗争,要他承认错误,赔礼道歉。萧军勃然大怒,不但拒绝了,

萧军(前右二)1930年讲武堂毕业前

还把四名代表给轰了出来。之后，他写了一份《备忘录》，阐明态度，为自己辩解，这下更是捅了马蜂窝。在随后召开的纪念鲁迅先生逝世六周年的会议上，众多重量级作家如周扬、刘白羽、丁玲等，轮番上阵批判萧军，萧军火爆脾气，哪里受得了这气？他舌战群儒，好不怯阵，会上火药味渐浓，从傍晚直至深夜，一焰更

萧军第一次赴延安

比一焰高。后来吴玉章出来圆场："萧军同志是我党的好朋友，他今天发了这么大的火，一定是我们有什么方式方法上不对头，大家以团结为重，互相多做自我批评吧。"萧军听了吴老这话，心里好受了一些，也退了一步，做了自我批评："吴老的话使我心平气和，这样吧，我先检讨，百分之九十九都是我错，行不行？那百分之一呢，你们想一想是不是都对呢？"丁玲站了出来："这百分之一很重要！我们一点也没错，百分之百全是你的错，共产党的朋友遍天下，你这个朋友等于'九牛一毛'，有没有都没有关系！"这话又激怒了萧军，萧军撂下话来："既然如此，你尽管朋友遍天下，我这'一毛'也不愿附在'牛'身上，从今后咱们就拉、蛋、倒！"说完拂袖而去。

另一个萧军

1954年，萧军出版了一部长篇小说，名为《五月的矿山》，这部著作的问世之路，堪称十分曲折。

这部小说其实写得比较早，早在1951年就写好了。

1946年秋天，萧军从延安回到哈尔滨，主编《文化报》，因与宋之的主办的《生活报》展开激烈论战，萧军被冠以"反苏""反共""反人民"的帽子，不但其主编的《文化报》被勒令停刊，而且他本人也没法待在哈尔滨了。于是在1949年春，他举家迁到抚顺，在抚顺煤矿总工会工作，这段工厂岁月让萧军难以忘怀。两年后，即1951年，萧军到了北京，即着手写一部反映工人阶级生活的长篇小说，拟名为《五月的矿山》，萧军写得很快，仅用10个月就写好了。

写得很顺手，出版却是十分艰难。人民文学出版社最先收到了萧军的书稿，初审意见是不出。最先审稿的是编辑龙世辉，龙世辉是湖南人，是比较有名气的编辑，后来还当上了作家出版社副总编辑。在长期的编辑生涯里，龙世辉乐于做嫁衣裳，很多当代文学的著名篇章，都是他发现、编辑、助产问世的，如《林海雪原》《将军吟》《芙蓉镇》等，萧军的这部书稿到龙世辉手中，他认真阅了，拟的意见是"建议不发"。其时，龙世辉是一审编辑，他把这一意见报给其直接领导刘岚山，刘赞同龙，建议也是不发。但将稿子转到编辑部二审了，二审却说发，其意见是"奉命发稿"。刘岚山是军人，其时刚从朝鲜战场归来，听说这稿子要发，跑去找社长兼总编辑冯雪峰，一二三四，ABCD，说了一大通，冯社长却并无多话："这事我知道，发。"

冯雪峰的意见转到了龙世辉那里，龙世辉马上写了一份书面材料，材料里写了很多，理由一条一条的，落脚点都是建议不发，没想到这信又转了回来，上面还有冯雪峰的严厉措辞："我是总编辑，有权力发稿，我命令发稿，一切后果由我负责。"龙世辉也是犟脾气，笔下签了"同意发"，嘴上却是嘟嘟囔囔："我保留意见，我执行任务。"

龙世辉与萧军并无过节，萧军这部书稿一再受阻，也不是因为政治，而是源自艺术。在龙世辉看来，"这部作品写得极其平庸，不堪卒读。作者对矿工的生活并不熟悉，作品中充斥的是口号，抽象的概念"。龙世辉也知道萧军是文化名家的，但作为编辑，他要以质取文，并不以人取文，他认为"萧军从《八月的乡村》到《五月的矿山》是艺术的倒退"，故而一而再再而三地拒绝发稿。对这部小说存在的艺术的粗糙，萧军后来也是承认的："对于这类新题材，新的斗争……是一种试练，缺点应在意料中。"

那么这部书稿为何又能够出版呢？总编辑冯雪峰又是那么态度坚决，不容商量呢？三十年后，龙世辉才知道其中的缘故，他在给青年学者李频（著有《龙世辉的编辑生涯》）的信中，叙述了来龙去脉："还发过萧军的《五月的矿山》，此稿质量不好，我拒绝发稿，冯雪峰大发雷霆，批曰：'我是总编辑，有权力发稿，一切后果由我负责。'我只得发稿。30多年后，我才知道，萧军将稿件送毛主席，毛主席批给冯雪峰，冯不便明言，就发生了以上'历史事件'"。

龙世辉所说的这话，也从萧军那里得到了验证："我把《五月的矿山》

萧军（左一）在鲁迅公祭大会上

原稿交给一家出版社，他们拖了好长一段时间，不说出，也不说不出。我一气，把稿子要了回来，连同《过去的时代》，捆成一大包，写了一封信，叫了一部三轮车，送到了中南海。过了不久，有关领导传下话来，说毛主席认为萧军的东西还是可以出版的……开始一本都不肯出，这回上面有话，两本一齐出。"两本虽然一齐出了，但诚如萧军所说："这书那时虽然经过党中央毛主席的批准，勉强得以在1954年出版，而最终还是被出版界的官僚主义者们扼杀——'决不再版'了。"

"延安文艺座谈会"后的合影（部分），后排左五为萧军

还是那个萧军

2011年，作家出版社组织百名当代作家抄写毛泽东的《在延安文艺座谈会上的讲话》，抄写者之一、诺贝尔文学奖获得者莫言表示，"《讲话》是一个历史文献，它的产生有历史的必然性。在当时的历史背景下，它对推翻腐朽政权产生了积极的作用"。在此背景下，有人举出萧军当年在延安的言行，以此来证明延安文艺运动的一些不合理之处。

反思派的反思，给我们打开了另外一个看问题的窗口，为我们梳理当年以及当今文艺政策提供了别样的视角。但有一个问题是，反思派喜欢以作家的个性叙事，来确定对一个时代的定性，尤其喜欢以文艺家与政治家之间闹别扭来表现文艺家与政治家的决裂。萧军与毛泽东之间，闹过不快，但这算不算决裂呢？这个真的难以界定，至少将萧军作为某种意义上的典型，应是一种谬托知己。萧军出言"不见"毛泽东，萧军在王实味问题上与毛泽东意见相左，这些诸多细故，算不算两人之间分道扬镳？

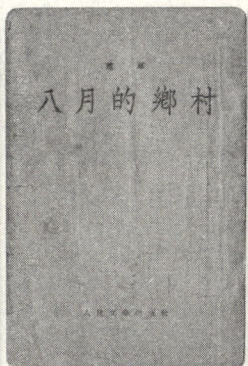

萧军著作

萧军在延安窑洞

萧军与萧红

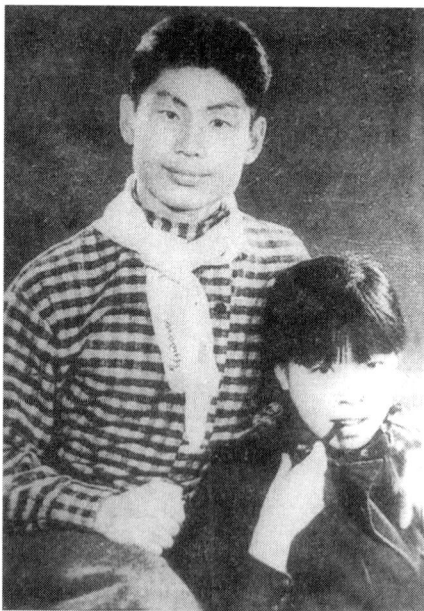

萧军（左一）一家在延安

这是两人个性的冲突，还是艺术观念的冲突？或者两者兼而有之吧。纵使如此，那么，这能不能完全证明毛泽东与萧军是一些人心目中的那些关系呢？当年丁玲揪住萧军的百分之一不放，一定叫萧军承认百分百的错，这种思维方式真的吓人。但现而今很多人忘了萧军曾经承认的百分之九十九，将那百分之一整成百分之百，或许也是思维出了问题。

单举出萧军"耍文艺家脾气"，也许可以证明很多人想证明的，但我们看到的是，萧军并不完全是人们所想象的那样。萧军的《五月的矿山》出版受阻，他首先想到的是谁？是他的"哥哥"毛泽东。出版社不给他出版，他就叫了一辆三轮车，去中南海找"我的哥哥"毛泽东去了。

延安整风运动中，萧军挨了批评，那么是不是"从此萧郎是路人"？也未必，从萧军兴致勃勃地写《五月的矿山》，可见毛泽东的《在延安文艺座谈会上的讲话》，对其影响至深。毛泽东在这次讲话中，提出了一个重要观点，叫"作家艺术家深入到人民群众中去，写出让人民群众喜闻乐见的作品"，看来萧军对这观点是认同的。《五月的矿山》就是对这一观点的实践，他花了很的大力气去表现工农兵，去歌颂工农兵。然而，萧军却失败了——从政治角度来看，萧军成功了，从文学角度来看，萧军却是失败的。这部作品的出版，一再受阻，原因并不是萧军所说的"出版界的官僚主义者们所扼杀"，而是他自己对"文艺为政治服务"的庸俗理解。这部作品艺术质量不高，难以达到出版的要求。其中缘由是什么？恐怕还得从《在延安文艺座谈会上的讲话》中找。

　　文艺要为群众服务，要为政治服务，这本身没有错。问题是对群众的理解、对人民的理解、对政治的理解，概念需要厘清。工农兵是群众，是人民，那么士学商与具有小资情调的都市红男绿女以及朝士隐士，是不是群众，是不是人民？这都应该是。有人民喜欢风花雪月与才子佳人，文艺家是否应该为其服务呢？为工农兵服务，没问题，为士学商服务也应该没问题。萧军

左起：黄源、萧军、萧红。1936年7月16日摄于上海万氏照相馆

不写自己熟悉的题材，不去展现自己熟悉的生活，转而去写他并不熟悉的矿工与工业题材，他的失败，是对人民理解的失败，也是对政治理解的失败。将服务政治完全等于听命政治、服务政治完全等于图解政策、服务政治完全等于歌颂政权，只会使文将不文，艺将不艺。但文艺可以离开政治吗？不可以。政治是文艺绕不开的主题。问题的关键在于文艺要如何去参与政治。

萧军与毛泽东的关系可能也多被误读了。毛萧之间，有个性之间的差异，也有观念上的不同，更多的恐怕还是政治家与文艺家视角的不同。如果就此以为两人无心灵的交集缺情谊的融合，只会举例以萧军，失实于萧军。单以延安期间萧军的"文艺家脾气"去叙事，又如何理解萧军当年弄了一辆三轮车去中南海找"哥哥"毛泽东呢？

毛泽东曾向萧军写过一封信，其中意味可堪细细研读：

萧军同志：

两次来示都阅悉，要的书已附上。我因过去同你少接触，缺乏了解，有些意见想同你说，又怕交浅言深，无益于你，反引起隔阂，故没有即说。延安有无数的坏现象，你对我说的，都值得注意，都应改正。但我劝你同时注意自己方面的某些毛病，不要绝对地看问题，要

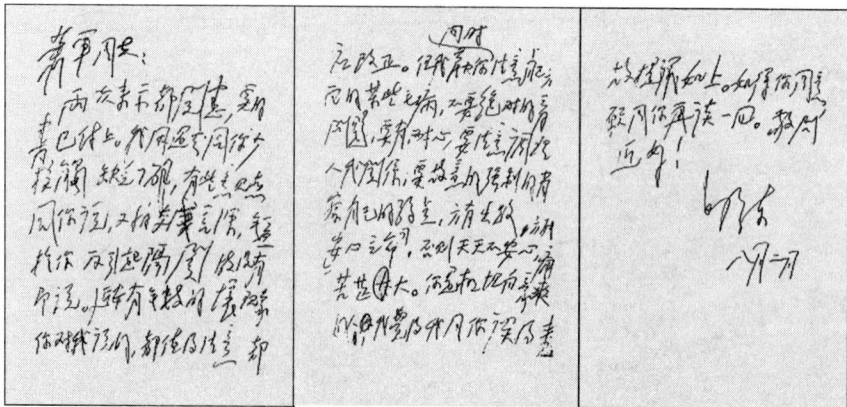

毛泽东写给萧军的信

有耐心，要注意调理人我关系，要故意地强制地省察自己的弱点，方有出路，方能"安心立命"。否则天天不安心，痛苦甚大。你是极坦白豪爽的人，我觉得我同你谈得来，故提议如上。如得你同意，愿同你再谈一回。

　　敬问

　　　近好！

毛泽东　八月二日

呵呵，萧军，近来可好？谁愿跟你再谈一回？

图书在版编目（CIP）数据

前世 / 《百花洲》杂志社编著. -- 南昌：百花洲文艺出版社, 2013.8
（中文之美书系）
ISBN 978-7-5500-0747-5

Ⅰ.①前… Ⅱ.①百… Ⅲ.①纪实文学—作品集—中国—当代 Ⅳ.①I25

中国版本图书馆CIP数据核字(2013)第240071号

前世

《百花洲》杂志社　选编

出 版 人　姚雪雪
责任编辑　胡青松
美术编辑　赵　霞
制　　作　张诗思
出版发行　百花洲文艺出版社
社　　址　南昌市红谷滩世贸路898号博能中心A座9楼
邮　　编　330038
经　　销　全国新华书店
印　　刷　江西千叶彩印有限公司
开　　本　720mm×1000mm　1/16　印张　15
版　　次　2013年12月第1版第1次印刷
字　　数　200千字
书　　号　ISBN 978-7-5500-0747-5
定　　价　25.00元

赣版权登字　05-2013-292

邮购联系　0791-86894736
网　　址　http://www.bhzwy.com
图书若有印装错误，影响阅读，可向承印厂联系调换